Jana Engels wurde 1978 in Berlin geboren und ist mittlerweile in der Eifel angekommen. Gemeinsam mit ihrem Mann und den vier Kindern lebt sie in Kall. Hauptberuflich ist sie in der IT unterwegs, aber nebenberuflich beschäftigt sie ihr künstlerisch-kreativer Kopf. Sie war schon immer eine Leseratte und steckt voller Ideen. Bereits als Jugendliche hat Jana Engels Kurzgeschichten und Gedichte verfasst. Den endgültigen Anstoß, den Weg als Autorin mit Ernsthaftigkeit einzuschlagen, gab der Erfolg ihrer Kinderbücher. Das erste schrieb sie ursprünglich für ihren Sohn, als er sich weigerte, lesen zu lernen. Neben der Veröffentlichung literarischer Texte leitet sie Schreibwerkstätten für Kinder und Jugendliche. In ihrer Freizeit widmet sie sich der Musik und der Malerei.

Jana Engels

Das Erbe von Lorraine

ROMAN

Erstausgabe Juli 2019

Made in Stuttgart with ♥

ISBN 978-3-96443-231-5
E-Book-ISBN 978-3-96087-495-9

Umschlaggestaltung: Rose & Chili Design
unter Verwendung von Motiven von
© diego_torres/pixabay.com,
© Leitner/depositphotos.com,
© smk88/depositphotos.com,
© davidschrader/depositphotos.com und
© LightField Studios/shutterstock.com
Lektorat: Nadine Buranaseda
Satz: dp DIGITAL PUBLISHERS
Druck: Booksfactory.de, Szczecin, Poland

www.digitalpublishers.de

Kapitel 1
Dunkle Wolken

„Der Rest ist für Sie“, sagte der attraktive Mann um die vierzig mit einem spitzbübischen Lächeln, als Isabelle die Rechnung brachte und er ihr einen Fünfzigeuroschein in die Hand drückte.

Sie stockte, und in ihrem Kopf ratterte es. Hatte sie richtig verstanden, was er gesagt hatte? Sie hielt den Schein unschlüssig in der Hand. „Aber das ist doch viel zu viel. Sie hatten ja nur zwei Kaffee, oder wollen Sie den Laden gleich kaufen?“, versuchte sie, den überaus spendablen Gast mit ihrer sanften Stimme auf sein offenkundiges Missgeschick hinzuweisen.

„Zwei Kaffee im schönsten Sonnenschein und eine sehr nette Begegnung mit Ihnen. Zu viel oder zu wenig, wer will das entscheiden? Gutes Personal ist sowieso unbezahlbar. Nehmen Sie's ruhig.“

Isabelle bedankte sich mit einem ehrlichen Lächeln. Das großzügige Trinkgeld konnte sie nur zu gut gebrauchen, und als sie zum nächsten Tisch ging, um die Bestellung aufzunehmen, fragte sie sich, ob der Typ tatsächlich gerade mit ihr geflirtet hatte. Ich weiß gar nicht mehr, wie flirten geht, ging es ihr durch den Kopf. Ich bin jetzt so lange mit Sascha zusammen, da hat sich schon der Alltag eingestellt.

„Drei Kaffee und für jeden ein Stück Erdbeersahne", lautete die Bestellung der herausgeputzten älteren Damen und holte Isabelle aus ihren Gedanken.

„Aber gern, die Damen", bestätigte sie und verließ die beiden mit federnden Schritten. Dieser Tag machte ihr so richtig Spaß. Ein Blick auf die Uhr verriet das Ende der Schicht in zwei Stunden, und so wie der Himmel aussah, blieb die Sonne eine Weile. Genug Zeit also, sich später mit Sascha am Rhein zu treffen und das großartige Wetter zu genießen. Herrlich! Isabelle zog ihr Handy aus der Tasche, und während sie darauf wartete, dass Sergio die Bestellung fertig machte, tippte sie eine Nachricht an Sascha.

„Was grinst du dein Telefon so an, Isa?", fragte Sergio neugierig und stellte den Kuchen auf den Tresen.

„Ich will mich nach der Arbeit mit Sascha treffen", erwiderte sie und steckte das Handy ein.

„Immer noch dieser Hampelmann? Mädchen, du bist die reinste Verschwendung für so einen", stellte Sergio kopfschüttelnd fest und seufzte. „Was würde ich darum geben, vierzig Jahre jünger zu sein. Isa, glaub mir, wir wären ein gutes Team. Du hättest mit mir einen tollen Kerl, und wir würden den Laden zusammen schmeißen. Dann kämst du auch nicht auf so dumme Ideen, dein eigenes Café aufzumachen."

Isabelle sah in die wachen braunen Augen ihres Chefs. „Du bist ein toller Kerl, und wir schmeißen den Laden gerade echt gut zusammen, zumindest, wenn du mich jetzt Kaffee und Kuchen rausbringen lässt."

„Ja, aber nicht mehr lange, ich weiß gar nicht, was ich ohne dich tun soll", rief ihr Sergio nach.

Isabelle spürte seinen Blick in ihrem Rücken, als sie durch die Tür wieder hinaus in die kräftige Julisonne auf die Terrasse trat. Von wegen dumme Ideen, dachte sie, während sie die Gäste bediente. Das ist das Größte überhaupt, schon bald werde ich meine eigene Chefin in meinem eigenen kleinen, gemütlichen Café sein. Nichts gegen Sergio, aber irgendwann muss auch mal Schluss sein. Ich kann und will beruflich endlich auf eigenen Füßen stehen. Wofür habe ich mich sonst so abgerackert?

„Zahlen, bitte“, rief einer der beiden älteren Männer, die es sich im Schatten bequem gemacht und fast zwei Stunden gebraucht hatten, ihr Wasser auszutrinken.

„Bin sofort bei Ihnen“, rief Isabelle mit strahlendem Lächeln zurück und brachte wenige Minuten später die Rechnung. „Schönen Tag, die Herren, kommen Sie bald wieder“, verabschiedete sie sich und fügte in Gedanken hinzu: Oder gehen Sie ein paar Schritte weiter in die Allendestraße. Da eröffnet nämlich demnächst ein schnuckeliges, kleines Café. Mein Café, und ich würde mich riesig freuen, wenn sie Ihre Kinder, Enkel, Urenkel und Ururenkel mitbringen.

Mit verträumtem Blick bediente sie weiter und trug gerade das Tablett mit den sechs großen Milchshakes für die Teenieclique, als ihr Handy in der Jeans vibrierte. Sascha bestätigte ihre spätere Verabredung kurz und bündig mit einem Daumenhoch. Der Blick auf die Uhr verriet Isabelle den nahenden Feierabend. Vergnügt stellte sie fest, dass alle Gäste versorgt waren und zufrieden bei Kaffee, Kuchen oder Eis saßen. Also beschloss sie, sich ein paar Minuten zu Sergio an den

Tresen zu setzen und die Beine ein wenig baumeln zu lassen.

„Machst du mir einen Espresso?“, fragte sie und grinste ihn verschmitzt an.

„Kommt sofort, du kannst bei mir so viel Espresso haben, wie du willst. Musst nur dableiben.“ Sergio lächelte sie an, aber Isabelle wusste, dass es ihm schwerfiel, sich mit dem Gedanken anzufreunden, sie gehen zu lassen. Dass sie ihm Konkurrenz machen würde, befürchtete er nicht, darüber hatten sie ausgiebig miteinander geredet. Aber er hatte große Sorge, dass er keinen guten Ersatz für sie finden würde.

Sie lehnte sich etwas zu ihm hinüber, als wolle sie ein Geheimnis weitergeben, und fragte sanft: „Du willst dich nicht wirklich zwischen mich und meinen Lebenstraum stellen?“

„Selbstverständlich nicht“, antwortete Sergio väterlich. „Ich wünsche dir viel Erfolg, du hast hart gearbeitet und verdienst es. Und nur für den Fall, dass du doch baden gehst, ist hier immer eine Stelle für dich frei. Aber bis es so weit ist, lass mich wenigstens angemessen darüber jammern, dass ich meine beste Servicekraft, das Herz meines Cafés, in Kürze verlieren werde“, fügte er hinzu und wischte sich gespielt eine Träne aus dem Augenwinkel.

„Du hast ja noch Natalie“, tröstete Isabelle ihn. „Apropos, die müsste gleich da sein und mich ablösen. Dann geht es ab, die restliche Sonne genießen.“

„Ich weiß, mit deinem Hanswurst“, gab Sergio zähneknirschend zurück. Er hatte ihr gegenüber nie ein Geheimnis daraus gemacht, dass er Sascha nicht leiden konnte und die Ernsthaftigkeit der Beziehung infrage stellte. Dass sie etwas wesentlich Besseres als ihn verdiene, hatte Sergio nicht nur einmal erwähnt. Auch Sascha hatte diese Abneigung zu spüren bekommen und schon nach wenigen Begegnungen mit Sergio darauf verzichtet, Isabelle von der Arbeit abzuholen. Anfangs hatte sie sich darüber geärgert und gedacht, damit würde er noch Öl in Sergios Feuer gießen, aber sie hatte sich mittlerweile daran gewöhnt und es akzeptiert.

Isabelle nippte an ihrem Espresso und blickte Sergio eine Weile schweigend an. Dann konnte sie nicht umhin, ein paar Worte zu Saschas Verteidigung zu sagen. „Ich kann deinen Groll nicht verstehen. Er ist ein guter Kerl, und ich kann mich nicht beklagen. Wir treffen uns, wenn es möglich ist, und ansonsten lässt er mir den Freiraum, den ich brauche. Er beschwert sich nicht, wenn ich mal wieder rund um die Uhr arbeite. Er drängt mich zu nichts, und es ist kein Problem für ihn, dass wir nicht zusammenwohnen. Er weiß nur zu gut, dass ich mich um meine Mutter kümmern muss." Sie versuchte, das Augenrollen ihres Gegenübers zu ignorieren, aber so ganz wollte es nicht gelingen, also setzte Isabelle nach: „Was kann er denn bitte tun, um in deiner Gunst zu stehen? Das ist wahrscheinlich gar nicht möglich."

„Isa, frag mich nicht, wenn du die Antwort nicht hören willst. Mädchen, du bist zu gut für ihn. Du bist fleißig, fürsorglich, ehrgeizig und manchmal leider auch ein bisschen naiv. Dieser Kerl meint es nicht ernst mit dir – und du merkst es nicht einmal."

Ihre Finger spannten sich an und hielten den Griff der kleinen Tasse fester als nötig. So nett, wie Sergio war, musste er sich dennoch nicht ständig in ihre Angelegenheiten einmischen. Naiv? Sie so zu nennen, war einfach eine Frechheit. Er hatte ganz klar eine Grenze überschritten. Auf ein Streitgespräch wollte sich Isabelle zwar nicht einlassen, doch sie war verärgert und wollte wenigstens die Tatsachen zurechtrücken. „Ich bin nicht naiv. Ich weiß nicht, wie du darauf kommst. Sascha und ich sind glücklich miteinander, das ist wohl die Hauptsache. Und wahrscheinlich könnte er mir die Sterne vom Himmel holen und du würdest ihn nach wie vor nicht leiden können." Sie wartete gespannt auf Sergios Erwiderung, aber er ließ sich Zeit und verärgerte sie damit noch mehr. Sie sah ihn eindringlich an.

„Macht er es denn?", fragte Sergio schließlich und begann wie beiläufig, ein paar Gläser zu polieren.

„Macht er was?"

„Ob er dir die Sterne vom Himmel holt."

„Was soll das denn jetzt? Du weißt, dass das nur eine Metapher war."

„Ja, weiß ich. Aber was macht er dann? Unterstützt er dich, deine Zukunftspläne, dein Café? Hilft er dir bei der Versorgung deiner Mutter, pflegt er dich, wenn du krank bist, oder ist er immer nur da, wenn alles in Butter ist und ihr zusammen etwas unternehmen könnt? Ihr seht euch ein paarmal in der Woche. Weißt du, mit wem oder womit er seine Zeit ohne dich verbringt, wenn du mit deinen Plänen beschäftigt bist? So wie ich das sehe, bist du eine Powerfrau, die ihr Leben durchgeplant und im Griff hat, nur in Sachen Menschenkenntnis und Beziehung hast du echt Nachholbedarf."

Isabelle runzelte die Stirn, der Verlauf des Gesprächs gefiel ihr ganz und gar nicht. Sie hatte nicht die geringste Lust, sich den schönen Nachmittag verderben zu lassen oder mit Sergio zu streiten. Sie trank den letzten Schluck des mittlerweile erkalteten Espressos aus und sah ihren Chef versöhnlich an. „Lass gut sein. Sascha und ich kommen schon klar. Ich weiß deinen Rat zu schätzen, aber mein Liebesleben und an wen ich mich verschwende, ist meine Sache, okay? Da kommt übrigens Natalie."

Sergio griff über den Tresen und nahm ihre Hand. „Schon gut, ist wohl gerade ein wenig mit mir durchgegangen. Du hast ja recht. Es ist deine Sache und geht mich nichts an. Wie wäre es mit einer Versöhnung?", fragte er und zwinkerte ihr charmant wie immer zu. Dann schob er einen von Isabelles Lieblingscookies auf einem Unterteller über den Tresen.

„Den heb ich mir für später auf", gab sie zurück und musste schmunzeln. Sergio konnte sie einfach nicht böse sein. Er war zwar ihr Chef, aber eben auch ein guter Freund, ein Vertrauter, und wenn sie ehrlich war, hatte sie davon nicht mehr viele. Isabelle sprang vom Hocker und wandte sich an Natalie, die gerade an den Tresen getreten war und sich eine Schürze umband. „Hi, ich dreh noch eine Runde, dann kannst du übernehmen."

Natalie war fast einen Kopf kleiner als Isabelle und auf jeden Fall beruflich vergleichsweise unorganisiert. Zumindest empfand Isabelle das so, wenn sie nicht umhinkam, ihre Kollegin wieder einmal auf Kleidung und Frisur anzusprechen. Während Isabelle nicht aus dem Haus ging, ohne ihr langes, blondes Haar in einen ordentlichen Franzosenzopf gebracht zu haben und ohne, dass die Kleidung nicht akkurat saß, schaffte es Natalie manchmal erst nach einer halben Stunde Arbeit, ihr zerzaustes Haar wenigstens notdürftig zusammenzubinden. Ihre Kleidung war sauber, doch Natalie pflegte hartnäckig ihren eigenen Stil, der irgendwo zwischen chaotisch und punkig angesiedelt war. Sergio nahm es gelassen und bat Isabelle, nachsichtig zu sein. Denn Natalie war erst zweiundzwanzig, mitten im Studium und trotz ihrer auffälligen Kleidung leicht in Verlegenheit zu bringen.

„Ach, ist schon gut, ich mach das schon", antwortete diese nun und sah Isabelle schuldbewusst aus ihren Rehaugen an. „Tut mir leid, dass ich schon wieder zu spät bin", setzte sie hinzu, und Isabelle spürte, dass sie zwar die Angesprochene war, die Entschuldigung aber eigentlich an Sergio adressiert war.

„Mir egal, meine Damen", warf der dazwischen, „aber eine von euch sollte sich jetzt um unsere Gäste kümmern."

Natalie zögerte nicht, und Isabelle sah sie flink wie ein Wiesel mit frisch zusammengezwirbeltem, wippendem Pferdeschwanz durch die Tür verschwinden. „Damit ist die Sache wohl klar", stellte sie fest und band die Schürze ab. „Ich bin fertig für heute und werde mich jetzt mit meinem Freund treffen, damit er mir sämtliche Sterne vom Himmel holen kann, wenn ich ihn darum bitte." Sie lächelte und ging.

Keine Viertelstunde später saß sie auf ihrem Fahrrad und radelte zum Rheinufer. Sonne und Fahrtwind vereinten sich zu einem angenehmen Gefühl auf der Haut, und Isabelle fuhr mit allen Sinnen genießend zum Treffpunkt. Die Promenade war gut besucht, und ihr Blick glitt suchend über die Jogger, Familien mit Kindern und Fußballspieler. Es dauerte eine Weile, bis sie Sascha endlich entdeckte. Das lag zum einen daran, dass er, ihr den Rücken zugewandt, auf einer der Bänke saß, und zum anderen daran, dass er rauchte und sie ihn nur als Nichtraucher kannte. Den Mann mit der Zigarette hatte sie im Zuge der Späherei umgehend als unnötiges Informationsaufkommen ad acta gelegt.

Was soll denn der Unsinn, wieso raucht er? Isabelle hielt an und stieg ab. Sichtlich irritiert schob sie das Rad zu ihrem Freund hinüber. „Hi", begrüßte sie ihn und holte ihn aus seinen Gedanken. „Kannst du mir sagen, was du da machst?" Sie stellte das Fahrrad ab und fragte weiter, ohne eine Antwort abzuwarten. „Ist irgendetwas passiert?" Sie konnte ihre Verwunderung und ihre Neugier kaum zurückhalten. Der Blick, mit dem er sie ansah, ließ Argwohn in ihr aufsteigen. Irgendetwas war faul, das spürte sie.

„Sieht man doch. Ich rauche eine Zigarette." Saschas Antwort fiel kurz aus.

Der recht kühle Ton nährte ihre Vermutung und kränkte Isabelle, aber ihr war nicht nach Streit. Also trat sie dichter heran und nahm den Helm ab, bevor sie die Unterhaltung in beschwichtigendem Ton fortsetzte. „Das sehe ich und wundere mich, weil du das normalerweise nicht machst." Sie setzte sich neben ihn auf die Bank und fächelte mit der Hand den Qualm weg, der ihr unangenehm in den Augen brannte. Auf einen Begrüßungskuss verzichtete sie freiwillig. Sowohl Rauch als auch seine Laune hatten ihr bereits die Stimmung verdorben. „Nun sag schon, gibt es einen Grund? Ich meine, es muss irgendetwas passiert sein. Hoffentlich nichts Schlimmes!“, drängte sie weiter, und bereits während die Worte ihren Mund verließen, beschlich sie ein seltsames Gefühl. Sascha war in weiter Ferne. Er saß neben ihr, doch sie spürte, dass es plötzlich ein unüberwindbares Hindernis zwischen ihnen beiden gab. Es fühlte sich an, als hätte er eine unsichtbare Mauer errichtet, mit der er sie auf Distanz hielt. Aber warum er das tun sollte, wollte ihr einfach nicht in den Kopf.

„Wir müssen reden“, unterbrach er barsch ihre Gedanken und wich weiterhin ihrem Blick aus. Mit zusammengekniffenen Augen beobachtete er Interesse vortäuschend ein vorbeifahrendes Frachtschiff.

Norwegen, registrierte Isabelle, als sie seinem Blick folgte. Sie drehte sich ihrem Freund zu, legte den Arm auf die Lehne und wartete darauf, dass Sascha weitersprach. *Was, um alles in der Welt, ist denn nur los, dass er hier so eine Show abzieht? Ist jemand krank oder vielleicht sogar gestorben? Oder habe ich etwas getan, das ihn gekränkt hat?*

„Worüber denn?“, fragte sie besorgt, und dass er sie nicht ansah, verletzte sie sehr. Sie fühlte sich so schrecklich ausgeschlossen.

Nach einer gefühlten Ewigkeit beugte er sich nach vorne, drückte die Zigarette auf dem Boden aus. Er stützte sich mit den Ellbogen auf die Knie und starrte weiter auf den Fluss. *Meine Güte, warum siehst du mich nicht an? Sprich, verdammt noch mal! Lass mich nicht länger warten!* Einundzwanzig, zweiundzwanzig ...

begann sie, innerlich zu zählen, inständig bemüht, ihre Ungeduld niederzuzwingen.

Mit einem Ruck, von einem Moment auf den anderen, drehte sich Sascha zu ihr um und erklärte, ohne mit der Wimper zu zucken: „Ich mach Schluss mit dir. Wir können uns nicht weiter treffen, ich habe mich verliebt und jetzt eine ernste Beziehung." Er lehnte sich zurück und starrte stumm aufs Wasser. Dieser Überraschungsangriff verfehlte seine Wirkung nicht.

Wie vom Donner gerührt saß Isabelle auf der Bank und versuchte, das Gehörte zu verarbeiten. Der Boden unter ihren Füßen bebte, in ihren Ohren rauschte es, und sie hatte das Gefühl, sie müsse jeden Moment von der Bank sacken. „Was redest du da? Wie meinst du das?", fragte sie mit brüchiger Stimme. Obwohl an der Bedeutung seiner Worte nichts missverständlich war, konnte sie es einfach nicht begreifen. Wie konnte er so etwas sagen? Was hatte sie getan beziehungsweise nicht getan, dass er ihr solch eine Gemeinheit antat, sie einfach so abservierte, nachdem sie bereits vier Jahre zusammen gewesen waren? „Hast du getrunken? War vielleicht irgendetwas in der Zigarette?", forschte sie vorsichtig nach, sich an einen Strohhalm klammernd.

„Du kannst doch nicht ernsthaft behaupten, dass das jetzt eine Überraschung für dich ist", erwiderte Sascha. „Wir beide haben niemals eine richtige Beziehung geführt. Ein schöner Zeitvertreib war das, mehr nicht." Der entschlossene und sachliche Ton schmerzte zutiefst. „Wir hatten unsere Zeit, eine schöne Zeit", für einen kurzen Moment sprach er ein wenig sanfter,

„aber jetzt wird es mit Lena ernst, und da muss und will ich die Affäre mit dir beenden."

Isabelle stockte der Atem. In ihrem Kopf herrschte Chaos, sie war unfähig, zu sprechen, so dick war der Kloß in ihrem Hals und so schwer der Kampf, ihre Tränen zurückzuhalten. *Affäre! Hast du sie noch alle!* Hin- und hergerissen zwischen Demütigung und Enttäuschung, Verletzung und Wut, fragte sie sich, ob jetzt der richtige Moment war, ihm eine zu scheuern. Schon verkrampften sich ihre Hände, aber sie hielt sich erfolgreich zurück. Die Blöße wollte sie sich nicht geben. Wortlos saß sie neben ihm auf der Bank, wartete, hoffte, er würde irgendetwas hinzufügen, so eine lange Zeit konnte schließlich niemand einfach so wegwerfen. Aber sie wurde nur ein weiteres Mal enttäuscht.

Offenbar war er durch mit ihr, den letzten vier Jahren und allem, was Isabelle etwas bedeutet hatte. Sie saß reglos da und sah ihn eine Weile voller Verachtung an, beobachtete, wie er sich eine zweite Zigarette anzündete. „Du bist ein Arsch", entfuhr es ihr. „Und ein Idiot! Du hast mich all die Zeit belogen und betrogen! Ist dir eigentlich klar, was du mir damit angetan hast? Das ist armselig!" Sie biss sich auf die Unterlippe, wollte kein Wort mehr verlieren, sie fühlte sich sowieso schon wie die Verliererin des Jahrhunderts.

Alles, was er darauf erwiderte, war: „Ich weiß."

Das war zu viel. Wutentbrannt hieb sie ihre Faust auf die Rückenlehne der Bank, und im selben Augenblick brachen die ersten Tränen hervor. Wie eine Warnung ertönte zeitgleich das Nebelhorn eines anderen vorbeifahrenden Frachters und unterbrach

Isabelles verbalen Angriff, bevor die erste Beschimpfung in Worte gefasst war. Der Idiot hat deine Aufregung nicht verdient. Reiß dich bloß zusammen, zeig ihm nicht, wie du dich fühlst, feuerte sie sich in Gedanken an, kniff die Augen zusammen und biss sich erneut auf die Lippe. Sie schmeckte Blut. Gut so, lobte sie sich anschließend, aber es war natürlich nur ein schwacher Trost, und er hielt auch nur für einen kurzen Augenblick. An der Situation hatte sich nichts geändert. Sie stand immer noch vor den Trümmerhaufen ihrer Beziehung und kämpfte mit dem Überraschungseffekt. „Und was wird jetzt?", fragte sie rat- und fassungslos.

Er machte sich nicht einmal die Mühe, Empathie zu heucheln. „Du schaffst das schon. Mach's gut", sagte er zum Abschied, stand auf und ließ Isabelle wie ein Häufchen Elend sitzen.

Sie blieb mit verschränkten Armen und angezogenen Beinen auf der Bank zurück, sah ihm nach, aber den Gefallen, sich noch einmal umzudrehen oder gar zurückzukommen, tat er ihr nicht.

„Scheiße", flüsterte Isabelle, als Sascha schließlich aus ihrem Blickfeld verschwunden war. Nun ließ sie ihren Tränen vollends freien Lauf. *Wie kann er mir so was antun? Wie konnte ich mich nur so in ihm täuschen? Affäre? Von wegen! Und Sergio hat mal wieder recht gehabt. Verdammt, warum habe ich das nicht gesehen? Bin ich in Sachen Beziehung denn so vollkommen unfähig? Ich habe Menschenkenntnis, oder nicht? Soll er doch dieser ... dieser ominösen Lena die Sterne vom Himmel holen, ich will gar keine und vor allem nicht von ihm.*

„Boah, ich könnte ihn ...!“, zischte sie, trat energisch mit beiden Füßen von der Bank auf und stieß wütend einen Kiesel fort. Sie traf eine Joggerin am Fuß, die die Aktion, ohne ihren Lauf zu unterbrechen, mit einem erbosten „Pass doch auf, du blöde Kuh!“ quittierte.

„Sorry“, rief Isabelle und spürte Schamesröte im Gesicht. Mit beiden Händen wischte sie sich über die tränennassen Wangen. Sie hatte die ganze Zeit geweint. Dieser Moment brachte ihr die Wahrnehmung für den Rest ihres Körpers wieder. Ein Zittern durchlief ihren Körper. Isabelle rieb sich über die nackten Unterarme und beschloss, sich lieber auf den Heimweg zu machen. *Hier länger herumzustehen und zu heulen, bringt mich nicht weiter.* Leer und ruhig war es mittlerweile auf den Wiesen geworden. Weder lachende Kinder noch grölende Fußballspieler waren zu hören. Dicke Wolken hatten sich in den letzten Minuten vor die Sonne geschoben und damit für allgemeinen Aufbruch gesorgt. Der auffrischende Wind schob sich frech unter ihre dünne Sommerbluse, und als zwei fette Regentropfen auf ihrer Hose landeten, entschied sie, dass es auch höchste Zeit für sie war, nach Hause zu fahren.

Das Wetter zeigte sich ebenso wenig nachsichtig mit ihr wie Sascha. Vollkommen durchnässt und fröstelnd brachte sie ihr Fahrrad in den Abstellraum und machte sich auf den Weg in die Wohnung im dritten Stock. Schlüssel und Handy legte sie auf die Flurkommode und bemerkte erst jetzt, dass sie drei Anrufe verpasst hatte. Sascha?, schoss es ihr in einem Anflug naiver Hoffnung durch den Kopf, und gleichzeitig zog sich ihr Magen unangenehm zusammen. Hastig drückte sie auf die Tasten, um nachzusehen, und schnell wandelte sich die Anspannung in Ernüchterung. Selbstverständlich ruft er mich nicht an!, rief sich Isabelle verärgert zur Raison. Das Display zeigte lediglich drei entgangene Anrufe von ihrer Frau Mama an.

„Isabelle", rief ihre Mutter auch schon aus dem angrenzenden Wohnzimmer. „Ist alles okay? Ich habe dich nicht erreicht."

„Ja, alles okay." Sie steckte den nassen Kopf durch die halb geöffnete Tür und setzte hinzu: „Ich bin voll in den Regen geraten. Muss erst mal duschen und was Trockenes anziehen, dann komm ich, ja?"

„Ich wollte doch nur ...", hörte sie ihre Mutter noch sagen, tat aber, als hätte sie nichts gehört, und verdrückte sich ins Badezimmer.

Wenigstens für ein paar Minuten wollte sie sich ihrer Traurigkeit hingeben, bevor sie die Aufgaben des Alltags wieder einholten. Mit zitternden Fingern entkleidete sich Isabelle, drehte die Dusche auf und stieg unter den wärmenden Wasserstrahl. Unzählige Tränen vermischten sich damit, als sie in hemmungsloses Schluchzen verfiel, bis es ihr schließlich ein wenig besser ging. Schau nach vorn und konzentriere dich auf deine Zukunft! Für dein Café bist du allein verantwortlich, dafür brauchst du Sascha nicht. Der Rest findet sich, motivierte sie sich mit aller Kraft, während sie ihr Spiegelbild betrachtete. Eine attraktive junge und ehrgeizige Frau stand ihr gegenüber. *Sergio hat vollkommen recht. Sascha hat mich nicht verdient, und ich habe eine großartige Zukunft als meine eigene Chefin vor mir. Ja, es ist hart, aber darüber darf ich jetzt nicht nachdenken. Ich muss mich jetzt auf meine Karriere konzentrieren.* Sie flocht die nassen Haare ordentlich zusammen, zog die Schultern nach hinten und atmete durch. Es würde schon, denn es musste ja werden.

„So, jetzt bin ich aufgewärmt und einigermaßen trocken." Isabelle umarmte ihre Mutter, die im Sessel saß. Dann machte sie sich geschäftig daran, aufzuräumen, und versuchte dabei, so unauffällig wie möglich, den Blickkontakt zu vermeiden. Mathilde Mechant hatte nämlich ein gutes Gespür für die Gemütslagen ihrer Tochter, und wenn jetzt das Gespräch auf Sascha kam, fürchtete Isabelle, die Beherrschung zu verlieren und im schlimmsten Fall erneut Rotz und Wasser zu heulen. Nein danke, sie hatte genug geheult für heute und keine Lust, weitere Gedanken an diesen Lügner zu verschwenden. „Was wolltest du denn vorhin von mir?", fragte sie in lockerem Ton, während sie den kleinen Esstisch im Wohnzimmer für zwei Personen deckte.

„Ach, meine Tabletten sind alle. Ich hatte gehofft, dass du mir eine neue Packung aus der Apotheke mitbringen kannst. Heute tut mir wirklich alles weh, und ich habe Sorge, dass ich nachher wieder nicht schlafen kann."

„Ist schon gut, die *Adler*-Apotheke hat ja immer lange auf. Ich mache nach dem Abendessen einen ausgedehnten Spaziergang und hole dir welche." Die frische Luft wird mir guttun, und wenn ich draußen bin, kommt Mama nicht auf die Idee, mir Fragen zu stellen, die ich im Moment nicht beantworten will, fügte sie in Gedanken hinzu.

Isabelle ging zurück in die Küche und strich ihr im Vorbeigehen liebevoll über den Arm.

„Sag mal, wir haben ja gar nichts Vernünftiges zu essen mehr im Haus“, rief sie und zuckte gleich darauf erschrocken zusammen, weil ihr die Küchenschranktür aus der Hand rutschte und lärmend zuknallte. Das Geräusch ging ihr durch Mark und Bein. „Weißt du was, Mama, ich hole uns was vom Imbiss und bringe auf meinem Weg gleich deine Tabletten mit. Du wirst dich dann leider ein Weilchen gedulden müssen, darfst dir dafür aber etwas wünschen.“ Isabelle trat an den Sessel, auf dem ihre Mutter saß, und schlang die Arme um sie. Sie spürte die warme, weiche Wange auf der ihrigen und dachte daran, dass ihre Mutter sie niemals hintergehen würde. Zwischen ihnen war die Familie noch etwas wert, sie bestand ja auch nur aus Mutter und Tochter. *Vielleicht ist es ganz gut so und sollte für immer so bleiben.*

„Weißt du, was wir schon lange nicht mehr gegessen haben?“, fragte Mathilde, und der sehnsüchtige Ton in ihrer Stimme war nicht zu überhören.

„Na, schieß los.“

„Döner!“ Mathilde sprach das Wort aus wie ein kleines Wunder.

„Ja, du hast recht“, erwiderte Isabelle und dachte sich nur, dass sie ihrer Mutter so einen bescheidenen Wunsch niemals abschlagen würde. Für einen kurzen Moment konnte sie sogar lächeln. „Ist gebongt.“

„Mit allem Drum und Dran“, hörte Isabelle die aufgeregte Stimme ihrer Mutter aus dem Wohnzimmer, als sie bereits im Flur stand und in ihre nassen Schuhe stieg.

Auf der Straße sog sie die angenehm frische Luft nach dem Regen ein und machte sich auf den Weg.

Doch so sehr sie sich um Ablenkung bemühte, ihre Gedanken kreisten immer wieder um Sascha. *Wie, um alles in der Welt, konnte mir nur entgehen, dass er mich betrügt? Dass er eine andere hat? Lena Wieauchimmer! Wie kommt er noch dazu darauf, unsere Beziehung als Affäre zu bezeichnen? Vier Jahre sind einiges, mir fallen eine Menge Bezeichnungen dafür ein, aber Affäre?*

Isabelle besorgte die Tabletten und das Abendessen. Keine halbe Stunde später stand sie schon wieder im Treppenhaus und holte die Post aus dem Briefkasten. Zwei Briefe und Werbung. Einer für ihre Mutter, aus Frankreich, und einer von der Bank an sie selbst gerichtet. Endlich!, schoss es ihr durch den Kopf, und sie drückte das Kuvert erleichtert gegen die Brust. Nun, ein kleines Zeichen des Himmels, dass nicht alles schlecht war. Auf die Bestätigung der Auszahlung ihres Geschäftsdarlehens hatte sie schon seit ein paar Tagen sehnsüchtig gewartet. Sie eilte in freudiger Aufregung die Treppen hinauf und rief schon von der Tür aus: „Essen ist da, Post auch! Sag mal, kennst du jemanden in Frankreich?"

Mathilde hatte sich bereits an den Esstisch gesetzt und sah ihre Tochter mit verwundertem Blick an. „Frankreich? Nicht, dass ich wüsste. Wie kommst du darauf?"

Isabelle übergab den Brief an ihre Mutter. „Der ist für dich gekommen, vielleicht jemand, der ins Ausland gezogen ist?"

„Ach, keine Ahnung. Ich kenn ja hier schon kaum jemanden. Lass uns erst mal essen. Ich habe Hunger bis unter die Arme. Um die Post kümmere ich mich später. Die läuft uns nicht weg."

„Na gut, dann lege ich meinen Brief auch zur Seite, ich weiß ja sowieso, was drinsteht", entschied Isabelle und befreite das Essen aus der Zellophantüte.

„Ach ja?", fragte Mathilde neugierig, widmete jedoch dem Päckchen in Alufolie mindestens genauso viel Aufmerksamkeit.

„Ja, das ist die Bestätigung des Kredits für das Café. Die Bank hatte das Schreiben schon für letzte Woche zugesagt. Ich bin so erleichtert. Jetzt kann es endlich losgehen, und ich bin meine eigene Chefin. Kaum zu fassen, oder?" Isabelles Augen leuchteten verträumt, in Gedanken durchquerte sie das Café in der Allendestraße und bediente ihre großen und kleinen, jungen und alten Gäste. Vor ihrem inneren Auge sah sie die lange To-do-Liste. Es war so viel zu erledigen, aber das würde warten müssen. Heute wollte sie sich nur noch entspannen und zeitig schlafen gehen.

Mutter und Tochter aßen gemeinsam, dann öffnete Isabelle den Brief der Bank. Zuerst überflog sie ihn nur, dann las sie ihn ein zweites Mal, genauer, und ihre Miene verfinsterte sich zunehmend. „Nein, das darf nicht wahr sein!", entfuhr es ihr.

In blankem Entsetzen überflog sie die Zeilen ein drittes und viertes Mal. Sie konnte nicht glauben, was sie da las. *... vertragsgemäß ... Neubewertung des Risikos ... ziehen wir unsere vorläufige Zusage zurück ... weitere Erläuterungen erfolgen nicht ... Einspruch möglich ... Erfolg nicht in Aussicht gestellt ...*

„Das darf alles nicht wahr sein", wiederholte Isabelle. „Wie ist das denn möglich? Sie hatten es mir doch fest zugesagt." Fassungslos ließ sie den Brief auf den Tisch sinken und lehnte sich geschlagen zurück.

„Was ist denn los, mein Schatz?“, fragte Mathilde fürsorglich und legte die Hand mitfühlend auf den Arm ihrer Tochter.

Über Isabelles Gesicht liefen erneut Tränen. Sie starrte auf den Brief in ihren Händen und brauchte lange, bis sie ihrer Mutter antworten konnte. „Das ist der schlimmste Tag meines Lebens“, brachte sie schließlich mit tränenerstickter Stimme hervor. „Hier, lies“, forderte sie ihre Mutter auf und schob das Papier unwirsch über den Tisch.

Mathilde nahm es und begann, zu lesen. „Ich fürchte, ich verstehe diesen ganzen Finanzkram nicht. Erklär es mir. Heißt das, dass du noch ein bisschen auf den Kredit warten musst? Wollen die, dass du einen neuen Antrag stellst?“

Mit einer verächtlichen Handbewegung wischte sich Isabelle die Tränen aus dem Gesicht und antwortete trotzig: „Ja, bis zum Sankt Nimmerleinstag werden sie mich warten lassen, ich bekomme den Kredit nämlich überhaupt nicht.“

Mathilde machte große Augen und hakte weiter nach. „Aber sie hatten dir das Geld längst zugesagt. Du hast mir erzählt, dass du nur noch auf die schriftliche Bestätigung warten musst, und dann kannst du die Papiere für das neue Lokal abholen.“

Isabelle schniefte. „Ja, haben sie, und jetzt haben sie es sich aus wer weiß welchen Gründen anders überlegt, und ich naive Gans gehe leer aus. Ich kann mir das nicht erklären, Mama. Ich weiß nur, dass ich jetzt gar nichts mehr weiß. Alles, was ich mir vorgenommen habe, wofür ich gearbeitet habe, geht plötzlich den Bach runter.“

Mathilde lehnte sich ächzend zum Beistelltisch hinüber und zog mit den Fingerspitzen eine Packung Taschentücher heran. Die eine Hand ruhte immer noch auf dem Arm ihrer Tochter, mit der anderen legte sie das Päckchen auf den Brief. „Ich weiß, dass du ein schlaues Mädchen bist. Mein schlaues Mädchen. Vielleicht handelt es sich um einen Irrtum. Da stand doch irgendetwas von Widerspruch drin. Wie wäre es, wenn du erst mal eine Nacht drüber schläfst? Und morgen überlegst du dir einen ordentlichen Antwortbrief. Ich kenne dich, meine Süße, so einfach lässt du dich nicht ausbremsen, und Aufgeben ist erst recht nicht deine Stärke." Ihre Worte sollten aufmunternd klingen, erreichten aber das völlige Gegenteil.

„Ach, Mama. Ich bin überhaupt nicht schlau. Ich bin die Dummheit in Person, und nach dem heutigen Nachmittag hätte ich niemals gedacht, dass dieser Tag noch schrecklicher werden könnte. Im Moment läuft einfach alles schief! Am liebsten würde ich für eine Weile verschwinden. Abhauen und meine Ruhe haben."

„Um Gottes willen, Kind, was ist denn passiert?"

Isabelles Blick verlor sich in der Wohnung, während sie sich sammelte und nach Worten suchte. „Sascha hat heute mit mir Schluss gemacht. Nach vier Jahren ist ihm eingefallen, dass ich für ihn nicht mehr als eine Affäre war. Er hat eine andere, eine Lena, die er heiraten will, und nun wird ihm plötzlich klar, dass ich in seine neuen Zukunftspläne gar nicht reinpasse. Ich verstehe nicht, warum er mir das antut, und vor allem verstehe ich nicht, wie ich so blind sein konnte." Sie weinte bitterlich.

Mühsam und unter Ächzen stand Mathilde auf, stellte sich, mit der einen Hand auf dem Esstisch abstützend, vor ihre Tochter und legte die andere Hand beschützend auf deren Schulter.

Dankbar und zerbrechlich wie ein kleines Mädchen lehnte Isabelle den Kopf gegen den Bauch ihrer Mutter und weinte sich aus. „Es ist alles so schrecklich, dass ich gar nicht weiß, wo ich anfangen soll, die Scherben zusammenzukehren."

Eine Weile stand Mathilde so bei ihrer Tochter, aber dann löste sie sich. „Entschuldige, mein Schatz. Ich muss mich wieder setzen. Meine Schmerzen machen mir heute besonders zu schaffen und wollen keine Rücksicht auf außergewöhnliche Situationen nehmen."

„Was soll ich denn jetzt tun, Mama?", fragte Isabelle, erwartete jedoch keine Antwort, sondern sprach weiter. „Mein Lebenstraum ist zerplatzt wie eine Seifenblase. Wenn ich den Kredit nicht bekomme, kann ich nächste Woche nicht unterschreiben, und dann unterschreibt jemand anderes. Das Café kann ich vergessen. Ich bin achtundzwanzig Jahre alt, Single, weil ich eine Beziehung nicht von einer plumpen Bettgeschichte unterscheiden kann, und arbeite als Bedienung in einer Eisdiele. Was stimmt nicht mit mir, dass ich weder kapiert habe, dass Sascha mich die ganze Zeit nur verarscht hat, noch, dass ich nicht verstehe, was bei der Bank schiefgelaufen ist? Möglicherweise hat Sergio recht", beendete sie ihre Rede.

„Womit soll er recht haben, was meinst du?"

Mit gesenktem Blick erwiderte Isabelle: „Er hat gesagt, ich sei naiv."

„Hat er das? Also, hör mal, du bist eine herzensgute Frau und vertraust den Menschen. Du bist klug, hübsch und vermutest nicht hinter jeder Freundlichkeit eine Schweinerei. Bewahr dir diese Unvoreingenommenheit. Die bewundere ich an dir, das hat nichts mit Naivität zu tun. Du kannst dich sehr wohl behaupten. Allein, wie du dich durch dein Studium geschlagen hast und wie du dich trotzdem um mich, um uns kümmerst, das macht dir so schnell keiner nach. Du hast das Zeug zu einem eigenen Café, du bist eine gute Geschäftsfrau, glaub mir. Das mit dem Kredit hätte mit Sicherheit auch jedem anderen angehenden Unternehmer passieren können. Wir hören doch immer wieder in den Nachrichten, dass die Banken nicht wissen, was sie tun, und unlautere Geschäfte machen. Wenn die glauben, du seist ein Risiko, dann sind sie nur ein Haufen Trottel. Dann haben sie wirklich keine Ahnung von dem, was sie tun, und werden über kurz oder lang mit Berichten über dumme Verlustgeschäfte Schlagzeilen machen. Du schläfst ein paar Nächte drüber, suchst dir eine andere Bank, und anschließend siehst du dich ganz in Ruhe nach einem neuen Lokal um. Sieh es als Wink des Schicksals, nicht als Tiefschlag. Vielleicht ist es einfach nicht das Richtige für dich gewesen. Genauso wie Sascha. Dass er dich so verletzt hat, ist unverzeihlich. Du hast ihm vertraut, und er hat dich auf schäbige Weise hintergangen. Ich weiß, dass du das gerade nicht hören willst, aber es ist mit Sicherheit besser, dass ihr getrennte Wege geht."

Isabelle hob den Blick und sah ihre Mutter eindringlich an. „Im Grunde habe ich schon kapiert, dass er ein Vollidiot ist, doch es tut nun einmal fürchterlich weh, und zwei solcher Rückschläge an einem Tag sind einfach zu viel.“

„Vor solchen Rückschlägen kann sich niemand schützen. Dinge passieren eben, und wie wir damit umgehen, zeigt unsere Stärken und Schwächen.“ Mathilde lehnte sich stöhnend zurück und schaute ihre Tochter aufmunternd an.

„Ich habe für heute genug von meinen Schwächen“, beendete die jetzt das Thema und machte sich daran, den Tisch abzuräumen. Dabei ließ sie sich ausgesprochen viel Zeit. Wie in Trance ließ sie warmes Wasser über die beiden Teller laufen, um sie abzuspülen. Mit langsamen, gleichmäßigen Kreisen bewegte sie das Geschirrtuch über beide Seiten und stellte das Geschirr gedankenversunken in den Schrank.

Zurück im Wohnzimmer fand sie ihre Mutter bereits wieder in ihrem angestammten Sessel. Die meiste Zeit des Tages verbrachte sie hier. Draußen war es inzwischen dunkel geworden, und Mathilde hatte die Stehlampe neben sich eingeschaltet.

„Ich denke, ich gehe gleich ins Bett, ich bin total erledigt und brauche Schlaf“, kündigte Isabelle erschöpft an, als sie die Küchentür hinter sich schloss. „Du schaust bestimmt noch einen Film im Fernsehen. Soll ich dir noch was bringen, brauchst du etwas?“, wollte sie wissen und blickte ihre Mutter fragend an.

„Macht es dir etwas aus, mir den mysteriösen Brief aus Frankreich rüberzureichen? Nach so viel Aufregung an einem Abend kann der nun auch nicht mehr viel anrichten. Vielleicht ist es zur Abwechslung mal eine gute Neuigkeit.“

Isabelle gab ihrer Mutter den Umschlag und sah zu, wie diese ihn aufmerksam von beiden Seiten betrachtete. Absender und Adresse waren fein säuberlich in blauer Tinte geschrieben.

„Der ist von Antoine Lemaire aus Metz in Frankreich. Ich weiß weder, wo Metz in Frankreich liegt, noch kenne ich jemanden, der so heißt."

„Dann mach ihn auf, sonst erfährst du nie, was drinsteht", motivierte Isabelle ihre Mutter und reichte ihr den Brieföffner. Das ordentliche Öffnen der Post gehörte zu den Dingen, auf die ihre Mutter immer besonderen Wert gelegt hatte, seit Isabelle denken konnte. Ein Briefkuvert wurde niemals einfach mit den Fingern aufgerissen und lieblos zerfleddert. Der Umschlag war ein Teil des Schriftstücks und wurde ebenso sorgfältig wie der Brief selbst behandelt, zumindest so lange, bis sie entschieden hatte, ob er von Bedeutung war oder nicht.

Während es sich Isabelle auf der Couch bequem machte und geduldig wartete, studierte Mathilde den Inhalt des Briefs mit höchster Aufmerksamkeit. Nach einer Weile legte sie ihn auf den Couchtisch, vor die Nase ihrer Tochter, und so konnte Isabelle einen ersten Blick darauf werfen. Die saubere Handschrift auf dem Umschlag hatte sie vermuten lassen, dass Antoine Lemaire eine Privatperson sein müsse. Nun aber, da ihr Blick auf dem Briefpapier ruhte und sie die Details des besonders auffälligen Briefkopfs betrachtete, wurde sie eines Besseren belehrt. Vorbei war es mit der Müdigkeit, mit dem Wunsch, sich ins Bett zu verkriechen.

Ihre Neugier war geweckt, denn das Schreiben war von einer französischen Rechtsanwaltskanzlei. Dieser unbekannte Antoine Lemaire war demzufolge ein niedergelassener Jurist.

„Soll ich lesen, oder sagst du mir, worum es darin geht?“, fragte sie.

„Wie du magst“, antwortete Mathilde. „Ich weiß gerade nicht so genau, was ich davon halten soll. Angeblich geht es um eine Erbschaft. Eine sensible Familienangelegenheit, und er schreibt, dass es unbedingt erforderlich sei, dass ich zur Regelung nach Frankreich reisen muss. Ich kenne niemanden in Frankreich, das kann nur eine Verwechslung oder, schlimmer noch, ein Betrugsversuch sein.“

„Darf ich ihn lesen?“ Isabelle griff nach dem Briefbogen, wartete jedoch, bis sie das zustimmende Nicken ihrer Mutter erhielt. Das Briefpapier war dick und schwer. Es fühlte sich richtig gut an. Für einen Moment blitzte der Gedanke in ihrem Kopf auf, dass sie solches Papier auch für ihre Geschäftskorrespondenz nutzen könnte. Sie schüttelte die Idee sofort wieder ab, um sich auf den Inhalt zu konzentrieren. Nachdem sie den Brief ebenfalls aufmerksam gelesen hatte und ihn zurück in den Umschlag stecken wollte, fand sie darin ein weiteres Blatt, vielmehr eine Karte. Sie zog sie aus dem Kuvert heraus und stellte erstaunt fest: „Mama, wenn das wirklich ein Betrüger ist, dann macht er sich in der Tat außerordentlich viel Mühe. Das sieht doch ein Blinder mit ’nem Krückstock, dass bei uns nichts zu holen ist. Aber schau mal hier, das ist ein Erste-Klasse-Bahnticket von Köln nach Metz.“ Sie reichte ihrer Mutter die Fahrkarte und sprach weiter.

„Vielleicht stimmt es wirklich und du hast etwas geerbt. Vielleicht sogar ein kleines Vermögen? Das wäre eine Sensation."

Mathilde schien sich nicht zu Spekulationen hinreißen lassen zu wollen. „Zeig mal her." Unruhig drehte und wendete sie die Zugfahrkarte in den Händen, dann brach es ungewohnt emotional aus ihr hervor. „Außer dir hat es niemals irgendwen interessiert, wie es mir ging oder was aus mir wurde. Ich habe mich mehr schlecht als recht allein durchs Leben geschlagen. Glaub mir, ich habe genug Lehrgeld gezahlt. Waisenkind, kein Schulabschluss, immer krank, mit achtzehn schon schwanger und dann auch noch sitzen gelassen worden. Es gibt keine Familie. Das ist einer der Gründe, warum das Geld für uns zwei vorne und hinten nicht gereicht hat. Schau mich an. Ich bin erst sechsundvierzig Jahre alt, unheilbar krank und unfähig, mich allein zu versorgen. Ich habe Schmerzen, und wenn ich dich nicht hätte, wer weiß, was bereits aus mir geworden wäre? Glaubst du denn, ich merke nicht, dass ich dir auf der Tasche liege? Aber es gibt niemanden. Wie soll ich denn glauben, dass aus heiterem Himmel eine große Erbschaft auf mich wartet? Warum sollte mich jemand, der mich überhaupt nicht kennt, mit viel Geld nach seinem Ableben bedenken? Viel eher bleibt die Frage, warum dieser Jemand gewartet hat, bis ihn das Zeitliche gesegnet hat." Sie machte eine Pause und rang nach Atem. Als sie sich beruhigt hatte, fuhr sie leise fort, und es schwang ein wenig Enttäuschung in ihrer Stimme mit. „Und nun soll ich einfach so nach Frankreich fahren, mit der Bahn? Ich kann an schlechten Tagen nicht einmal den

Müll nach unten bringen. Die Schmerzen sind eine fürchterliche Beeinträchtigung. Wie soll ich es dann bewerkstelligen, so einfach nach Frankreich zu fahren und mir diese geheimnisvolle, sensible Angelegenheit anzuhören? Fahrkarte hin oder her, es ist gar nicht möglich." Sie sah ihre Tochter aus müden Augen an.

„Wir könnten zusammen fahren", schlug Isabelle vor, sie wollte wirklich wissen, was es mit diesem Brief auf sich hatte, und war außerdem froh über diese nicht alltägliche Ablenkung. „Ein Ticket haben wir, das andere könnte ich besorgen. Wir setzen dich in den Rollstuhl, und schon geht es los. Schau mal, die Fahrt ist für nächste Woche Mittwoch gebucht."

Mathilde schüttelte den Kopf. „Auf keinen Fall, nein. Es ist lieb, dass du dir Gedanken machst. Aber das alles ist nichts weiter als Unsinn. Da erlaubt sich jemand einen schlechten Scherz mit mir. Abgesehen von den Anstrengungen der Reise, das würde eine regelrechte Tortur sein. Ich weiß nicht, was uns in Metz erwartet. Dort einfach so hinzufahren, Gefahr zu laufen, ausgeraubt zu werden, oder noch Schlimmeres, das wäre naiv. Ich glaube nicht, dass irgendetwas von dem, was in dem Brief steht, wahr ist. Und wenn es wahr ist, bezweifle ich, dass ich wissen möchte, was mir dieser Rechtsverdreher da erzählen will. Ich bin ein Waisenkind, ein Findelkind, niemand weiß irgendetwas, und nun kommt da irgendein Anwalt? Das glaubst du doch selbst nicht."

Isabelle sah ihre Mutter an. So aufgebracht hatte sie sie selten erlebt. Allerdings wirkte Mathilde eher verletzt und verunsichert. Die Vorstellung, dass es möglicherweise Verwandte gab, die sie all die Jahre ignoriert hatten, machte ihr augenscheinlich zu schaffen.

„Vielleicht sollten wir es für heute gut sein lassen. Du wolltest eh schon lange im Bett sein", brach Mathilde die Unterhaltung mürrisch ab.

Isabelle nickte und gähnte. Jetzt spürte sie wieder die Erschöpfung und wollte sich nur noch unter ihre Decke kuscheln. „Du hast recht. Ganz schön viel Aufregung für einen Tag. Lass uns schlafen gehen, und dann überlegen wir morgen in Ruhe, was du tun kannst."

Lange wälzte sich Isabelle in ihrem Bett hin und her. So müde, wie sie war, konnte sie dennoch nicht einschlafen. Zu viele Gedanken fuhren Achterbahn in ihrem Kopf. Hatte sie ein Thema erfolgreich beiseitegeschoben, fand ein anderes zurück in ihre Gedanken. *Sascha, dieser Mistkerl, wie konnte ich nur so dämlich sein und ganze vier Jahre nicht merken, dass er mich nur verarscht hat? Wie konnte er das nur so lange durchziehen? Mehr als erbärmlich ist das, und viel schlimmer noch ist, dass Sergio recht gehabt hat. Er hat es mir prophezeit, und ich habe ihm nicht geglaubt. Ich war so blind. Was Sergio wohl dazu sagt, dass der Deal geplatzt ist? Wird er sich freuen? Bestimmt. Aber er weiß, dass ich nicht ewig bei ihm als Angestellte arbeiten kann und will. Wenn Mama tatsächlich nächste Woche nach Frankreich fährt, werde ich sie begleiten. Dann muss ich Urlaub bei Sergio einreichen. Ziemlich kurzfristig, aber er hat sicher Verständnis dafür. Ob ich ihm überhaupt von alledem erzählen soll?*

Endlich schlief sie ein, doch sie träumte wild. Von Sascha und einer unbekannten Frau mit dunklen

Haaren. Sie trug ein weißes Kleid und saß mit ihm im leeren Café in der Allendestraße, während Isabelle selbst ebenfalls dort war und händeringend versuchte, sich für die passenden Stühle zu entscheiden. Immer wieder musste sie Plätzchen nachreichen, weil es Sascha und seine Neue in kürzester Zeit schafften, alles leer zu futtern, dann stand sie plötzlich draußen auf der Straße. Die neuen Stühle waren im Café, aber Isabelle konnte die Tür nicht öffnen. Sie war verschlossen. Verzweifelt suchte sie den Schlüssel und konnte ihn nicht finden.

Als Isabelle am Morgen erwachte, fühlte sie sich wie gerädert. Kopf und Nacken schmerzten, sie wollte im Bett bleiben und drehte sich kurzentschlossen noch einmal um. Aber der Versuch, wieder einzuschlafen, misslang. Das Gedankenkarussell hatte sogleich wieder Fahrt aufgenommen und quälte sie erneut. Dann muss ich wohl, dachte Isabelle und setzte sich auf. Sie ließ den Blick durchs Zimmer wandern. Ist das zu fassen, ich bin achtundzwanzig Jahre alt und wohne in meinem Kinderzimmer! Hätte mir ja klar sein müssen, dass das auf Dauer nicht gut gehen kann. Weder mit Sascha noch mit einem anderen Mann. Die Dinge lagen allerdings anders, als sie schienen. Ja, obwohl sie in ihrem Kinderzimmer wohnte, bildeten Isabelle und ihre Mutter eher eine Wohngemeinschaft. Ihre finanziell mehr als prekäre Situation und die körperlichen Beeinträchtigungen ihrer Mutter lieferten ausreichend Argumente für dieses Arrangement. Isabelle unterstützte sie so gut, sie konnte, und eine kleine Wohnung war unbestritten günstiger als zwei.

Isabelle musste wieder an den Brief denken. Das potenzielle Erbe. Eine kleine Finanzspritze konnte ihnen beiden guttun und zumindest für ein paar Monate die Geldnot lindern. Ach, das wäre zu schön, um wahr zu sein. Wären sie beide nur einen Hauch bessergestellt, würde die Bank vielleicht die Risikobewertung noch einmal korrigieren. Ob es sich Mathilde in der Nacht anders überlegt hatte? Isabelle rechnete nicht damit, so verbittert wie gestern hatte sie sie selten gesehen. Wobei ein kostenloser Ausflug durchaus nicht zu verachten war. Im Gegensatz zu den meisten anderen Familien waren sie und ihre Mama nie zusammen verreist. Dass Mathilde jemals über die Stadtgrenzen von Köln hinausgekommen war, wagte Isabelle ernsthaft zu bezweifeln. *Frankreich wäre bestimmt eine schöne Abwechslung für uns. Ich jedenfalls könnte gut eine vertragen.*

Isabelle sah auf ihr Handy, es war kurz vor halb neun. Was sollte sie mit diesem Tag anfangen? Einfach im Bett bleiben? Zu Sergio brauchte sie nicht, sie hatte frei, und wie sie sich selbst eingestand, hatte sie überhaupt keine Lust, ihn zu sehen. Sergio war nicht nur ihr Chef, sondern auch ihr einziger guter Freund. Ihm vertraute sie, aber die Genugtuung, dass er in Bezug auf Sascha recht gehabt hatte, wollte sie ihm nicht gönnen. Er würde ihr früh genug damit auf die Nerven fallen. Die Speisekartenentwürfe für das neue Lokal brauchte sie jetzt nicht mehr mit Nachdruck zu erstellen, die Auswahl des Interieurs und alles Weiteren war in unerreichbare Ferne gerückt. Plötzlich hatte Isabelle alle Zeit der Welt und beschloss, diesem Umstand etwas Positives abzugewinnen. Sie wollte ausgiebig mit ihrer Mutter frühstücken und dabei noch einmal mit ihr über einen möglichen Kurztrip sprechen. Was sollte schon schiefgehen, wenn sie zusammen unterwegs waren? Ein Tapetenwechsel hatte noch nie geschadet, und etwas Geld hatte sie sich für unvorhergesehene Ausgaben zur Seite gelegt. Die Idee nahm bereits Form und Gestalt in Isabelles Vorstellung an und erfreute sich von Minute zu Minute weiterer Beliebtheit.

Mathilde saß bereits in ihrem Sessel und versuchte, ein Kreuzworträtsel zu lösen, da trat Isabelle unternehmungslustig ins Wohnzimmer. „Guten Morgen, hast du Lust auf ein ausgiebiges Frühstück? Ich habe heute Zeit und hole uns was vom Bäcker, wenn du magst."

Mathilde sah lächelnd zu ihr auf. „Gern, ich hatte bisher nur ein Glas Wasser. Dann machen wir es uns gemütlich. Mir ist da in der Nacht etwas eingefallen, zu dem Brief, du weißt schon. Ich möchte gern mit dir darüber reden."

Isabelle zog sich die Turnschuhe über. „Jetzt machst du mich aber neugierig. Ich bin gleich zurück, lauf nicht weg", zog sie ihre Mutter liebevoll auf. Eilig griff sie Schlüssel und Geld, dann eilte sie auch schon aus der Wohnung und sprang die Treppenstufen hinunter. Dieser Tag musste einfach gut werden.

Als sie zurückkehrte, hatte Mathilde bereits Teller und Tassen auf den Tisch geräumt und die Kaffeemaschine angestellt.

„O, hier riecht es ja gut", rief Isabelle aus dem Flur. Lässig trat sie auf die hinteren Sohlen ihrer Schuhe, um sie abzustreifen. Das Schlüsselbund klapperte, als sie es in die Glasschale auf der Kommode legte. Dann begab sie sich ins Wohnzimmer und stellte die Papiertüte auf den Tisch. „Du warst ja schon total fleißig", stellte sie anerkennend fest und umarmte ihre Mutter, die bereits am Tisch Platz genommen hatte. „Ich hole Kaffee, dann können wir essen. Heute Morgen im Bett habe ich noch gedacht, dass ich keinen Bissen runterbekommen würde, aber nun habe ich richtig Appetit. Schau mal rein, was ich uns mitgebracht habe."

Mathilde öffnete die Tüte und lachte zurückhaltend. „Ach du", sagte sie nur und zog ein Croissant hervor.

„Ich dachte, ein bisschen französisches Flair würde dir die Entscheidung erleichtern. Stell dir nur vor, wir beide könnten zusammen nach Frankreich reisen. Mit der Bahn sollte das kein Problem sein. Wer weiß, wann sich so eine Gelegenheit noch einmal bietet? In jedem Fall sollten wir versuchen, ein paar Erkundigungen einzuholen. Ich habe heute nichts weiter vor. Ich schnapp mir mein Tablet, und wir machen einen Recherchetag. Na, was sagst du dazu?"

Eine Weile saßen sie sich schweigend gegenüber, ließen sich Croissants und Kaffee schmecken.

„Lecker", schloss Mathilde ihr Frühstück und schob mit dem Zeigefinger die Krümel auf ihrem Teller zusammen. „Ich wollte das Thema ebenfalls mit dir besprechen. Die halbe Nacht habe ich wach gelegen und darüber nachgedacht, was es mit dieser merkwürdigen, sensiblen Erbschaftsangelegenheit auf sich haben könnte. Das Wort ‚sensibel' stört mich übrigens bei dem ganzen Kram am meisten. Worauf ich aber hinauswill, ist, dass es ja noch nicht einmal gesagt ist, ob es eine gute Erbschaft ist. Was ist, wenn es sich um

Schulden oder sogar Haustiere handelt? Vielleicht erbe ich einen alten, stinkenden und sabbernden Hund. Was soll ich denn damit anfangen?"

Isabelle lachte auf. „Das glaubst du doch selbst nicht!"

„Dinge gibt's, die gibt's gar nicht", fuhr Mathilde fort. „Im Grunde will ich dir nur sagen, dass ich keine Ahnung habe, was es mit dieser ganzen Angelegenheit auf sich hat, und dass ich das alles mehr als fragwürdig finde. Wir haben es meiner Meinung nach mit einer Verwechslung oder einem schlechten Scherz zu tun. Und ich bin nicht so fit und unabhängig, dass ich ohne Probleme eine Reise ins Ungewisse antreten kann." Sie sprach ruhig und wohlüberlegt. „Als ich den Brief vorhin noch einmal gelesen habe, stand da etwas, das ich gestern gar nicht bemerkt habe, und das wiederum käme vielleicht doch infrage, diese Entscheidung liegt aber bei dir."

Isabelle war ganz Ohr.

„Es steht mir frei, mittels entsprechender Vollmacht einen geeigneten Vertreter an meiner statt nach Metz fahren zu lassen.Was hältst du davon, wenn du allein fahren würdest? Traust du dir das zu? Das Ticket ist ja hier. Du musst für dich allein nicht viele Sachen zusammenpacken und kannst dich, wenn du magst, auf den Weg machen. So kommst du wenigstens raus und auf andere Gedanken. Ich sehe doch, dass du die Möglichkeit dieser Reise gern wahrnehmen würdest."

Isabelle war von den Socken. Die Idee ihrer Mutter, sie als Vertreterin zu schicken, begeisterte sie, aber gleichzeitig dachte sie daran, dass Mathilde dann allein zurückbliebe. „Du hast ja Vorstellungen. Was ist, wenn du Hilfe benötigst?"

Mathilde machte eine abwiegelnde Handbewegung. „Für einen Tag? Kleines, ich bin zwar nicht mobil, aber bettlägerig bin ich längst nicht. Ich kriege meine Tage auch rum, wenn du arbeiten gehst. Wenn du ehrlich bist, verwöhnst du mich mit deinem Rundum-sorglos-Paket mehr als nötig. Ich schaffe das schon eine Zeit lang ohne dich." Es schien tatsächlich, als habe sie sich bereits einen Plan zurechtgelegt, der aber weniger darauf aus war, diesen undurchsichtigen Anwalt mit seinem seltsamen Brief zu treffen, sondern vielmehr ihrer Tochter eine Auszeit zu verschaffen. „Lass uns einmal in der Theorie durchgehen, was du bräuchtest und wie wir das Ganze organisieren können. Oder hast du gar keine Lust mehr auf Frankreich?", trieb sie das Thema voran.

„Doch", gab Isabelle zu. „Von mir aus gehen wir es mal durch. Vielleicht packt dich dabei ja selbst das Reisefieber, Mama. Dann fahren wir doch zusammen." Sie räumte den Tisch ab und holte ihr Tablet.

Kapitel 2
Regine

Mit übergeschlagenen Beinen und leicht nach vorne gebeugtem Oberkörper wartete Isabelle bereits eine Viertelstunde auf der Bank an Gleis sieben. Abwechselnd beobachtete sie die Reisenden, sah auf die Anzeigetafel. Die blaue Sporttasche, in die sie vorsichtshalber Sachen für fünf Tage gepackt hatte, stand neben ihr. Sie hatte den linken Arm durch die Riemen gezogen und auf ihrem Knie abgelegt. In der Rechten hielt sie einen großen Pappbecher mit etwas, das sich zwar Latte macchiato nannte, aber nicht ansatzweise so schmeckte. Sie war nervös und wippte mit dem Fuß auf und ab. Nur noch wenige Minuten, bis der Zug einfuhr, und dann konnte die Reise ins Ungewisse beginnen. Sie war nach den unschönen Aufregungen der letzten Tage gern bereit, der Bitte ihrer Mutter nachzukommen, in Vertretung nach Frankreich zu reisen. Sie fühlte sich merkwürdig fremd, ohne dass Gefühl weiter beschreiben zu können. Sie kam sich ein bisschen vor wie im Film, wie eine Agentin, auf dem Weg zu einem fremden Ort, wo sie einen Unbekannten treffen und weitere Informationen erhalten sollte. Abenteuerlustig und gespannt umschrieb ihre momentane Gefühlslage wohl am ehesten. Nichtsdestoweniger hatte sie zwei Dosen Pfefferspray in der Handtasche. Die Abenteuerlust hatte sie zwar gepackt, aber lebensmüde war Isabelle nicht. Schon vor zwei Tagen war sie im Kölner Hauptbahnhof gewesen und hatte sich am Fahrkartenschalter sowohl Echtheit als auch Gültigkeit des Tickets bestätigen lassen. Sie hatte sich ebenfalls die Reiseroute mit Zwischenhalten und Umsteigeinformationen ausdrucken lassen und sich vorab über die Rückreisemöglichkeiten informiert.

„Haben Sie gesehen, dass es sich bei diesem Ticket bereits um eine Hin- und Rückfahrtkarte handelt?“, hatte die Dame am Schalter gefragt und Isabelle damit in Überraschung versetzt. „Hier unten steht es, das Rückfahrtdatum ist frei wählbar.“

„Immer das Kleingedruckte“, hatte Isabelle erwidert und sich insgeheim gefreut, dass sie die Ausgaben für die Rückfahrt sparte. Sie wollte vertrauen, die Zeichen für die Echtheit des Briefs standen gut. Eine blecherne Durchsage ertönte und kündigte die Einfahrt des Zugs an. Nun sollte es also tatsächlich losgehen. *Auf nach Frankreich!* Sie leerte den Becher, ließ ihn mit bewusster Geste in den Mülleimer neben der Bank plumpsen und wollte in diesem Augenblick so viel mehr loslassen als nur das bisschen Pappe. Sie hatte nicht vor, die großen Enttäuschungen der letzten Woche weiter mit sich herumzutragen. *Ich will weder Sascha noch dem Café hinterhertrauern, und ein Tapetenwechsel wird mir dabei helfen, zu vergessen und mich neu zu orientieren.*

Quietschend hielt der Eurocity Einfahrt in den Bahnhof, wenige Minuten später betrat Isabelle ihr Abteil in der ersten Klasse. Knapp viereinhalb Stunden würde sie nun unterwegs sein, wenn es keine unplanmäßigen Aufenthalte gab. Sie verstaute ihre Sachen und versuchte, eine bequeme Sitzposition einzunehmen. Es war gar nicht so einfach. Nun war sie doch nervös, und obwohl sie ihr Tablet ganz enthusiastisch mit einigen Büchern, die sie schon längst hatte lesen wollen, ausgestattet hatte, um sich die Zeit zu vertreiben, war ihr augenblicklich überhaupt nicht nach Lesen. Stattdessen stellte sie den Wecker ihres Handys ein, damit er sie rechtzeitig daran erinnerte, in Koblenz umzusteigen. *Sicher ist sicher.* Sie fühlte sich zwar nicht müde, es trieb sie aber die Sorge, einzuschlafen und den Bahnhof zu verpassen. Das wäre mehr als unangenehm. Beim nächsten Blick aus dem Fenster beobachtete sie bereits, wie der Bahnsteig langsam an ihr vorbeizog. Nun war sie unterwegs, lehnte sich zurück und ließ ihren Gedanken freien Lauf.

„Ich spreche doch gar kein Französisch", hatte sie den Vorschlag ihrer Mutter im ersten Moment abgewehrt. „Mit dem wenigen, das ich noch aus der Schule weiß, mache ich mich lächerlich."

Aber Mathilde hatte dieses Argument nicht gelten lassen. „Wie du siehst, hat dieser Antoine Lemaire seinen Brief auf Deutsch verfasst. Du wirst dich also ohne Weiteres gut mit ihm unterhalten können. Außerdem kannst du ausgezeichnet Englisch, und damit kommt man immer durch."

Isabelle hatte geseufzt. „Ausgerechnet Englisch, ich habe mal gehört, dass die Franzosen gar nicht so erpicht darauf sind, Englisch zu sprechen, und gern mal so tun, als verständen sie nichts."

„Das sind alles Vorurteile, seit wann gibst du etwas darauf?", hatte Mathilde abgewiegelt. „Außerdem bist du eine kluge Frau. Du kannst in den nächsten Tagen bestimmt noch ein wenig lernen."

Da hatte Isabelle herzhaft lachen müssen. „Das ist nicht dein Ernst, Mama!"

Aber Mathilde hatte keine Miene verzogen. Sie meinte es offenbar genauso, wie sie es gesagt hatte. Nachdem sie die Kanzlei erfolgreich mit Google gefunden hatten, nur einen Firmeneintrag, keine Website, hatten die beiden versucht, dort jemanden telefonisch zu erreichen. Fehlanzeige. Weder ein Anrufbeantworter noch eine Assistentin hatten das Gespräch entgegengenommen. Das war ihnen schon merkwürdig vorgekommen und hatte für einige Mutmaßungen und Spekulationen gesorgt.

„Vielleicht muss er dein neues sabberndes Haustier gerade ausführen", hatte Isabelle gesagt, und in diesem Augenblick, da sie sich daran erinnerte, überkam sie erneut ein breites Grinsen.

Mathilde hatte sich beim Gedanken an solch eine Art Erbschaft keineswegs glücklich gezeigt und ihre Tochter mit hochgezogenen Augenbrauen angesehen. Ihr Blick hatte gesagt: Wage es nicht, mir einen sabbernden Hund mitzubringen!

In Koblenz hatte Isabelle genügend Zeit für einen Aufenthalt in der Bahnhofshalle. Dort ließ sie sich zum Kauf einer Käsestange und einer Tüte Lakritzschnecken verleiten und vertrat sich ein wenig die Beine. Dann ging es weiter nach Luxembourg. In der belgischen Hauptstadt war der geplante Aufenthalt kürzer, zusätzlich hatte der Zug Verspätung, sodass sie sich sputen musste, um den Anschluss nach Metz nicht zu verpassen.

Mit geröteten Wangen und Schweißperlen auf der Stirn sank sie auf ihren Sitzplatz. Obwohl Isabelle sportliche Betätigung gewohnt war, hatte ihr dieser Sprint mit Reisetasche ein wenig zugesetzt. Die große Wasserflasche in der Tasche hatte sie vor wenigen Augenblicken verflucht, nun trank sie dankbar daraus und fühlte sich schnell besser. Hinzu kam, dass der Zug klimatisiert war.

Der Anwalt hatte in seinem Brief geschrieben, dass für den Transfer vom Bahnhof in Metz bis zur Kanzlei gesorgt sei, ebenfalls war ihre beziehungsweise Mathildes angemessene Unterbringung organisiert. *Ich bin wirklich gespannt, was und wer mich heute erwartet. Wie sie mich wohl erkennen werden? Hoffentlich halten sie kein Schild mit der Aufschrift „Mathilde" hoch. Was ist, wenn mich überhaupt niemand abholt? Wie lange gehört es sich, dort zu warten?* Unruhig rang Isabelle die Hände, zog dann die Handtasche auf ihren Schoß und versicherte sich, dass das Pfefferspray nach wie vor griffbereit war. Nur die Ruhe, du schaffst das schon. Schau dir lieber die beeindruckende Landschaft an, versuchte sie, sich zu beruhigen. Und in der Tat hatten die imposanten dunkelgrünen Hügel, die sich rund um die Mosel mit ihren Ausläufern erhoben und sich immer mal wieder zeigten, eine besänftigende Wirkung auf sie. Diese weite Landschaft war mit der Großstadt nicht zu vergleichen. *Unfassbar, wie viele alte Burgen und Schlösser hier zu finden sind. Ob es heute ein Reinfall wird oder nicht, allein diese Aussicht ist bemerkenswert, und bevor ich zurückkehre, werde ich mindestens einen ausgedehnten Spaziergang durch die Natur machen.*

In der kurzen Vorbereitungszeit hatte sich Isabelle ein paar Hotels herausgesucht. Es war zwar eine Fahrt ins Blaue, aber sie hatte sich nicht dazu durchringen können, ganz ohne Plan loszufahren. Auf die Aussagen im Brief wollte sie sich nicht komplett verlassen. Metz hatte mehr als genug Unterkünfte. Selbst wenn alle Stricke rissen, brauchte sie keine Angst zu haben, die Nacht ohne Obdach in der Stadt verbringen zu müssen. Drei Hotels hatte sie in die engere Wahl genommen. Sie hatten gute Bewertungen und Preise, die sie sich für ein oder zwei Tage leisten konnte.

Nervös sah sie auf die Uhr. Schon bald würde der Zug sein Ziel erreicht haben. Wie zur Bestätigung ertönte die Zugdurchsage, und auch wenn sie den ersten Teil nicht vollständig verstand, klang der letzte Teil deutlich nach Metz-Ville. Sie stand auf, nahm ihr Gepäck und stellte sich zu der kleinen Traube Mitreisender vor den Ausstieg. Langsam hielt der Zug Einfahrt in den langen Bahnhof. Da es ihr an Orientierung fehlte, ließ sich Isabelle von den anderen Menschen leiten. Die müssen ja wissen, wo es hier hinausgeht, sagte sie sich und hatte nicht unrecht. Nur wenige Minuten später stand sie bereits auf dem Bahnhofsvorplatz und blinzelte in die angenehm warme Nachmittagssonne. Mit der Hand beschattete sie ihre Augen und sah sich prüfend um. Das außergewöhnliche Sandsteingebäude des Bahnhofs mit seinem gewaltigen Uhrenturm reflektierte das Sonnenlicht. Das helle Licht blendete, doch sie betrachtete das Bauwerk mit Interesse, denn es kam unter dem azurblauen Himmel besonders zur Geltung. Bereits während der Fahrt war Isabelle die häufige Verwendung dieses hellen Steins zum Bau von Häusern und Burgen aufgefallen. Der beeindruckte sie auch jetzt. Robust und zugleich hoffnungslos romantisch wirkte die Architektur auf sie. Urlaubsstimmung machte sich breit.

Erneut sah sie sich auf dem Vorplatz um. Auf der großen Freifläche war es mittlerweile leerer geworden, und nun erblickte sie eine schwarze Limousine. Für einen Moment fühlte es sich an, als setzte ihr Herzschlag aus. Eine Limousine, in Schwarz? Hast du nicht schon als kleines Kind gelernt, nicht zu Fremden ins Auto zu steigen, ging es Isabelle plötzlich durch den Kopf. Reichlich spät, sich jetzt darüber Gedanken zu machen, 007, sagte sie sich und hoffte inständig, dass alles mit rechten Dingen zugehen würde. Die Autotür öffnete sich, und ein älterer Herr in schwarzem Anzug stieg aus. Er setzte eine Schirmmütze auf sein weißes Haar und schritt mit aufrechter, eleganter Körperhaltung auf Isabelle zu. Die Finger der einen Hand umschlossen die Riemen der Reisetasche mit festem Griff, die andere steckte schon in der Handtasche, bereit, sich zu verteidigen. Ihr Herzschlag wurde immer schneller, während sie den Mann, der langsam auf sie zuging, nicht aus den Augen ließ und sich überlegte, ob es irgendeinen Sinn ergeben würde, sich das Kennzeichen des Wagens zu merken. Sie könnte eine Textnachricht an ihre Mutter schicken, um ein mögliches Verbrechen schneller aufklären lassen zu können. *Wenn ich tot bin, gibt es wenigstens gleich eine Spur.* Wie angewurzelt stand Isabelle vor dem Bahnhofsgebäude und wartete, bis der Herr, der augenscheinlich Chauffeur war, zu ihr aufgeschlossen hatte.

„Madame Mechant“, eröffnete er und verbeugte sich dezent, „mein Name ist Didier, und ich begrüße Sie herzlich in Metz.“ Er machte einen höflichen und ungefährlichen Eindruck auf Isabelle, aber waren es nicht genau diejenigen Menschen, die einem Sicherheit vorgaukelten und dann zuschlugen? Sie zauderte. „Darf ich Ihnen das Gepäck abnehmen und Sie zum Wagen begleiten? Wir können dann umgehend fahren, Monsieur Lemaire erwartet Sie bereits in seiner Kanzlei.“

Dass der Mann Deutsch sprach, irritierte Isabelle weniger als die vornehme Art, mit der er sich ihrer annahm. Trotzdem sah sie sich genötigt, in irgendeiner Form zu antworten, und fragte deshalb gerade heraus: „Sie sprechen Deutsch?“

„Naturellement, aber natürlich. Wir sind schließlich in Lothringen“, erklärte der Fremde mit einem nachsichtigen Lächeln, als hätte sie es wissen müssen.

Isabelle sah ihn prüfend an. *Und dafür habe ich Vokabeln gelernt?* „Die Tasche brauchen Sie nicht zu nehmen, so schwer ist die nicht“, erwiderte sie bestimmt, lächelte diesen Didier aber freundlich an und gab sich einen Ruck. Angst flößte ihr der Fremde nicht ein, vielmehr befürchtete sie jetzt, dass er sich beim Tragen ihres Gepäcks eine Verletzung zuziehen könnte.

Didier geleitete sie zum Fahrzeug und öffnete die Tür, damit Isabelle einsteigen und auf der Rückbank Platz nehmen konnte. Sie sah sich um und dachte nur: Hoffentlich ist es nicht das Letzte, was ich in meinem Leben sehe. Dann klappte die Wagentür mit einem dumpfen Geräusch zu.

Es war bereits kurz vor vier, als Didier die Limousine routiniert durch die Innenstadt lenkte und sich durch nichts aus der Ruhe bringen ließ. Sein freundliches Wesen wirkte mit der Zeit beruhigend auf Isabelle, und so dauerte es nicht lange, bis sie ihre antrainierte Servicefreundlichkeit an den Tag legte und in Plauderlaune geriet.

„Wo fahren wir denn hin?“, fragte sie und sah neugierig aus dem Fenster.

„Monsieur Lemaire hat ein Büro in der Stadt, dort möchte er Sie gern begrüßen“, gab Didier bereitwillig Auskunft.

„Wird es lange dauern, bis wir da sind?“, fragte Isabelle weiter.

„Nach derzeitiger Verkehrslage schätze ich, circa acht Minuten. Benötigen Sie etwas? Ist Ihnen nicht gut?“ Didier klang ernsthaft besorgt.

„Nein, nein. Alles in Ordnung“, beschwichtigte sie ihn. „Ich bin nur schon eine Weile unterwegs und etwas müde. Abgesehen davon, weiß ich immer noch nicht, was mich erwartet. Meine Neugier wächst von Minute zu Minute.“

Didier steuerte den Wagen in die Tiefgarage eines alten, noblen Gebäudes. Wunderschön und bestimmt ganz schön teuer, ging es Isabelle durch den Kopf. Für eine Begegnung in feiner Gesellschaft trug sie nicht die passende Kleidung. Didier parkte die Limousine direkt am Eingang zu den Büros, zog eine Plastikkarte aus der Tasche und hielt sie vor einen kleinen, weißen Kasten neben der Tür. Ein helles Piepen ertönte, und die elektronische Glasschiebetür öffnete sich mit einem leisen Surren.

„Bitte, nach Ihnen", gab er Isabelle den Vortritt und bedeutete ihr mit einer dezenten Armbewegung, einzutreten.

Eine angenehm kühle Brise schlug ihr entgegen, nicht zu viel, sie fror nicht, es war gerade richtig. Isabelle versuchte, unbemerkt den Stoff ihrer Bluse am Rücken zu lüften. Sie liebte den Sommer, aber so verschwitzt fühlte sie sich nicht gerade wohl in ihrer Haut. In ihrer bequemen Jeans und der Sommerbluse kam sie sich plötzlich recht fehl am Platz vor. Egal, da musste sie oder der Anwalt jetzt wohl durch. Sie sah an sich hinunter und rechtfertigte sich damit, dass er wohl nicht mit Abendgarderobe rechnen konnte, wenn sie nach fast fünf Stunden Anreise direkt vom Bahnhof zu ihm kam.

Aufmerksam sah sich Isabelle im Eingangsbereich um. Die flachen Stoffschuhe standen auf einem sauberen roten Teppich. Durch die dünnen Sohlen konnte sie spüren, wie weich er war.

„Wenn Sie nichts dagegen haben, rufe ich den Lift", fuhr Didier fort und drückte bereits den Knopf.

Wieder ließ ihr Didier den Vortritt. Im Fahrstuhl lief leise Musik, die Innenwände waren verspiegelt, davor war ein Handlauf aus Messing angebracht. Isabelles Finger umschlossen das Metall, dann blickte sie in den Spiegel. Einige feine Strähnen hatten sich zwar aus ihrem Zopf gelöst, ansonsten machte sie jedoch einen ganz passablen Eindruck. Viel mehr ist unter diesen Umständen nicht zu erwarten, beschloss sie. Bei ihrem nächsten Gedanken stockte ihr allerdings der Atem. Es gab da etwas, worüber sie keinen Augenblick nachgedacht hatte und was auch ihre Mutter nicht mit einem

Satz in Erwägung gezogen hatte. *Was, wenn ich gar nicht allein eingeladen bin? Dann trete ich im Vergleich zu allen anderen womöglich als der letzte Schlunz auf! Was für eine Blamage!*

Fast unmerklich hatte der Fahrstuhl angehalten, gleich darauf öffnete sich die Tür. Sie waren im dritten Stockwerk angekommen, und hier war der Boden ebenfalls mit dickem Teppich ausgelegt. Didier zückte erneut seine Karte, hielt sie vor das Lesegerät neben einer schweren, verzierten Holztür und wartete, bis es piepte. *Cabinet d'avocat – Antoine Lemaire – Rechtsanwalt* las Isabelle, bevor sie mit bangem Gefühl eintrat. Durch einen breiten Flur gelangte sie in ein großes Arbeitszimmer mit schweren dunklen Möbeln.

Hinter einem riesigen Schreibtisch, der den Mittelpunkt des Raums bildete, erhob sich ein elegant gekleideter Herr, wesentlich älter als der Chauffeur, und trat Isabelle langsam entgegen. „Bonjour, Madame, et bienvenue. Herzlich willkommen. Ich bin Antoine Lemaire, Initiator dieses Unterfangens, und freue mich, Sie bei mir zu begrüßen." Er bedachte sie mit einem sanften Händedruck und zeigte auf Didier. „Meinen Assistenten kennen Sie bereits. Ich hoffe, Sie hatten eine angenehme Anreise. Möchten Sie sich etwas erfrischen, bevor wir beginnen? Didier zeigt Ihnen gern die Gästetoilette."

Isabelle nickte und nahm das Angebot dankend an. Der Anwalt war auf den ersten Blick ein angenehmer Gastgeber. Antoine Lemaire war mindestens zwanzig Jahre älter als Didier und wirkte keineswegs gefährlich auf sie. Er war wirklich alt, und sie stellte sich die Frage, warum dieser Herr, dem es offenbar finanziell nicht schlecht gehen konnte, in diesem hohen Alter noch arbeitete.

„Folgen Sie mir, Madame“, vernahm sie Didiers Stimme. „Möchten Sie mir Ihr Gepäck nun anvertrauen? Ich stelle es hier ab.“

„Gern“, gab sich Isabelle nun einverstanden und überließ Didier die Reisetasche. Von ihrer Handtasche trennte sie sich selbstverständlich nicht.

„Nehmen Sie Platz“, bat Antoine Lemaire freundlich, als sie wieder in seinem Büro stand.

Vor dem Fenster waren zwei wunderschöne smaragdgrüne Lehnsessel platziert, dazwischen befand sich ein Beistelltischchen. Didier arrangierte gerade frisches Wasser in einer Karaffe und ein paar Kanapees darauf. Beide setzten sich, und Didier schloss die Tür. Jetzt waren sie allein.

„Nun, Mademoiselle“, eröffnete er das Gespräch. „Sie sind ganz offensichtlich nicht Mathilde Mechant. Erlauben Sie mir die Frage, wen Mathilde in Vertretung geschickt hat und warum sie meiner Einladung nicht selbst gefolgt ist?“ Er sprach ruhig und in sehr gutem Deutsch zu ihr und hatte eine starke, sehr beruhigende Ausstrahlung.

„Mein Name ist Isabelle Mechant, ich bin Mathilde Mechants Tochter. Sie hat mich gebeten, ihre Vertretung zu übernehmen“, antwortete sie.

Ein freudig überraschtes Lächeln zeigte sich im faltigen, vom Alter gezeichneten Gesicht des Mannes. „Es freut mich außerordentlich, Ihre Bekanntschaft zu machen, Isabelle. Darf ich fragen, wie es Ihrer Mutter geht und warum sie nicht selbst angereist ist?“

„Dürfen Sie. Um ihre Gesundheit steht es nicht gut. Im Moment macht ihr das Rheuma schwer zu schaffen. Sie hatte Befürchtungen, dass dies alles zu viel für sie sein könnte. Außerdem konnte sie bisher keinen Zusammenhang zwischen sich und dem Erbanliegen feststellen. Ich möchte es einmal so formulieren: Sie hat etwas Sorge, dass sich diese eigenartige Angelegenheit nicht zu unserem Vorteil entwickeln könnte. "

Der Anwalt hörte aufmerksam zu. „Ich verstehe. Es ist für Sie jedoch in Ordnung, sich dieser Sache anzunehmen?", wollte er wissen.

„Ich weiß es noch nicht. Bis jetzt kann ich zumindest nicht klagen", erwiderte Isabelle nüchtern. „Ich bin gespannt, zu erfahren, worum es eigentlich geht. Dann erst kann ich mir eine eigene Meinung bilden."

Zustimmendes Nicken seitens Lemaire. „Da haben Sie vollkommen recht, Isabelle. Wir sollten zur Tat schreiten. Es muss aber alles seine Richtigkeit haben, deshalb möchte ich Sie höflich bitten, sich auszuweisen und mir die Vollmacht Ihrer Mutter zu überreichen."

Nun wurde es also ernst. Angespannt öffnete Isabelle ihre Handtasche, zog Mathildes Brief und ihr Portemonnaie heraus. Sie reichte die notwendigen Papiere an den Anwalt weiter, der zufrieden nickte und sich aufmerksam damit befasste.

„Ach, verzeihen Sie, wie unhöflich von mir!", unterbrach Monsieur Lemaire plötzlich. „Nehmen Sie sich ruhig Wasser und etwas zu essen. Sie hatten eine lange Reise. Bestimmt sind Sie durstig und hungrig." Er beugte sich langsam über die Armlehne seines Sessels und legte die Unterlagen mit einer schwungvollen

Bewegung auf seinem Schreibtisch ab. Dann wandte er sich ihr wieder zu, goss eines der Gläser halb voll und reichte es an sie weiter. „Wissen Sie, Isabelle, ich bin froh, dass alles geklappt hat, ich war mir nicht sicher, ob ich mit meinem Brief und der Übersendung eines Zugtickets die richtige Variante gewählt habe. Es ist Ihnen wohl merkwürdig vorgekommen, und ich muss gestehen, mit Recht."

Isabelle nickte bestätigend, während sie einen Schluck trank.

„Wie ich in meinem Brief bereits geschrieben habe, handelt es sich um eine spezielle Erbschaftsangelegenheit Ihrer Mutter."

Isabelle nahm sich ein Kanapee und biss herzhaft hinein. Seit ihrer Ankunft in der Kanzlei war sie größtenteils damit beschäftigt gewesen, die vielen neuen Eindrücke zu verarbeiten. Nun endlich ergriff sie die Chance und stellte diese eine, wirklich wichtige Frage, die sowohl ihr als auch Mathilde von Anfang an auf den Lippen gebrannt hatte. „Monsieur Lemaire, meine Mutter ist in einem Waisenhaus aufgewachsen", sagte sie kauend. „Sie kam den Unterlagen zufolge als neugeborenes Findelkind dort an. Ihre Eltern sind angeblich niemandem bekannt. Sie war ihr ganzes Leben lang ohne Familie. Wie soll es unter diesen Umständen möglich sein, dass sie in eine Erbschaftsangelegenheit verwickelt ist? Sie selbst sagt, dass sie niemanden in Frankreich kennt und niemals hier gewesen ist. Das passt doch gar nicht zusammen. Wie kann das sein? Und warum erst jetzt?"

Der alte Herr warf ihr einen mitfühlenden Blick zu und ließ einige Sekunden verstreichen, bevor er

Isabelles recht emotional hervorgebrachte Frage beantwortete. „Ich verstehe Ihre Gedanken gut, und glauben Sie mir, ich würde Ihnen gern umfassend Auskunft erteilen. Leider sind mir im Moment die Hände gebunden. Ich darf Sie zum jetzigen Zeitpunkt nur eingeschränkt informieren und bin auf Ihr Verständnis angewiesen." Er nahm das Glas, um einen Schluck zu trinken, dabei bemerkte Isabelle, dass ihm die Hand zitterte. Alter oder Nervosität? „Mademoiselle, ich mache Ihnen folgenden Vorschlag: Sie hören sich in Ruhe an, was ich Ihnen in meiner Funktion als bestellter Testamentsvollstrecker mitzuteilen habe. Sie nehmen sich Zeit, in Ruhe über die Angelegenheit nachzudenken, und besprechen sich gern im Anschluss mit Ihrer Mutter. Anschließend teilen Sie mir verbindlich mit, wie Sie sich entschieden haben. Einverstanden?"

„Was bleibt mir anderes übrig?", gab sich Isabelle mit einem Lächeln geschlagen. Sie gönnte sich ein weiteres Häppchen und lehnte sich im Sessel zurück.

Auch der Anwalt nahm nun eine bequeme Position ein. Es dauerte eine Weile, bis er fortfuhr. Er suchte offenbar nach den geeigneten Worten. „Es handelt sich vornehmlich um ein Haus. Wobei die Immobilie selbst nicht zum Nachlass gehört. Mathildes Erbe besteht zunächst einmal darin, ein Häuschen für eine unbestimmte Zeit zu bewohnen. Es ist ein abgelegenes Nebengebäude auf dem Anwesen der nicht unvermögenden, alteingesessenen Familie Gelloncourt de Lorraine, welches den Namen *La Résidence verte – Die grüne Residenz* trägt. Sämtliches Inventar steht der Erbin beziehungsweise der von ihr benannten Stellvertreterin während ihres Aufenthalts zur Verfügung. Außerdem wird es eine wöchentliche Auszahlung von zweihundertfünfzig Euro zur Bestreitung des täglichen Bedarfs geben. Miete beziehungsweise andere laufende Kosten für das zu bewohnende Haus fallen in der Zeit nicht an." Antoine Lemaire machte eine Pause. Sein Vortrag schien ihn angestrengt zu haben. Außerdem glaubte Isabelle, er wolle ihr Zeit geben, das Gehörte zu verstehen und bei Bedarf Fragen zu stellen.

Die eine, ganz offensichtliche, formulierte sie sofort. „Ich verstehe Sie richtig, dass ich in einem Haus wohnen soll, das mir nicht gehört?" Lemaire nickte. „Sie meinen so etwas wie ein Ferienhaus, das ich aber nicht bezahlen muss, sondern im Gegenzug Geld dafür bekomme, dass ich darin wohne?" Er nickte wieder. „Was ist mit dem Haus? Wohnt dort noch jemand anderes?"

Dieses Mal verneinte der Anwalt. „Ich kann Ihnen versichern, dass dieses Haus in einwandfreiem baulichen und zeitgemäßen Zustand ist und dass niemand anderes darin wohnt. Sie würden das Objekt allein beziehen."

Allerhand Schreckensszenarien spielten sich in ihrer Vorstellung ab. *Ist jemand darin ermordet worden, spukt es etwa? Hat ein Verbrechen darin stattgefunden? Warum soll mich jemand dafür bezahlen, in einem Haus zu wohnen?*

Als hätte Monsieur Lemaire ihre Gedanken gelesen, setzte er hinzu: „Alles hat juristisch seine Ordnung. Sie begeben sich nicht in kriminelle Kreise, falls Sie dies befürchten, Mademoiselle."

Isabelle beugte sich nach vorne und fragte so ernst sie konnte: „Aus welchem Grund sollte jemand meine Mutter oder mir anbieten, in einem Haus mietfrei zu wohnen und zusätzlich noch Geld dafür zu bezahlen? Das kann nicht mit rechten Dingen zugehen. Warum sollten wir uns auf so etwas einlassen? Was ist der tiefere Sinn dahinter?“

Der Anwalt ließ einige Sekunden verstreichen. „Ich verstehe Ihre Sicht und kann all die Fragen nachvollziehen“, erklärte er dann. „Im Moment darf ich allerdings keine detaillierte Auskunft geben. Ich kann Ihnen aber bei meinem Leben und meiner Berufsehre versichern, dass all dies zwar außergewöhnlich, rechtlich jedoch einwandfrei abgesichert und moralisch absolut zu vertreten ist.“

Isabelle sah den Alten mit zusammengekniffenen Augen an. Er wirkte nicht böse, aber immerhin handelte es sich um einen Anwalt, einen Rechtsverdreher, wie man sie im Volksmund auch nannte. Bereits zu Beginn hatte er gesagt, dass sie ihm vertrauen müsse. Das war reichlich Vorschuss, den er da einforderte. Sie überlegte eine Weile und vergewisserte sich dann: „Ich kann in Vertretung für meine Mutter also entscheiden, ob wir vorübergehend in dem Haus wohnen wollen?“

„Nicht ganz“, führte der Anwalt detaillierter aus. „Sie können entscheiden, ob eine von Ihnen beiden, Mathilde oder Sie in Vertretung, dort wohnen wird.“

„Und Sie versichern, dass es rechtlich einwandfrei und ungefährlich ist?“

Lemaire bestätigte erneut. „Juristisch sowie moralisch absolut in Ordnung, ungefährlich, es entstehen keine Folgekosten, ein Taschengeld in Höhe von zweihundertfünfzig Euro pro Woche wird Ihnen an jedem Montag in bar ausgezahlt."

Isabelle schluckte bei dem Wort „Taschengeld".

„Ich freue mich sehr, wenn Sie mir vertrauen. Sie teilen mir die Entscheidung im Namen von Mathilde mit, da Sie in Vertretung hier sind. Selbstverständlich dürfen Sie vorab Rücksprache mit Ihrer Mutter halten. Diese Angelegenheit ist von nicht alltäglicher Natur, und Ihre Wahl muss zum einen wohlüberlegt sein und zum anderen organisiert werden, nehme ich an." Der Anwalt schilderte alles recht sachlich und verständnisvoll.

Isabelle hatte nicht das Gefühl, dass er sie unter Druck setzen wollte. Die Neugier, den Grund für diese Heimlichtuerei zu erfahren, wuchs jedoch von Sekunde zu Sekunde. „Bis wann muss ich mich entscheiden?", erbat sie weiter Auskunft.

„Es wäre wünschenswert, wenn Sie sich zeitnah entscheiden könnten. Was sich schlicht damit begründet, dass ich nicht mehr der Jüngste bin, wie sich unschwer verheimlichen lässt. Ewig leben werde ich nicht, doch diese Aufgabe liegt mir so sehr am Herzen, dass ich bestrebt bin, sie vor meinem Ableben erfolgreich abzuschließen. Sie dürfen das Objekt natürlich vorab besichtigen. Sie bekommen also nur die halbe Katze im Sack, wenn ich das so salopp formulieren darf. Ich hatte an Folgendes gedacht und hoffe, Sie damit nicht zu sehr zu überfallen: Im Anschluss an unser Kennenlernen fahren wir zusammen ins Hotel. Dort ist bereits ein schönes Zimmer für Sie gebucht. Nach dem Check-in haben Sie etwas Zeit für sich, und etwas später fahren wir nach Gelloncourt und besichtigen das besagte Häuschen. So weit ist es nicht, maximal eine halbe Stunde Fahrt mit dem Auto. Anschließend möchte ich Sie zum Abendessen ausführen, wenn es Ihnen genehm ist, und es steht Ihnen jederzeit frei, abzureisen oder zu bleiben. Machen Sie sich keine Sorgen hinsichtlich des Hotelzimmers, es ist alles arrangiert. Auf wie viele Tage haben Sie sich eingerichtet?", wollte Antoine Lemaire nun wissen.

„Ach, so auf zwei bis drei", antwortete Isabelle. „Ab wann soll das Haus denn genutzt werden?"

„Bestenfalls ab morgen, andernfalls sobald das Erbe angetreten wird. Mir käme es natürlich entgegen, wenn Sie es einrichten könnten, gleich hierzubleiben. Sind Sie beruflich flexibel?"

Isabelle atmete schwer aus. Gesetzt den Fall, sie würde sich darauf einlassen, wer kümmerte sich dann um ihre Mutter? Würde Sergio ihr für unbestimmte Zeit Urlaub geben? Sie musste mehr wissen, die beiden würden sie mit jeder Menge Fragen löchern, wenn sie mit halbgaren Vorschlägen ankam. „Das müsste ich alles besprechen. Aber bitte sagen Sie mir noch, worin besteht der Sinn des Ganzen? Der erschließt sich mir in keiner Weise. Wie lange soll das Haus bewohnt werden und vor allem, wer hinterlässt dieses eigenartige Erbe?"

Lemaire machte ein erleichtertes und zugleich geheimnisvolles Gesicht. Es war Isabelle, als habe er während der gesamten Unterhaltung nur darauf gewartet, dass sie endlich diese Frage stellte. „Der Sinn des Ganzen besteht darin, die Wahrheit zu finden. Es ist sozusagen ein Rätsel, dessen Lösung es ist, die

Wahrheit über Sie, Ihre Mutter und meine kürzlich verstorbene Mandantin, Regine Mechant, zu finden. Regine Mechant ist Ihre Großmutter."

Kapitel 3
Gelloncourt

Isabelle fühlte sich wie vor den Kopf gestoßen. „Ich hatte die ganze Zeit eine Großmutter in Frankreich? Warum hat sie keinen Kontakt mit meiner Mutter aufgenommen? Gibt es etwa noch mehr Verwandtschaft? Wie ist das möglich, dass Sie so etwas wissen, wenn doch keine Informationen darüber in allen anderen Unterlagen verzeichnet sind?"

Der Anwalt stand auf und bot Isabelle zuvorkommend den Arm an. „Ich verstehe, dass Sie aufgewühlt sind, und hatte mir gedacht, dass es möglicherweise einfacher sei, Ihnen das Haus und die Umgebung zu zeigen und dabei einen Teil Ihrer Fragen zu beantworten, eben in dem Rahmen, der mir möglich ist", führte er ruhig aus und setzte nach einer kurzen Pause hinzu: „Vorausgesetzt, Sie möchten das überhaupt. Einige Fragen werde ich Ihnen trotz alledem nicht beantworten können. Mir sind zum Teil durch Regine die Hände gebunden, das heißt, dass ich verschiedenen Schweigepflichten unterliege. Allerdings darf ich Ihnen mitteilen, dass Regine Mechant zwar den Großteil ihres Lebens in Gelloncourt und in der *Résidence verte* verbracht hat, nicht aber aus der Linie der Familie Gelloncourt de Lorraine abstammt. Sie arbeitete lange Zeit als Hausmädchen dort und lebte in dem besagten Haus. Sie hatte lebenslanges Wohnrecht."

Isabelle hatte das Gefühl, dass sie den Boden unter den Füßen verlor. Wenn dies alles stimmte, wie sollte sie das ihrer Mutter beibringen? „Monsieur Lemaire, ich weiß gar nicht, wo ich anfangen soll. Das, was Sie erzählen, klingt so unwirklich und mysteriös. Mir geht so vieles durch den Kopf, ich weiß überhaupt nicht, was ich davon halten soll."

Lemaire ließ Isabelles Arm los und ging zu seinem Schreibtisch. Während er Mathildes Vollmacht einschloss und Isabelle den Ausweis zurückgab, sprach er weiter. Er wirkte melancholisch, fast betroffen. „Der Nachlass Ihrer Großmutter ist tatsächlich ein ausgesprochen besonderer Fall, der letzte, den ich überhaupt betreue. Im Grunde bin ich schon lange in Pension. Nehmen Sie sich die Zeit, die Sie brauchen. Jetzt erwarte ich gar keine Entscheidung von Ihnen. Das wäre mehr als vermessen."

„Ich denke, das Beste ist, meine Mutter anzurufen und ihr die ganze Angelegenheit so schonend wie möglich beizubringen. Wenn sie erfährt, worum es sich handelt, wird sie sicher eigene Wünsche haben. Möglicherweise kommt für sie dann doch eine Reise infrage." Am liebsten hätte Isabelle ihre Mutter bereits am Telefon gehabt. Unruhe machte sich in ihr breit.

„Didier bringt Sie jetzt erst einmal ins Hotel. Dort können Sie in Ruhe telefonieren. Um halb acht hole ich Sie ab, wir fahren gemeinsam zur Résidence und gehen anschließend zu Abend essen." Er reichte Isabelle eine Visitenkarte. „Hier, nehmen Sie die, Sie können mich jederzeit anrufen."

Isabelle gab sich vorerst einverstanden und folgte Didier, der bereits vor dem Arbeitszimmer auf sie wartete.

Das Hotel, das Antoine Lemaire für seinen Gast ausgewählt hatte, stand aufgrund der gehobenen Preisklasse nicht auf Isabelles Liste. Die Dame am Empfang wusste bereits Bescheid und reichte die vorbereiteten Unterlagen über den Tresen. Schlüsselkarte, Hotelinformationen und ein Begrüßungsschreiben des Hauses auf Deutsch an Isabelle Mechant, nicht, wie ursprünglich gedacht, an Mathilde. Er legt sich bei aller Geheimniskrämerei ordentlich ins Zeug, dachte Isabelle, als sie ihren Namen las.

„Au revoir, Mademoiselle! Um halb acht werde ich Sie in der Lobby erwarten", verabschiedete sich Didier.

Noch während Isabelle auf den Fahrstuhl wartete, zückte sie das Handy und rief ihre Mutter an.

„Ja?", meldete sich die vertraute Stimme am Telefon.

„Hallo, Mama, ich bin es", begrüßte sie ihre Mutter.

„Schön, dass du dich meldest. Ich habe schon den ganzen Tag an dich gedacht. Bist du gut angekommen?"

„Ja, bin ich", antwortete Isabelle brav. „Bei dir alles okay?", wollte sie wissen, während sie den Hotelflur entlanglief und ihr Zimmer suchte.

„Wo bist du denn jetzt?"

„In einem Hotel, Monsieur Lemaire hat ein Zimmer für mich gebucht. Ist schick hier. Das Hotel ist teurer als die, die ich mir rausgesucht hatte." Sie fand das Zimmer und trat ein.

„Dann stimmt es also, was in diesem Brief steht?"

Isabelle zog sich die Schuhe aus, stellte die Tasche auf einen der Sessel und inspizierte das Zimmer. „Ja. Es ist kurios, aber es scheint zu stimmen", erwiderte sie zurückhaltend, warf nebenbei einen Blick ins Badezimmer und war auch damit äußerst zufrieden.

„Also hast du dich schon mit diesem Anwalt getroffen?", fragte Mathilde weiter.

Isabelle konnte die Anspannung in der Stimme ihrer Mutter hören. „Ja, habe ich, und was er da erzählt hat, kann ich kaum glauben. Ich bin mir nicht einmal sicher, ob ich dir davon am Telefon berichten soll. Ich kann ihn gut verstehen, dass er lieber von Angesicht zu Angesicht sprechen wollte. Vielleicht ist es doch besser, wenn du herkommst und die Angelegenheit selbst regelst." Sie ärgerte sich, dass sie so herumdruckste und nicht mit der Sprache herausrückte. Aber wie sollte sie die Neuigkeit am besten verkünden?

Mathildes Antwort fiel hingegen gelassen aus. „Wir haben darüber gesprochen, dass ich dir freie Hand lasse. Ich möchte keine Reise unternehmen. In meinen vier Wänden fühle ich mich zurzeit ganz wohl. Wer weiß, wie sich eine solche Strapaze auf meine Gesundheit auswirkt? Nun erzähl schon."

Zögernd begann sie. „Du erbst wirklich etwas, aber es ist ein bisschen merkwürdig. Es ist nichts Greifbares. Der Anwalt hat gesagt, dass er im Moment nicht viel dazu sagen kann. Aber später erfahren wir mehr, wenn wir erklären, das Erbe anzutreten." Isabelle wartete einen Moment, bevor sie weitersprach. Sie setzte sich aufs Bett und lauschte ins Telefon, doch ihre Mutter schwieg. „Es handelt sich um ein Haus, aber das Haus selbst ist nicht das Erbe, sondern nur der Aufenthalt für unbestimmte Zeit darin, wenn ich ihn richtig verstanden habe. Es gibt sogar Verpflegungsgeld. Taschengeld hat er gesagt. Stell dir vor, zweihundertfünfzig Euro pro Woche, tausend im Monat." Sie machte eine weitere Pause.

„Das klingt ja mehr als unseriös. Wo befindet sich das Haus denn?", wollte Mathilde wissen.

„Ich weiß es nicht genau. Auf irgendeinem Anwesen, den Namen habe ich schon wieder vergessen. Der Anwalt will es mir gleich zeigen. Aber da ist noch etwas anderes, und ich weiß gar nicht so richtig, wie ich es dir sagen soll." Isabelle spürte, wie sich ihr Magen zusammenzog. Sie stand auf und lief unruhig im Zimmer auf und ab, während sie nach Worten suchte.

„Nun spann mich nicht auf die Folter", hörte sie die Stimme ihrer Mutter. „Sag, was es ist, so schlimm kann es nun auch wieder nicht sein, du weißt es schließlich schon und lebst immer noch."

Nervös griff sich Isabelle in das blonde Haar und verunstaltete dabei ihre Frisur. Dann sprach sie so ruhig sie konnte. „Der Anwalt hat mir gesagt, wer vorher in dem Haus gewohnt hat und wer zu beerben ist." Wie sollte sie es nur erklären, wo sie das Ganze selbst kaum glaubte?

„Und, wer ist es?"

„Er sagt, dass es deine Mutter ist." Mathilde schwieg. Es war totenstill in der Leitung. „Mama, bist du noch dran?", wollte Isabelle nach einer Weile wissen.

„Ja." Diese Nachricht hatte ihr offensichtlich die Sprache verschlagen.

„Er hat mir versichert, dass es sich definitiv um deine Mutter handelt, aber auch, dass er im Moment nicht mehr sagen darf. Und es gibt ein Rätsel zu lösen. Das klingt alles so komisch, dass ich gar nicht weiß, ob man es glauben kann." Mittlerweile war Isabelle vor den großen Fenstern stehen geblieben und sah hinaus. Die Aussicht war fantastisch. Obwohl sie mitten in der Stadt war, konnte sie die saftig grünen Hügel betrachten, die sich hinter den Häusern erhoben.

„Wie hieß sie denn, meine Mutter?", wollte Mathilde unvermittelt wissen.

„Regine Mechant", erwiderte Isabelle mechanisch und fuhr dann fort: „Ich weiß nicht, was ich machen soll. Der Anwalt hätte gern, dass ich mich gleich morgen im Haus einquartiere. Willst du doch herkommen, oder soll ich erst nach Hause fahren und wir fahren später noch einmal gemeinsam her? Was denkst du, Mama?"

Mathilde schien die Ruhe selbst zu sein und behandelte das Thema ganz sachlich, fast emotionslos. „Ich möchte nicht nach Frankreich reisen. Wenn es sich wirklich um meine Mutter handelt, ist sie jetzt leider tot, und ich habe sowieso nichts davon. Was ist mit dir, könntest du dir vorstellen, noch einige Zeit dortzubleiben, oder drängt dich jemand, nach Hause zu kommen?"

„Das ist eine gute Frage, Mama, das ist mir ebenfalls schon durch den Kopf gegangen, und in erster Linie habe ich da an dich gedacht." Isabelle dachte an Sascha und war froh, dass sie dem definitiv nicht über den Weg laufen würde, wenn sie hierbliebe. „Ich müsste mich auch mit Sergio absprechen, immerhin müsste er mir Urlaub genehmigen und im Café auf mich verzichten."

„Was möchtest du denn, Isabelle? Kannst und willst du eine Weile bleiben?"

Isabelle wusste nicht, was sie wollte. Die Neugier trieb sie an, die Angst vor der Ungewissheit und dem Fremden hielt sie zurück. Gern hätte sie sich diese Entscheidung abnehmen lassen. „Vielleicht. Was ist mit dir? Wie kommst du zurecht, wenn ich nicht einkaufe oder die Wäsche mache?"

Mathilde wiegelte ab. „Ich komme schon klar, heute ging es schon viel besser, und im Haus gibt es ja noch Frau Schramm. Es ist für mich kein Problem, wenn ich unsere Nachbarin anspreche und um ein wenig Hilfe bitte, falls es nötig ist. Du wirst schließlich nicht ewig wegbleiben."

Dass ihre Mutter so distanziert mit den neuen Informationen umging, konnte Isabelle nicht nachvollziehen. Aber es bestärkte sie auch in dem Gedanken, dass sie ihren Aufenthalt tatsächlich verlängern könnte. „Ewig nicht, aber wie lange es dauern wird, hat der Anwalt bisher nicht gesagt", erwiderte sie, und es klang, als spräche sie eher zu sich als zu Mathilde. „Ich muss gleich mal mit Sergio telefonieren. Mal sehen, was er dazu sagt, wenn ich für ein paar Tage ausfalle. Wenn ich wirklich hierbleibe, werde ich ihn bitten, ob er mal bei dir vorbeischauen kann, falls es länger dauert", fasste sie ihre Gedanken zusammen.

„Nur die Ruhe. Willst du dir das Haus nicht erst einmal ansehen, bevor du seine Terminplanung durcheinanderbringst?", fragte Mathilde, und das

Misstrauen in ihrer Stimme war nicht zu überhören. Sie traute dem Braten nicht.

„Ja, du hast recht. Ich will schnell unter die Dusche springen, bevor wir dorthin fahren. Außerdem will Monsieur Lemaire anschließend mit mir essen gehen. Ich habe überhaupt keine Ahnung, was heute noch alles auf mich zukommt. Ich melde mich einfach morgen noch mal und berichte dir, okay?"

„Ja, ist okay, pass auf dich auf. Und, Isabelle, du hast die freie Entscheidung. Hör auf dein Gefühl, und wenn es dir sagt, dass es reicht, dann komm nach Hause!"

Frisch geduscht und eingekleidet traf Isabelle wenig später in der Lobby des Hotels ein. Sie trug nun eine schwarze Stoffhose und eine dunkelgrüne Baumwollbluse, die während der Reise in der Tasche ein paar unschöne Falten bekommen hatte. Darüber hatte sie einen beigefarbenen, leichten Cardigan geworfen. Eine Vorsichtsmaßnahme, denn die Luft hatte sich bereits leicht abgekühlt. Im Moment empfand sie die Temperatur durchaus als angenehm, aber wer wusste schon, wie sich das Wetter im Laufe des Abends entwickeln würde? Sie wollte die Jacke im Wagen lassen, falls sie nicht gebraucht wurde.

Obwohl Isabelle einige Minuten zu früh erschien, warteten Didier und der Rechtsanwalt bereits auf sie. Hinter Kübeln mit großen Palmen, auf überdimensionalen gelben Ledersesseln, entdeckte Isabelle die beiden unter einer ebenfalls riesigen Kandinsky-Reproduktion. Mit ernsten Gesichtern in ein Gespräch vertieft, saßen sie dort. Auch Didier hatte sich umgezogen. Er trug nun legere Kleidung, ein helles, kurzärmeliges Hemd, neben ihm lag ein dünnes, graues

Jackett auf der Lehne. Er sah nun gar nicht mehr aus wie ein Chauffeur. Auf dem Tisch standen bereits drei Gläser Wasser. Beide Männer erhoben sich, als Isabelle herantrat, warteten, bis sie ebenfalls auf einem der Sessel Platz genommen hatte, und setzten sich wieder.

„Hallo, Isabelle, ich darf Sie doch so nennen, nicht wahr?", begann der Anwalt in seiner ruhigen freundlichen Art. „Wenn es Ihnen recht ist, nennen Sie mich gern Antoine. Ich war so frei, auch ein Wasser für Sie zu bestellen."

„Vielen Dank", erwiderte Isabelle höflich und hätte zu gern gewusst, worüber die beiden gesprochen hatten, bevor sie dazugestoßen war.

Als hätte der Anwalt bereits zum zweiten Mal ihre Gedanken gelesen, beantwortete er die ungestellte Frage. „Wir sprachen gerade über die Familie Gelloncourt de Lorraine, der ja das Anwesen gehört, auf dem sich das besagte Haus befindet. Die Herrschaften werden nicht besonders erfreut sein über unsere Anwesenheit. Vielmehr wird zumindest teilweise eine ausgesprochene Feindseligkeit zu erwarten sein. Dies jedoch nur zu Ihrer Information, falls uns jemand von den Gelloncourts über den Weg laufen sollte. Aber ich greife schon wieder weit voraus. Haben Sie Mathilde erreicht und mit ihr gesprochen? Sind Sie bereit, mit uns dorthin zu fahren?" Antoine machte eine Pause und wartete.

„Ja, ich habe mit meiner Mutter gesprochen, und sie ist genauso überrascht wie ich von der Neuigkeit. Allerdings besteht sie darauf, nicht herzureisen, sie hat Angst, dass es zu beschwerlich werden könnte. Sie möchte lieber in Köln, in ihrer gewohnten Umgebung bleiben und hat mir noch einmal ausdrücklich freie Hand in all meinen Entscheidungen gegeben. Ich denke, wenn Regine Mechant noch am Leben wäre, hätte sie sich möglicherweise anders entschieden." Isabelle blickte in zwei verständnisvolle Gesichter.

„Da mögen Sie recht haben, Isabelle. Umso mehr freue ich mich, dass Sie bleiben und mit uns nach Gelloncourt fahren wollen. Ist es nicht so?"

„Das hatte ich vor, Antoine. Jetzt erzählen Sie, wir werden feindselig empfangen werden. Was stimmt denn nun? Wohnt noch jemand dort oder nicht, ist alles rechtmäßig?"

Erneut bekräftigte der Anwalt seine Aussage und entschuldigte sich dafür, Isabelle verunsichert zu haben. Ob sie das Haus nach wie vor sehen wolle? Nickend bekundete Isabelle ihre Zustimmung, schränkte jedoch ein, dass sie sich die endgültige Entscheidung offenlassen wollte. Zuerst wollte sie sich einen Überblick verschaffen und anschließend ihre persönlichen Angelegenheiten ordnen.

Die Fahrt nach Gelloncourt dauerte etwa zwanzig Minuten. Antoine und Isabelle hatten auf der Rückbank der Limousine Platz genommen. Die malerische Landschaft zeigte immer mehr von ihrer abendlichen Schönheit, je weiter sie sich vom Zentrum entfernten.

Antoine verlor sich in verliebter Schwärmerei. „Das ist unser wunderschönes Lothringen. Sehen Sie, nur ein paar Minuten braucht es, um aus der Stadt in diese herrlich grüne Natur einzutauchen. Wir befinden uns hier im Moseleinzugsgebiet. Die einzelnen Ausläufer dieses imposanten Flusses, die Berge der angrenzenden Vogesen und die dichten Wälder werden Ihnen auf Ihrer Reise nicht verborgen geblieben sein. Die Natur, die Menschen und der Moselwein bilden die perfekte Mischung. Ich kenne keine andere Gegend auf Erden, in der ich lieber wäre."

„Und die Menschen?", unterbrach Isabelle argwöhnisch. „Hatten Sie vorhin nicht erwähnt, dass die Familie Gelloncourt über meine Anwesenheit nicht begeistert sein würde? Wenn ich mich recht erinnere, haben Sie das Wort ‚feindselig' verwendet."

„Allerdings, das habe ich", gab Antoine zu. „Es handelt sich jedoch um eine ganz besondere Situation und die Verquickung unterschiedlicher Interessen. Die Gelloncourts de Lorraine sehen auf eine lange Familientradition zurück. Wie der Name bereits verrät, sind sie tief mit der Region Lothringen verbunden. Wir treffen da auf alteingesessenen Adel, dessen Vorfahren an der historischen Entwicklung der Region nicht unbeteiligt waren. Aber das nur am Rande, es ist schon lange her. Lassen wir dies einmal außen vor, so fällt ein wunderbares Licht auf meine Landsleute."

Isabelle drängte nicht weiter. „Bisher kann und will ich Ihnen nicht widersprechen, allerdings habe ich auch noch nicht so viele von Ihren Landsleuten kennengelernt. Sagen Sie, Didier hat bei unserem ersten Treffen heute Nachmittag erwähnt, dass in Lothringen alle Deutsch sprechen. Können Sie mir das genauer erklären, vor allem, warum dann sämtliche Hinweis- und Reklameschilder auf Französisch beschriftet sind?"

Antoine schmunzelte und fragte nach vorne zum Fahrersitz. „Du hast erzählt, dass hier alle Deutsch sprechen?"

„Nicht ganz, ich habe nur begründet, warum *ich* Deutsch spreche", kam Didiers Antwort postwendend zurück.

„Alors", begann Antoine Lemaire. „Lothringen hat bewegte Zeiten hinter sich. Schon durch viele Jahrhunderte hindurch gab es Gebietskämpfe und Kriege, alte Könige gingen, neue Könige kamen. In der etwas jüngeren Vergangenheit gehörte Lothringen zeitweilig zum Deutschen Reich. Lange war Deutsch die Amtssprache. Viele ältere Menschen sprechen natürlich noch Deutsch, meistens aber Dialekt. Wer sich ein bisschen mehr bemüht hat, spricht gutes Hochdeutsch, was letztendlich für Geschäftsbeziehungen jeglicher Art durchaus hilfreich ist.

In den Schulen kann man Deutsch nach wie vor als erste Fremdsprache wählen. Aber heutzutage wird viel weniger Deutsch gesprochen, vor allem die jungen Menschen verstehen es kaum. Dass Sie hier sind, Mademoiselle, erfreut mich auch unter diesem Gesichtspunkt besonders. So kommen wir in die Lage, die eingerosteten Vokabeln aufzupolieren."

„Dass Sie etwas aufpolieren müssen, ist mir aber nicht aufgefallen", stellte Isabelle fest.

Antoine dankte es umgehend. „Merci beaucoup, Mademoiselle."

Sie fuhren nun nicht mehr auf der Schnellstraße. Didier folgte einer schmalen, gewundenen Landstraße. Links und rechts erhoben sich kräftige Bäume. Es war erst kurz nach acht, doch das schwache Licht der

Abenddämmerung hatte es schwer, durch die Baumkronen zu gelangen, und so erschien die Umgebung innerhalb kürzester Zeit in tiefstem Grau. Hin und wieder tauchten dichte Nebelbänke auf.

Ein beklemmendes Gefühl beschlich Isabelle. Sie fühlte sich für einen Augenblick wie in einem schlechten Horrorfilm. Alle Zuschauer wussten, dass es total bescheuert war, in die Hütte im dunklen Wald zu gehen, und die junge blonde Frau, dumm wie sie war, tat es trotzdem.

„Wir sind gleich da“, verkündete Antoine, nachdem das Auto in einen schmalen, unbefestigten Waldweg abgebogen war. Zwischen den Baumstämmen zogen Nebelschwaden hindurch.

Isabelles Herz klopfte in nervöser Erwartung auf das, was geschehen würde. „Wissen die Gelloncourts denn, dass wir kommen?“, flüsterte sie.

„Wie man's nimmt. Ich habe den Herrschaften ein offizielles Schreiben übersandt. Natürlich habe ich nicht die genaue Uhrzeit unserer Ankunft festgehalten. Dennoch habe ich alle notwendigen Fakten übermittelt. Ebenfalls habe ich darauf verwiesen, dass meine Person die juristische Vertretung und volle Verantwortung übernimmt und damit – Ihr Einverständnis vorausgesetzt, Isabelle – als alleiniger Ansprechpartner in Rechtsfragen fungieren wird.“

„Das klingt ja alles interessant, aber was mache ich, wenn ich hier draußen allein bin? Wie feindselig sind die Gelloncourts?“

„Machen Sie sich keine Sorgen, mein Kind, es wird Ihnen nichts geschehen. Das ist eine juristische Angelegenheit und wird auf diese Weise gelöst werden. Ich bitte Sie nochmals inständig, mir Ihr Vertrauen zu schenken, Ihre Großmutter hat es auch getan. Sie sind auf der sicheren Seite, und bei Bedarf verweisen Sie einfach an mich. Sie haben meine Karte und können mich jederzeit erreichen, wenn Sie unsicher sind. Vergessen Sie nicht, dass das Erbe Ihrer Großmutter ein Auftrag ist. Sie sollen die Wahrheit herausfinden."

Der Wagen hielt, aber Isabelle sah nicht hinaus. Im Inneren des Fahrzeugs war es nun so dunkel, dass sie das Gesicht des Anwalts nur noch schemenhaft erkennen konnte. „Die Wahrheit worüber denn?", versuchte sie erneut, an weitere Informationen zu gelangen.

Doch der Anwalt blockte ab. „So leid es mir tut, ich darf wirklich nicht mehr sagen. Ich selbst habe mich zum Stillschweigen verpflichtet."

Ratlos ließ sich Isabelle gegen die Rückenlehne fallen und fasste grob die Eindrücke ihres Tages zusammen. „Ich bin also an einem Ort, den ich nicht kenne und an dem man mich nicht haben will. Hier soll ich die Wahrheit über meine verstorbene Großmutter herausfinden, von der weder ich noch meine Mutter bis heute wussten. Dafür muss ich mutterseelenallein in einem Haus, tief im Wald, in aller Abgeschiedenheit wohnen und ein Rätsel lösen? Wobei ich das Rätsel selbst erst herausfinden muss?" Auf eine Bestätigung wartend starrte sie in seine Richtung.

„So ungefähr kann man es formulieren", bestätigte Antoine und legte die Hand väterlich auf Isabelles.

„Wissen Sie, wie sich das anhört?", fragte sie etwas forscher als gewollt. „Völlig abgefahren. Als hätte jemand zu viel Moselwein getrunken."

Der Anwalt zog die Hand zurück und sprach jetzt sehr leise, fast kraftlos. „Ich gebe Ihnen recht. Es klingt vollkommen verrückt, und ich werde bestimmt nicht versuchen, Sie zu irgendetwas zu überreden, was Sie nicht wollen. Die Entscheidung, wie Sie mit dieser Erbschaft umgehen, liegt ganz bei Ihnen. Vielleicht hilft es, wenn wir erst einmal aussteigen und Sie sich umsehen." Er zeigte durch das Fenster.

Gut, dass ich die Jacke eingepackt habe, dachte Isabelle, als sie aus dem Auto stieg und ihr die feuchte, kalte Luft entgegenschlug. Der Unterschied zum sonnigen Nachmittag in der Stadt hätte kaum größer sein können. Fröstelnd folgte sie Antoine. Didier wartete im Wagen. Durch die dünnen Sohlen ihrer Schuhe drückte sich der steinige Boden. Es war fast, als liefe sie barfuß. Bis auf einige Meter führte Antoine sie an das Haus heran. Wie so viele andere Häuser hier war es aus hellem Sandstein gebaut. Hübsch sah es aus, soweit Isabelle das in der Dunkelheit beurteilen konnte. Sie standen auf einer Lichtung mitten im Wald. Um das Haus war ein kleiner Garten angelegt und mit einem Holzzaun eingefasst worden. Eine Holzeingangstür zierte die Front, links und rechts davon jeweils ein Fenster, die Läden waren verschlossen.

„Kommen Sie, wir gehen einmal außen herum. Heute dürfen Sie noch nicht hinein. Aber was sagen Sie, so auf den ersten Blick? Ist es nicht bezaubernd?" Antoine pries es an, als wolle er einen Kaufvertrag unter Dach und Fach bringen. Er hätte auch gut Makler werden können.

„Hat was, soweit ich das im Moment sagen kann", gab Isabelle zu. Als sie die Rückseite erreichten, entdeckte sie ein Metallgebilde im Garten. Auf den zweiten Blick erkannte sie, dass es sich dabei um eine Schwengelpumpe handelte. „Gibt es hier keinen Wasseranschluss?“, fragte sie erschrocken.

„Doch, doch“, beruhigte Antoine sie. „Das Haus hat alles, was Sie benötigen. Wasser, Strom, Küche, Badezimmer. Ihre Großmutter hat schließlich über vierzig Jahre darin gelebt. Alles in diesem Haus gehörte Regine und ab morgen Ihnen, sofern Sie es möchten.“

Sie blieb stehen, sah sich aufmerksam um. Wie still es war. Ganz ungewohnt und überhaupt kein Vergleich zum Leben in der Großstadt. „Finde ich denn in diesem Haus auch die Antworten auf Regines Rätsel?“, blieb Isabelle hartnäckig. Sie wollte unbedingt mehr Informationen, um eine vernünftige Entscheidung treffen zu können.

„Zum Teil“, antwortete Antoine und sorgte damit für einen Pluspunkt auf Isabelles gedanklicher Pro-und-Kontra-Liste.

Sie nahmen das letzte Stück Weg um das kleine Grundstück herum schweigend. Isabelle wickelte sich fester in die Strickjacke ein und verschränkte die Arme vor der Brust.

„Sie haben nun alles gesehen und erfahren, was ich Ihnen zu diesem Zeitpunkt mitteilen durfte. Wenn Sie erlauben, fahren wir nun zurück nach Metz, und wir führen Sie in ein gutes Restaurant mit wunderbarem Moselwein aus. Alles Weitere besprechen wir dann später.“

„Wenn ich Sie richtig verstanden habe, dürfen Sie mir später mehr Informationen geben? Wann?“

Antoine reichte ihr den Arm, um sie zurück zum Wagen zu geleiten. „Frage eins: Ja, davon gehe ich fest aus. Frage zwei: Das hängt ganz von Ihnen ab, Mademoiselle Isabelle."

Die Rückfahrt von Gelloncourt nach Metz verlief schweigsam. Isabelle starrte aus dem Fenster und hing ihren Gedanken nach. *Was soll ich nur von alledem halten, und wie soll ich mich entscheiden? Bin ich neugierig? Ja. Könnte ich ein paar Tage bleiben? Bestimmt. Kann das alles denn tatsächlich mit rechten Dingen zugehen? Ich weiß es nicht. Und warum geschieht das alles erst jetzt? Als ich klein war, habe ich mir immer eine Oma gewünscht. Vielleicht hat Mama recht. Nun ist diese Regine Mechant tot. Wie kann sie dann noch Teil unseres Lebens werden?*

Kapitel 4
Großmutters Haus

Es war erst kurz nach sechs, als Isabelle in ihrem Bett erwachte und die Morgensonne schon voller Tatendrang in alle Ecken des Hotelzimmers kroch. Wohlig reckte und streckte sich Isabelle in den weißen Laken und genoss die Aufregung, die in jede einzelne Faser ihres Körpers drang. Ja hatte sie gesagt. Ja, sie wollte die Erbschaft antreten und das Geheimnis ihrer Großmutter lüften. Egal, was es war. Sie wollte nicht irgendwann in ihrem Leben zurückblicken und sich fragen: Was wäre wenn gewesen? Bereits im Restaurant beim Essen hatte sie die Entscheidung gefällt und sich den beiden Herren wenig später mitgeteilt. Der Rest des Abends hielt sich nun wie die Erinnerung an einen schönen Traum in ihrem Kopf. Der Wein, den Antoine ausgesucht hatte, war in der Tat köstlich gewesen. *Ein bisschen zu süffig vielleicht, aber Kopfschmerzen habe ich nicht.* Mit einem zufriedenen Lächeln schwang sich Isabelle aus dem Bett.

Ein weiterer ereignisreicher Tag wartete auf sie, aber es blieb genug Zeit für eine ausgiebige Dusche, ein entspanntes Frühstück im Hotel und um die anstehenden Telefonate mit Sergio und ihrer Mutter zu erledigen. Um zehn wollte Didier sie abholen und in die Kanzlei fahren, damit dort die notwendigen Formalitäten erledigt werden konnten. Im direkten Anschluss ging es dann, sofern alles nach Plan verlief, nach Gelloncourt ins Haus ihrer Großmutter.

Der Schrecken der Familie Gelloncourts hatte über Nacht etwas von seiner Wirkung verloren. Nicht zuletzt, da Antoine ihr im Laufe des Abends mehrfach versichert hatte, sich um jede noch so kleine Unannehmlichkeit zu kümmern, sie solle nur immer direkt an seine Kanzlei verweisen. Und dass auch nur drei Mitglieder der Familie in der Résidence wohnten, von denen lediglich zwei regelmäßig das Haus verließen, ließ die Chance einer unangenehmen Zusammenkunft fast auf null sinken.

„Keine Sorge, mein Name ist dort hinlänglich bekannt. Ich habe bereits viele Jahrzehnte als Anwalt auf dem Buckel und immer wieder mit ihnen zu tun gehabt. Es gibt einige Verhaltensregeln auf dem Anwesen und in den anliegenden Ländereien, juristischer Standard, mit dem sich alle Wald- und Landbesitzer absichern, wenn das Gelände für die Öffentlichkeit zugänglich ist. Nichts Dramatisches, das besprechen wir morgen, und der Rest ergibt sich von selbst“, hatte Antoine geschnattert und versucht, die letzten Zweifel zu zerstreuen.

Im gemütlichen Speisesaal des Hotels herrschte morgendlicher Betrieb. Ein junger Mann notierte die Zimmernummer und geleitete Isabelle an einen Fenstertisch. Von hier aus ließ sich gut beobachten, wie sich die Mosel behäbig durch die alte Stadt bewegte. Ein paar Vögel flatterten an der Ufermauer auf und ab. Über eine Brücke mit Rundbögen schob sich der Stadtverkehr in Form von Bussen, Kleinwagen und Fahrrädern. Der Tag begann, und die Stadt kam in

Bewegung. Schön sah es aus. Isabelle bestellte das Frühstück, das umgehend serviert wurde. Bei herrlicher Aussicht genoss sie wenig später Croissants mit Marmelade und eine große Schale Café au Lait. Sie fühlte sich wie im Paradies. Wäre ich noch mit Sascha zusammen, nein, nicht mit ihm, zog sie den Gedanken zurück. Wäre ich überhaupt mit jemandem zusammen und wir könnten solch ein Frühstück gemeinsam genießen, wäre der Morgen perfekt.

Sowohl Antoine als auch Didier zeigten sich beim Zusammentreffen in der Kanzlei an diesem Tag in hervorragender Stimmung. Am Vorabend hatte Isabelle einiges über die beiden erfahren. Zum Beispiel, dass Didier viele Jahre als Assistent in der Kanzlei Lemaire angestellt war, nunmehr aber längst im Ruhestand war. In den vielen Jahren der vertrauensvollen Zusammenarbeit war jedoch eine tiefe, bis heute andauernde Freundschaft zwischen den Männern entstanden.

„Entschuldigen Sie bitte diese Maskerade, Isabelle", erklärte er sich noch einmal mit Nachdruck. „Wir wollten sichergehen, dass Ihre Mutter, die wir ja zunächst erwartet hatten, die Seriosität der Angelegenheit anerkennt. Seien Sie ehrlich, auf Sie hat die Uniform gehörig Eindruck gemacht, nicht wahr?" Er konnte sich ein Grinsen nicht verkneifen.

„In der Tat", gab Isabelle zu und lächelte ebenfalls.

„Ich werde Ihnen während Ihrer Anwesenheit als Fahrdienst zur Verfügung stehen, Mademoiselle Isabelle. Hier ist meine Telefonnummer." Didier übergab ihr ein blaues Kärtchen mit seiner Handynummer. „Scheuen Sie sich nicht, mich anzurufen, wenn es um Besorgungen jeglicher Art geht. Ich zeige Ihnen gern die anliegenden Ortschaften und Einkaufsmöglichkeiten. Sobald Sie sich im Haus eingerichtet und sich einen Überblick über die notwendigen Einkäufe verschafft haben, rufen Sie mich an." Er schien sich bereits vollkommen auf einen Nachmittagsfahrdienst eingestellt zu haben.

„Aber Sie können doch nicht jedes Mal von Metz nach Gelloncourt fahren, wenn mir einfällt, dass ich etwas benötige", stellte Isabelle mit leichter Entrüstung in der Stimme fest.

„Zum einen ist die Strecke überschaubar, und zum anderen glaube ich, dass Sie meine Dienste nicht überstrapazieren werden. Dafür haben Sie genügend Anstand mitgebracht."

Isabelle wusste nicht, wie sie diese Aussage bewerten sollte, und erwiderte vorsichtshalber gar nichts.

„Übrigens gibt es hervorragende und gut beschilderte Wanderwege, die Sie von Ort zu Ort führen." Didier lächelte und setzte hinzu: „Auf Französisch."

„Apropos Besorgungen", brachte sich Antoine in das Gespräch ein. „Sie benötigen selbstverständlich etwas Geld, damit Sie sich mit allem, was notwendig ist, versorgen können. Festgelegt ist, dass ich Ihnen in jeder Woche zweihundertfünfzig Euro auszahle. Hiervon sollen Sie alle anfallenden Ausgaben bestreiten. Kleidung, Lebensmittel und was auch immer Sie zu benötigen glauben. Etwaige Nebenkosten für Ihren Aufenthalt im Haus fallen nicht an. Das erwähnte ich bereits, oder nicht? Ich rechne die Woche gewöhnlich von Montag bis Sonntag, heute haben wir Donnerstag. Der Einfachheit halber zahle ich Ihnen heute das Geld für die erste Woche aus, also zweihundertfünfzig. Das dürfte Sie gut über den Einstand bringen. Am Montag kommen Sie wieder zu mir in die Kanzlei und holen sich das Budget für die zweite Woche ab, noch einmal zweihundertfünfzig. Bitte einmal den Empfang der ersten Auszahlung quittieren." Er schob einen gelben Zettel und einen Kugelschreiber über den Tisch. Während Isabelle unterschrieb, zählte er den Betrag in Scheinen auf den Tisch. „Et voilà!" Er verstaute alle Unterlagen in seinem Schreibtisch und schloss ihn ab. „Wenn nun nichts mehr zu besprechen ist, dürft ihr zwei euch auf den Weg nach Gelloncourt machen, und wir beide", dabei nahm er Isabelles Hände zwischen die seinen, „sehen uns planmäßig am Montag wieder." Mit einem aufmunternden Blick verabschiedete er sich.

„Vielen Dank, Antoine. Ich bin immer noch total überwältigt und fühle mich wie in einer anderen Welt. Es scheint alles so unwirklich, so realitätsfern. Mir fehlt es an der passenden Beschreibung für das, was in mir vorgeht. Mit Entsetzen habe ich vorhin festgestellt, dass ich nicht einmal nachgefragt habe, wie Regine gestorben ist und wo sie beerdigt wurde."

„Grämen Sie sich nicht, Isabelle, sie schlief friedlich ein. Wenn Sie sich gedulden können, nehmen wir uns in den nächsten Tagen die Zeit für einen Besuch der Grabstätte. Einverstanden?"

Isabelle nickte, und damit war sie endgültig aus der Kanzlei entlassen.

Die zweite Fahrt nach Gelloncourt fühlte sich zwar anders, aber nicht weniger aufregend an als die erste. In der Hand hielt Isabelle das kleine Schlüsselbund.

Vier Schlüssel befanden sich daran. Sie werde schon herausfinden, welcher Schlüssel in welches Schloss gehöre, hatte Antoine überzeugt festgestellt. Nun fuhr Didier sie erneut zum Haus ihrer Großmutter. *Das Haus meiner Großmutter. Es wäre mit Sicherheit eine tolle Kindheitserinnerung gewesen, in den Sommerferien hierhergekommen zu sein und ein paar Wochen bei der Oma in Lothringen verbracht zu haben.* In Gedanken erbaute sich Isabelle ein Luftschloss, eine Fantasiekindheit mit Apfelkuchen, Vorlesegeschichten und einer Großmutter, die sie zu jeder Zeit fest in die Arme schließen konnte.

„Begleiten Sie mich rein?", fragte Isabelle, als der Wagen langsam den Waldweg entlangrollte.

„Nein, Mademoiselle, ich muss Sie enttäuschen. Aber keine Sorge, Sie schaffen das schon. Kommen Sie erst einmal an, und heute Nachmittag hole ich Sie zum Einkaufen ab." Didier hielt an, ließ den Motor laufen, während er ausstieg, um Isabelle die Tür aufzuhalten. Dann verabschiedete er sich mit „À plus – bis später!" und fuhr langsam davon.

Unschlüssig stand Isabelle vor dem Haus mitten im Wald. Erst bei Tageslicht konnte sie richtig erkennen, wie wunderschön und gepflegt der Garten und das Gebäude waren. Die Fensterläden und die Tür waren grün gestrichen und bildeten einen hübschen Kontrast zu den hellen Steinen. Unter dem Spitzdach befand sich ein kleiner Boden. Ein rundes Fensterchen ließ darauf schließen. Die Tageshitze, die sich am Morgen in der Stadt schon angekündigt hatte, war hier kaum zu spüren. Die Luft war mild und roch angenehm nach Wald.

„Willst du ewig hier draußen rumstehen, oder traust du dich rein?“, sprach Isabelle mit sich selbst und ging langsam auf das halbhohe Gartentürchen zu. Wie der ganze Zaun bestand es aus gepflegten, weiß lackierten Holzlatten. Als sie sich hinabbeugte und die Klinke nach unten drückte, fand sie die Tür verschlossen vor. Wer macht denn so was?, fragte sie sich und schüttelte verständnislos den Kopf. Das Türchen reichte ihr nur knapp über die Knie, und es wäre ein Leichtes gewesen, darüber hinwegzusteigen. „Dann wollen wir mal“, flüsterte sie und zog das Schlüsselbund aus der Tasche. „Welcher von euch könnte es sein?“ Sie hatte das Bund in ihre linke Hand gelegt, um die Schlüssel zu betrachten und den richtigen herauszusuchen. „Versuchen wir es mit dir!“, entschied sie sich für einen dunklen in mittlerer Größe. Sie steckte ihn ins Schloss und, voilà, ohne Widerstand ließ er sich herumdrehen. „Dieses war der erste Streich, und der zweite folgt sogleich.“

Sie ging auf die Eingangstür zu, steckte den großen Schlüssel ins Schloss und drehte ihn ebenso leicht um. Mit klopfendem Herzen schob sie die Tür auf und sah in das dunkle Innere des Hauses. Als sie eintrat, schlug ihr kalte Luft entgegen. Ein wenig muffig roch es, wahrscheinlich weil die Fenster die ganze Zeit geschlossen gewesen waren. Zu ihrer Rechten neben der Tür fand sie einen Schalter und knipste das Licht an. Behutsam stellte sie die Tasche auf den Boden und bewegte sich leichtfüßig wie eine Katze durch den Raum. Sie ging von einem Fenster zum anderen, um es zu öffnen. Als Luft und Tageslicht hereindrangen, löste sich etwas von ihrer inneren Spannung. Sie schaltete das elektrische Licht wieder aus und ließ das Innere des Hauses auf sich wirken.

Merkwürdig fühlte es sich für Isabelle an, fast so, als betrete sie unerlaubtes Terrain, als ignorierte sie die Privatsphäre dieser Regine. Die Privatsphäre ihrer Großmutter. Dass sie sich hier drinnen umsehen, alles auf den Kopf stellen und auf Geheimnissuche begeben sollte, war Isabelle in diesem Augenblick unvorstellbar. Ein kleiner Tisch, darauf eine karierte Tischdecke und eine leere Vase, fand sich in der Mitte des Zimmers, ein einziger Stuhl stand daneben. Vorsichtig zog sie ihn hervor und setzte sich. Während frische Luft durch Tür und Fenster drang, saß sie einfach nur stumm da. Hübsch war es hier. Nicht übertrieben, sondern zweckmäßig und geschmackvoll eingerichtet. Die Möbel waren alt, vorrangig aus dunklem Holz, vielleicht sogar handgearbeitet. Regine Mechants Wohnstil war altmodisch, aber dennoch sehr schön, und er passte zu diesem Haus.

Isabelle erhob sich, um die Haustür zu schließen und sich weiter umzusehen. Zwei weitere Türen führten in den hinteren Teil des kleinen Hauses, eine ins Badezimmer, das einfach, etwas neuer als der Rest des Hauses und ausgesprochen sauber war. Auch dort öffnete sie das Fenster und die Läden. Die andere Tür gehörte zum Schlafzimmer. Viel Platz bot das Zimmer nicht, dennoch fanden sich hier ein einfaches Bett aus dunklem Holz mit dicken, verzierten Bettpfosten. Außerdem ein Nachtschrank, ein Kleiderschrank und eine wunderschöne große Holztruhe mit beeindruckenden Metallbeschlägen.

Wieder öffnete Isabelle das Fenster und sah sich genauer um. Das erste Zimmer war eine Wohnküche. Dort hatte Regine wohl die meiste Zeit verbracht. Dass es nur einen Stuhl gab, erfüllte Isabelle spontan mit Traurigkeit. In dieser Abgeschiedenheit auf Dauer allein zu leben, konnte sie sich wahrlich nicht vorstellen. *Was mag Regine nur für ein Mensch gewesen sein? Warum hat sie hier draußen allein gelebt? Vielleicht hat es etwas mit dem Geheimnis zu tun, das ich jetzt herausfinden soll. Vielleicht ist ein Leben in Abgeschiedenheit notwendig gewesen, um dieses Geheimnis zu wahren.* Nun, sie hatte sich auf diese Schnitzeljagd eingelassen, sie würde es schon herausbekommen. Isabelle sah ihrer Aufgabe positiv entgegen.

Nacheinander durchstöberte sie die Schränke über und unter der Spüle. Es befanden sich wenige Teller, Tassen und Gläser darin, insgesamt gab die Küche nicht einmal ein Viertel des Inventars der Kölner Wohnung her, aber es schien Regine gereicht zu haben. Ein elektrischer Herd war vorhanden, genauso wie ein Kühlschrank, der sogar eingeschaltet war und innen mit penibler Sauberkeit bestach. *Das Haus wurde doch auf den Kopf gestellt und durchgeputzt, bevor ich ankam. Hat etwa jemand nach dem Geheimnis gesucht und es vielleicht sogar schon gefunden? Ich habe ja nichts gegen eine saubere Bleibe, aber das ist seltsam. Vielleicht wirkt deshalb alles so fremd auf mich. Das Haus könnte irgendeines sein, nichts lässt auf Regine schließen. Und wenn jemand vor mir hier war, wie kam er dann herein? Gibt es einen weiteren Schlüssel?*

Plötzlich überlief Isabelle ein Schauer. Sie sah sich um und konnte kein einziges Foto an den Wänden entdecken. Das Haus sah aus wie ein Museum. Hektisch lief sie zum nächsten Schrank und öffnete erwartungsvoll die Tür. Als sie hineinblickte, musste sie trotz aller Aufregung lachen, denn darin befand sich tatsächlich ein Fernseher. Sogar ein neueres Modell mit Flachbildschirm. Isabelle schaltete ihn ein und tippte auf der Fernbedienung herum. „Ich werd verrückt, Kabelfernsehen!“ Sie schaltete das Gerät ab, schloss die Schranktür und dann auch alle Fenster.

Als Nächstes durchforstete sie den Kleiderschrank im Schlafzimmer. Darin hingen und lagen fein säuberlich aufgereiht Kleider, Jacken, Schürzen, Pullover, Blusen, Strümpfe und Wäsche. Das gleiche unangenehme Gefühl der Grenzverletzung, das sie bereits beim Öffnen der Haustür überkommen hatte, beschlich Isabelle erneut. *Was soll ich mit der Wäsche einer mir völlig fremden alten Frau anfangen? Ich werde große Müllsäcke auf die Einkaufsliste setzen und alles für die Kleidersammlung zusammenpacken.*

Auf dem Nachtschrank stand ein Wecker mit Gold verziertem Holzgehäuse. In die Schublade war ein Schloss eingearbeitet. Darin steckte ein kleiner Metallschlüssel, aber sie war nicht verschlossen. Isabelle zog daran und fand eine Bibel in Ledereinband, sie sah völlig unbenutzt aus. *Ist das ein schlechter Scherz?* Sie nahm das Buch heraus und öffnete den Einband. Das Exemplar war von neunzehnhundertzweiundsiebzig. Gedankenversunken setzte sie sich auf das Bett. Kissen und Bettdecke, beides mit Daunen gefüllt, waren mit frisch gestärktem Leinenbettzeug bezogen. Das Haus war definitiv auf ihre oder die Ankunft ihrer Mutter vorbereitet worden. Plötzlich sprang Isabelle auf. Schlagartig war ihr klar geworden, dass sie wohl in diesem Bett schlafen sollte. „Never ever!“, entfuhr es ihr.

Wie von der Tarantel gestochen verließ sie das Schlafzimmer und durchsuchte das Wohnzimmer nach Stift und Papier. Sie fand ein Etui mit Füller und Tintenpatronen sowie mehrere dicke Briefbögen. Nichts was sich für einen spontanen Einkaufszettel eignete, also setzte sich Isabelle hin, zückte ihr Handy, um die Liste einzutippen. Eine Matratze, Kopfkissen und Decke, Bettzeug, Müllsäcke und ... Sie stockte, war das überhaupt im Rahmen ihres Budgets? *Dann muss ich eben günstig einkaufen. Didier hat gesagt, dass er weiß, wo die richtigen Geschäfte sind. Hoffentlich bewahrheitet es sich. Ein paar Lebensmittel brauche ich auch noch, da bin ich ja eher pleite, als ich gucken kann. Na ja, bis Montag wird es wohl reichen.*

Isabelle suchte Didiers Telefonnummer in ihrer Hosentasche, tippte sie ein und drückte auf speichern. Als sie ihn anrufen wollte, stellte sie fest, dass sie keinen Empfang hatte. „Worauf habe ich mich da nur eingelassen?“, schimpfte sie vor sich hin.

Sie nahm die Handtasche, griff aufgebracht Handy, Portemonnaie und Schlüssel, dann verließ sie das Haus. Die Haustür schloss sie brav ab, beim Gartentürchen verzichtete sie augenrollend. Mit energischen Schritten stapfte Isabelle den Waldweg entlang in die Richtung, aus der sie einige Stunden zuvor mit dem Auto gekommen war. In regelmäßigen Abständen hielt sie ihr Telefon Richtung Himmel und prüfte das Netz. Etwa zehn Minuten brauchte sie bis zur Einmündung des Wegs, dort endlich hatte sie wieder

Empfang. Nur einen Balken, aber es reichte, um Didier anzurufen. Er versprach, sofort loszufahren und in Kürze bei ihr zu sein.

Eine Weile blieb Isabelle unschlüssig an der Straße stehen und überlegte, ob sie gleich hier auf ihn warten sollte. Doch allein am Rand der Landstraße herumzustehen, war ihr nicht angenehm, und so beschloss sie, wieder langsam zurückzukehren und sich ein wenig im Garten umzuschauen. Jetzt erst spürte sie, wie sehr sie dieser aufgeregte Fußmarsch ins Schwitzen gebracht hatte. Sie lief den leicht ansteigenden Waldweg zum Haus nun in entgegengesetzter Richtung entlang und fächelte sich mit dem Shirt frische Luft um Bauch und Rücken, um sich etwas abzukühlen. Die Ruhe des Waldes, das Zwitschern der Vögel wirkten besänftigend auf sie. Und als die Gedanken etwas klarer wurden, formulierte und sortierte sie die Fragen in ihrem Kopf, die sie Didier stellen wollte. Hoffentlich würde er auch die richtigen Antworten geben.

Vor dem Gartentürchen machte Isabelle Halt. Jetzt erst sah sie das kleine Namensschild, das daran befestigt war. *Mechant*. Es fühlte sich seltsam an, den eigenen Namen an einem Ort zu lesen, zu dem sie keinerlei Verbindung hatte. Eine ganze Weile musste sie dort gedankenversunken gestanden haben, denn erst das Knirschen der Autoreifen holte sie zurück in die Gegenwart.

„Salut, Mademoiselle! Schon eingelebt?“, begrüßte Didier sie, als hätten sie sich seit Tagen nicht gesehen.

„Nicht wirklich“, erwiderte Isabelle matt und weniger gut gelaunt als noch am Morgen.

„Haben Sie wenigstens die Einkaufsliste fertig?", fragte Didier unbeirrt weiter. Er wirkte lange nicht mehr so alt auf Isabelle wie bei ihrem ersten Zusammentreffen.

„Ja, und einen Fragenkatalog."

Didier horchte auf. „Was meinen Sie?"

Isabelle gab sich große Mühe, ihre Gedanken in Worte zu fassen. „Alles wirkt so fremd und unwirklich auf mich. Ich glaube, dass ich mich vorhin sogar etwas gefürchtet habe. Kann ich denn all das für bare Münze halten? Ich weiß nicht, worauf ich mich eingelassen habe."

Didier öffnete die Beifahrertür und ließ Isabelle einsteigen. Als er sich wieder hinter das Steuer setzte, sagte er etwas, das sie überraschte. „Ich bewundere Sie, Mademoiselle. Das, was sich hier abspielt, ist mehr als skurril. Ich hätte meine Hand dafür ins Feuer gelegt, dass Sie abreisen würden, aber nein, Sie sind geblieben. Sie haben sich sogar ohne Protest von mir hier absetzen lassen und sich mit all den auferlegten Regeln einverstanden erklärt. Ich bewundere Sie, und die Beantwortung Ihrer Fragen haben Sie sich verdient. Ich werde mein Möglichstes tun."

Dieses Angebot nahm Isabelle umgehend an. „Warum und durch wen wurde das Haus gereinigt, bevor ich ankam?"

Didier antwortete entspannt. „Das ist leicht. Antoine hat jemanden aus dem Dorf damit beauftragt. Ist es etwa nicht sauber genug?", hakte er nach.

„Doch, doch, es ist fast zu sauber, ich hatte das Gefühl, ich käme in ein Ferienhaus, nicht in das Haus meiner Großmutter. Nicht einmal Fotos habe ich gefunden."

Auch diese Frage brachte Didier nicht aus der Ruhe. „Soweit ich weiß, hatte Ihre Großmutter nicht viele persönliche Gegenstände. Aber einiges muss schon im Haus sein. Antoine selbst hat alles zusammengeräumt und darauf geachtet, dass während der Reinigung nichts offen herumstand und schlimmstenfalls hätte verloren gehen können. Haben Sie wirklich schon überall nachgeschaut?", wollte er erstaunt wissen.

„Nicht überall", gab Isabelle kleinlaut zu. „Wussten Sie, dass es dort keinen vernünftigen Handyempfang gibt? Ich musste bis zur Straße runterlaufen, um Sie anrufen zu können." Die Empörung in ihrer Stimme war mehr als deutlich.

„Dafür können Sie aber wirklich niemanden zur Verantwortung ziehen. Das wird mit Sicherheit an Ihrem Netzbetreiber liegen. Haben Sie nicht gesehen, dass es im Haus ein Festnetztelefon gibt?", stellte Didier die Gegenfrage und sorgte für einen kurzen Moment der Sprachlosigkeit bei Isabelle. Sie gab sich fürs Erste geschlagen. *Keine weiteren Fragen, Euer Ehren.* „Was müssen wir eigentlich kaufen?", nutzte er die Gunst des Moments. Sie hatten einen größeren Ort mit einem kleinen Einkaufszentrum erreicht.

„Eine Matratze und Bettzeug", antwortete Isabelle wie aus der Pistole geschossen. „Ich bringe es nicht über mich, in Regines Bett zu schlafen."

Didier zuckte teilnahmslos mit den Schultern. „Dann fahren wir ein Stückchen weiter. Ich bin ja nur der Fahrer und bringe Sie hin."

Zweieinhalb Stunden später befanden sich die beiden wieder auf dem Rückweg. Isabelle hatte tatsächlich eine günstige Matratze und alles andere auf ihrer Liste erstanden. Zusätzlich ein Handtuch und nach Didiers dezentem Hinweis auch Toilettenpapier. Sie hatte sogar knapp dreißig Euro übrig. Sie war stolz auf ihren Einkauf.

Kurz vor der Einmündung in den Waldweg hielt Didier am Straßenrand an. „Wenn Sie diesen Weg ein kleines Stück weitergehen, kommen Sie zu einem Lebensmittelladen. Er heißt *Jacques*. Dort können Sie alles Grundlegende kaufen. Selbstverständlich zu Touristenpreisen, aber Sie bekommen eben alles, was Sie brauchen." Er machte eine Pause. „Ich sehe Ihnen an der Nasenspitze an, dass Sie sich gerade fragen, was ein Lebensmittelladen mitten im Wald soll." Er lachte. „Täglich besuchen viele Menschen den Naturpark zum Wandern. Teilweise kommen die Wandergruppen mit Reisebussen von weit her. Bei *Jacques* gibt es gefühlt alles, nur so als Tipp, wenn Ihnen doch etwas fehlen sollte." Er wollte schon weiterfahren, wandte sich aber noch einmal an Isabelle. „Dort fährt regelmäßig ein Bus von Gelloncourt nach Metz, ich glaube, jede Stunde. Hier ist immer Betrieb, falls es Sie beruhigt, Isabelle. Mutterseelenallein sind Sie hier draußen nie", erklärte er mit einem nachsichtigen Lächeln, bog in den Waldweg ein und fuhr zu Regines Haus.

„Warten Sie bitte einen Augenblick", bat Isabelle, stieg aus dem Auto und lief ins Haus. Eine Weile sah sie sich suchend um, dann erblickte sie, wonach sie gesucht hatte. Ein altes Festnetztelefon. Sie wählte Didiers Nummer und lauschte in den Hörer.

„Oui“, meldete sich die mittlerweile vertraute Stimme.

Zufrieden antwortete sie: „Didier, ich bin es, Isabelle. Ich wollte nur sichergehen. Jetzt ist alles gut. Ich komme gleich raus und hole meine Sachen.“ Dann legte sie auf und begann, die Einkäufe auszuladen. Sie verstaute gerade die Lebensmittel in der Küche, als sie für einen Moment innehielt und lauschte. Tatsächlich, das, was sie da gerade gehört hatte, waren Stimmen. Neugierig trat sie hinaus und erblickte eine Reiterin, die von ihrem Pferd herab mit Didier sprach. Sie verstummte, als sie Isabelle wahrnahm, und warf ihr einen missbilligenden Blick zu.

„Darf ich vorstellen?“, versuchte Didier, freundlich zu vermitteln. „Das ist Madame Sophie Gelloncourt de Lorraine.“

„Guten Tag“, grüßte Isabelle und bemühte sich, dabei so souverän wie möglich zu wirken. Im Gastronomiebetrieb traf man ständig auf schlecht gelaunte Menschen und konnte sich zumindest für den Moment eine angemessene Ruhe antrainieren. Die Dame, eine rüstige Seniorin in gut sitzendem Reiterdress, zeigte sich derweil gänzlich unbeeindruckt. „Mein Name ist Isabelle Mechant. Ich werde für ein paar Tage bleiben, wie Sie sicherlich wissen.“ Obwohl einige Meter zwischen ihnen lagen, konnte sie erkennen, wie sich die Gesichtszüge der Fremden verfinsterten.

Mit zusammengekniffenen Augen erklärte sie: „Es ist mir egal, wer Sie sind. Nehmen Sie zur Kenntnis, dass Sie sich auf meinem Grund und Boden befinden und lediglich geduldet werden. Halten Sie sich von der Familie und dem Anwesen fern, und planen Sie Ihre Abreise zeitnah. Sie wurden nicht eingeladen und sind hier nicht erwünscht. Au revoir!“ Die Alte verabschiedete sich mit einem kühlen Kopfnicken von Didier und ritt davon.

Isabelle sah ihr nach. Der schmale Weg, den sie nahm, führte hinter Regines Haus entlang in den Wald. Den hatte Isabelle bisher gar nicht wahrgenommen. Erst als Pferd und Reiterin zwischen den Bäumen verschwunden waren, wandte sie sich ab.

„So, nun kennen Sie bereits die Dame des Hauses. Lief doch ganz hervorragend, finden Sie nicht?“, witzelte Didier.

„Schönes Pferd“, sagte Isabelle nur, um nicht unbeherrscht zu wirken, und machte sich daran, die restlichen Einkäufe aus dem Kofferraum zu laden. Sie hatte das Gefühl, dass sie sich vor dieser Person besonders in Acht nehmen musste und längst nicht das letzte Wort gesprochen war.

Kapitel 5
Paul

Wenn sich Isabelle nach der Empfehlung des Verkäufers ihrer neuen Matratze richtete, würde sie an diesem Tag nicht mehr darauf schlafen können. Er hatte erklärt, dass es notwendig sei, die eingerollte Matratze umgehend auszupacken. Damit stimmte er mit seiner Kundin noch überein. Den Rat, das gute Stück dann aber achtundvierzig Stunden ruhen zu lassen, damit es sich entfalten und akklimatisieren könne, ignorierte sie. *Achtundvierzig Stunden? Die habe ich nicht, ich brauche mein Bett heute Nacht.* Isabelle besah sich das Paket, suchte nach einem geeigneten Platz in dem kleinen Haus, wo sie die Neuerrungenschaft öffnen und ihr vielleicht drei oder vier Stunden zur Eingewöhnung verschaffen konnte. Allein dies erwies sich als gar nicht so einfach, wenn sie sich einigermaßen bewegen wollte, ohne ständig darüber steigen zu müssen. Schließlich ging sie ins Schlafzimmer, stopfte das alte Kopfkissen und die Decke zwischen Regines Kleidung in den Schrank, dann hievte sie die alte Matratze aus dem Bett und schob sie einfach darunter. Die neue war mit zwei, drei Handgriffen schnell ausgepackt und lag nun genau dort, wo sie sowieso hinsollte. Zufrieden mit sich besah Isabelle ihre einfache Lösung, denn nun konnte sich das zusammengepresste Material nach Lust und Laune entfalten und eingewöhnen, während sie sich etwas zu essen zubereiten wollte.

Seit dem leckeren Frühstück im Hotel hatte sie nichts Nennenswertes zu sich genommen. Nun war es bereits später Nachmittag, und sie spürte plötzlichen unbändigen Hunger und Durst. In ein großes Glas füllte sie Leitungswasser und trank es in einem Zug leer. Didier hatte ihr versichert, dass es von guter Qualität war, und sie davon abgehalten, einen Kasten mit Wasser in Plastikflaschen zu kaufen. Er hatte recht, es schmeckte tatsächlich hervorragend, und Isabelle war ihm für diese kleine Ersparnis dankbar. In den Schränken suchte sie sich Teller und Messer, um wenigstens die erste Not zu überwinden und sich ein Brötchen zu schmieren. Nachdem der größte Hunger gestillt war, konnte sie nun in Ruhe beginnen, eine wenig aufwendige Variante von Farfalle Napoli zu kochen. Salzwasser für die Nudeln war schnell aufgesetzt. Die Soße kam heute zwar aus der Flasche, wurde aber sorgsam mit klein geschnittenen Zwiebeln und Möhren verfeinert. *Wollen doch mal sehen, was du für eine Köchin warst, Regine. Ob du Kräuter im Garten hast?*

Isabelle drehte die Temperatur am Herd herunter, ließ das Essen köcheln und ging in den Garten hinaus. Dort wuchsen einige Kräuter wild durcheinander. Auf den zweiten Blick sah sie jedoch, dass sie mit Bedacht angepflanzt worden waren. Pfefferminze und Kamille fand sie sofort. Etwas später entdeckte sie auch Petersilie, Dill und Bärlauch. Dazwischen viele Pflanzen, die sie überhaupt nicht kannte, und dann erspähte sie zu ihrer großen Freude Basilikum. Vorsichtig zupfte sie zwei Blätter ab und nahm sie mit in die Küche. Sie zerhackte die Kräuter, atmete das frische Aroma ein und gab sie erst ganz zum Schluss in die Soße. Es duftete köstlich. Isabelle öffnete den Wein. Didier zufolge handelte es sich um einen günstigen, aber sehr guten Gewürztraminer. Sie goss sich davon großzügig ins Wasserglas. *Nicht unbedingt standesgemäß, dafür zweckmäßig. Dem Wein wird es egal sein und mir heute sowieso.*

Zufrieden begab sich Isabelle wieder hinaus in den Garten, setzte sich auf die Bank und genoss das Essen, die Ruhe, die Natur. Allmählich konnte sie spüren, dass sich tatsächlich so etwas wie Urlaubsgefühle bei ihr einstellten. Sie war dem unangenehmen Alltag entschwunden, hier mit so vielen anderen Dingen beschäftigt, dass sie kaum Zeit hatte, viele Gedanken an Köln zu verlieren. Dieses leichte Gefühl hatte sie schon lange nicht mehr und wollte den Moment so lange es ging festhalten.

Der Summton ihres Handys machte ihr jedoch einen Strich durch die Rechnung. Eine Nachricht von Sergio: *Kann dich nicht erreichen. Alles okay?*

Schlechter Empfang. Alles gut, melde mich später! :-), schrieb Isabelle zurück und tippte auf senden. Doch verschickt wurde nichts. Ihr Handy hatte gerade überhaupt keinen Empfang. Ich werde ihn nachher von Regines Telefon aus anrufen, beschloss sie und pickte genüsslich eine Nudel nach der anderen auf. So entspannt hatte sie lange nicht mehr zu Abend gegessen. Das war etwas ganz anderes, als in Köln auf dem Balkon oder in den Rheinwiesen zu sitzen. Ganz sicher hatte auch das seinen Reiz, den der Heimat, den der gewohnten Umgebung. Hier im wunderschönen Lothringen, wie Antoine es genannt hatte, fühlte Isabelle etwas Neues, etwas Eigenes, war es etwa Zuneigung? Diese ungeplante Auszeit war das Beste, was ihr momentan passieren konnte. Das begriff sie in diesem Augenblick, denn zwischen der Sorge um ihre Mutter, der Arbeit bei Sergio, den erfolglosen Anstrengungen um das eigene Café und nicht zuletzt ihrer Beziehung zu Sascha hatte sie ganz vergessen, auf sich selbst zu hören. Sie erinnerte sich an die Begegnung mit Sophie Gelloncourt, wie die Alte da hoch zu Ross auf sie herabgesehen und ihre Abneigung geäußert hatte. *Dabei kennt sie mich gar nicht.* Isabelle konnte das nicht nachvollziehen. *Sie lebt quasi im Paradies. Warum macht sie sich die Mühe, Gift zu versprühen?* Dass Antoine versprochen hatte, ihr bei Bedarf zur Seite zu stehen, bestärkte Isabelle, und sie fühlte sich in diesem Augenblick mutig. Sie wollte sich von dieser Madame nicht die Petersilie verhageln lassen, sondern ihre Abreise planen, wie es ihr passte, beschloss sie, bestenfalls erst dann, wenn sie herausgefunden hatte, was das große Geheimnis war, das es zu lüften gab.

Wie bereits am Abend zuvor kühlte die Luft rasch ab, sobald die Sonne nicht mehr kräftig durch die Blätter schien. Ohne Jacke war der Aufenthalt im Haus mit einem Mal weitaus angenehmer als draußen. Isabelle trug das Geschirr hinein, und schon erinnerte sie die neue Bettwäsche auf dem Tisch daran, dass einige Arbeit wartete, Decke und Kissen bezogen werden wollten. Die Matratze machte Isabelles Einschätzung nach bereits einen manierlichen und eingewöhnten Eindruck, also beschloss sie, jetzt zwar gegen die Empfehlung, aber in eigenem Interesse, ihr

Bett herzurichten. Bei dem Gedanken, nicht in Regines alten Kissen liegen zu müssen, fühlte sie sich besser. Obwohl sie sich in Haus und Garten mittlerweile ganz gut entspannen konnte, war dies eine Intimität, die sie nicht mit Regine teilen wollte. Immer noch wirkte Regine wie eine Fremde und war definitiv nicht als Großmutter greifbar. Ob sich das änderte, wenn Isabelle die Wahrheit herausgefunden hatte? Antoine hatte gesagt, dass es nicht nur Regines Wahrheit, sondern letzten Endes auch Mathildes und ihre eigene war, dies es zu finden galt. *Wer weiß, was für ein Typ Mensch die Frau gewesen ist und welche Beweggründe sie gehabt hat, erst nach ihrem Tod die Verbindung zu ihrer Tochter aufzunehmen? Von mir hat sie offensichtlich gar nichts gewusst, sonst wäre Antoine nicht so überrascht gewesen. Sie hat also nicht nur ihrer Tochter die Mutter und mir die Großmutter vorenthalten, sondern sich selbst um eine Enkelin gebracht.*

Isabelle wollte sich umgehend auf die Suche nach dem Warum machen. Dafür würde sie nun einen Blick in die Truhe werfen, dort weitermachen, wo sie vorhin abrupt aufgehört hatte, weil sie sich erst einmal um ein ordentliches Bett hatte kümmern müssen. Im Schlafzimmer nahm sie vorsichtig die Schale und das handgearbeitete weiße Spitzentuch herunter und stellte beides auf den Fußboden. Mit beiden Händen versuchte sie, den Deckel anzuheben. Vergeblich. Die Truhe war verschlossen. Hier kam nun wohl Schlüssel Nummer drei zum Einsatz, den sie aus der Küche holen musste, denn das Bund steckte in der Eingangstür. Bei dieser Gelegenheit füllte sie das Wasserglas noch einmal mit Wein auf. Nun saß sie vor der großen Truhe und steckte aufgeregt einen der verbleibenden Schlüssel ins Schloss. Dieses Mal hakte es und klappte nicht auf Anhieb. Mit viel Gefühl musste sie das Schloss bearbeiten, bis sich der Schlüssel drehen ließ. Hoffentlich sind nicht nur alte Tischtücher drin, dachte Isabelle und hob den schweren Deckel an.

Es waren keine Tischtücher. Zum ersten Mal fand sie Gegenstände, die ihr möglicherweise mehr über Regine verraten konnten. Einige Bücher lagen übereinander gestapelt in der Truhe, deutsche und französische Fassungen. Ein Kleid für ein Hausmädchen samt Schürze, Haube und Schuhen, die Isabelle vermutlich zwei Nummern zu klein waren. In einem vergilbten Briefumschlag entdeckte sie eine alte Fotografie, die sie sich genauer ansah. Ein ernst dreinblickender Mann saß auf einem Stuhl, ein Junge, vielleicht neun oder zehn Jahre alt, stand neben ihm. Auch im Gesicht des Jungen war keine Freude zu finden. In einem Weidenkörbchen zu ihren Füßen schlief ein Säugling. Das Baby trug ein langes, weißes Spitzenkleid, ein Taufkleid vermutlich, das sorgfältig auf dem Boden ausgebreitet worden war. *Gustav, Albert et Bruno, 28/04/50* stand auf der Rückseite des Bildes. Zwei längliche Gegenstände lagen, in dunkle Tücher gewickelt, an der Seite. Sie waren etwas länger als ihre Hand und der Unterarm zusammen. Isabelle nahm eines der beiden Päckchen in die Hand und wickelte es vorsichtig aus. Im Stoff fand sie eine dicke, weiße Kerze, unbenutzt. Im zweiten Bündel fand sich ebenfalls eine große Kerze, die noch nie angezündet worden war.

„Warum hebst du so etwas auf, Regine?“, flüsterte Isabelle, bekam jedoch erwartungsgemäß keine Antwort. Nachdenklich trank sie den letzten Schluck, betrachtete die Ausbeute und wusste nicht viel damit anzufangen. Nicht zuletzt der Wein hatte sie müde und die Glieder schwer gemacht, und so beschloss sie, für heute aufzuhören und schlafen zu gehen.

Isabelle erwachte vom lautstarken Zwitschern der Vögel. So sehr sie sich wehrte, das Piepsen und Trillern auszublenden, es gelang ihr nicht. Sie war wach, und obwohl sich ihr Körper maßlos erschöpft fühlte, gelang es ihr nicht mehr, einzuschlafen. Sangen die Vögel in Frankreich lauter als in Deutschland, ging die Sonne hier früher auf? Das helle Tageslicht fiel durch das Fenster ins Schlafzimmer und wie ein vorwurfsvolles Scheinwerferlicht auf die Truhe samt ehemaligem Inhalt, den sie auf dem Fußboden verteilt und einfach liegen gelassen hatte, als sie zu Bett gegangen war. Mit vorsichtigen Schritten auf nackten Zehenspitzen durchquerte Isabelle den Raum. Fünf Schritte, und sie war im Bad. Sie stellte fest, dass die taugliche Wechselwäsche in ihrer Tasche zur Neige ging. Sie entschied sich daher für eine weiße Caprijeans und ein enges Top. Ein bisschen overdressed für den Wald, stellte sie amüsiert fest, zog den Cardigan über, flocht ihren Zopf und war einigermaßen zufrieden. Das Kleiderproblem wollte sie im Laufe des Tages lösen. Es gab eine Waschmaschine, und wenn sie die Sachen auf die Leine im Garten hing, waren sie in der Sonne bestimmt schnell getrocknet. *Montag bin ich in Metz, wenn sich bis dahin abzeichnet, dass ich länger bleibe, kaufe ich dort noch Klamotten. Das kann ich sehr gut allein, dazu brauche ich den armen Didier nicht.*

Waschpulver hatte sie bei ihrem gestrigen Großeinkauf allerdings nicht auf der Liste gehabt, genauso wenig Kaffee. Wie das passieren konnte, war ihr gänzlich schleierhaft. So beschloss sie, den von Didier erwähnten Laden für Touristen aufzuzuchen. Sie hoffte, dort beides zu erstehen, und während des morgendlichen Spaziergangs entschied sie, ebenfalls neue, robustere Schuhe auf die Einkaufsliste der kommenden Woche zu schreiben. Die Stoffschuhe boten auf dem stellenweise feuchten und unebenen Waldboden kaum Halt, und auf den Sandwegen bohrte sich jeder Kiesel durch die Sohle in ihren Fuß. Das war unangenehm und zwang sie, langsam zu gehen.

Doch es war erst kurz nach acht gewesen, als sie das Haus verlassen hatte, und eilig hatte sie es sowieso nicht. Das Handy brummte in der Gesäßtasche, offenbar gab es wieder Empfang. Es war Sergio.

Melde dich einfach, wenn es passt. Wollte nur fragen, wie es geht, und sagen, dass alles in Ordnung ist. Fahre heute mit deiner Mutter einkaufen.

So früh auf und schon so fleißig? Du bist ein Schatz!, schrieb sie zurück.

Ich erwarte im Gegenzug ausführliche Berichterstattung, antwortete er umgehend.

Versprochen, tippte Isabelle, aber gesendet werden wollte die Antwort nicht mehr. Der Empfang war wieder hinüber.

Sie blieb stehen, sah sich um, konnte aber außer Asphaltstraße vor und hinter sich sowie jeder Menge hochgewachsener, kräftiger Bäume niemanden entdecken, einen Einkaufsladen schon gar nicht. *Von wegen hier draußen ist man niemals wirklich allein.*

Eine halbe Stunde war Isabelle nun unterwegs, keiner Menschenseele begegnet und zweifelte schon daran, dass sie Didier richtig verstanden hatte, als sich ein Bus von hinten näherte und sie überholte. Wo ein Bus ist, wird wohl auch eine Bushaltestelle sein, munterte sie sich auf und marschierte tapfer weiter. In der Tat, nach der nächsten Biegung erblickte sie die Haltestelle. Sie sah ein wenig aus wie ein Minibusbahnhof mitten in der Pampa, denn insgesamt standen drei Reisebusse dort. Aus einem stieg gerade eine aufgeregt schnatternde Seniorenwandergruppe aus. Der Lebensmittelladen entpuppte sich als richtig große Anlaufstation für Touristen jeglicher Art. Dort gab es nicht nur ein paar Lebensmittel zu kaufen, sondern auch Souvenirs, Hüte, Rucksäcke, Trinkflaschen, Umgebungskarten – alles, was das Wanderherz begehrte. Das ganze Geschäft, inklusive angrenzendem Bistro, wurde von einem auffälligen Schriftzug im Wildweststil gekrönt: *Jacques*.

Da die muntere Rentnertruppe das Bistro fast vollständig in Beschlag genommen hatte, konnte sich Isabelle in Ruhe im Geschäft umsehen. Sie wurde fündig und erstand Waschmittel in Portionspackungen, gemahlenen Kaffee und einen Camping-Kaffeefilter. An eine Kaffeemaschine oder ähnliches Küchengeschirr vermochte sie sich nicht zu erinnern und war wirklich froh über ihren Fund. Stattliche neunzehn Euro kostete der Einkauf, und nur noch elf Euro blieben von dem festgesetzten Budget. Sie war versucht, sich nebenan ein kleines Frühstück, bestehend aus einem Croissant und einer Tasse Kaffee, zu gönnen, als jemand sie ansprach.

„Salut, Mademoiselle."

Isabelle blickte auf und sah in das freundlich lächelnde Gesicht eines jungen Mannes. Es war ein hübsches Gesicht. In den Augenwinkeln zeichneten sich kleine Lachfältchen ab. Die Stoppeln seines Dreitagebarts erschwerten es ihr ein wenig, sein Alter zu schätzen. Sein dunkles Haar war voll und modern geschnitten. Sie tippte auf Mitte dreißig.

„O, hallo", antwortete sie auf Deutsch. Dass sie sich bisher mit allen Franzosen in ihrer Muttersprache hatte unterhalten können, war sehr angenehm gewesen und ihr innerhalb kürzester Zeit zur Gewohnheit geworden.

Auch dieser junge Mann wechselte problemlos ins Deutsche. „Haben Sie sich verlaufen? Sie sehen nicht so aus, als wollten Sie wandern gehen."

Isabelle war der amüsierte Ton nicht entgangen. „Verspotten Sie mich?"

Der Fremde hob in einer theatralischen Abwehrgeste die Hände vors Gesicht und grinste. „Das würde ich nie wagen."

Isabelle lächelte ihn nachsichtig an. „Ich bin nicht zwischen sechzig und siebzig und ebenso wenig mit dem Bus angereist." Sie deutete mit der Hand auf ihr Outfit und fuhr erklärend fort: „Ich wandere nicht, sondern habe einen morgendlichen Spaziergang unternommen, um mir Kaffee zu kaufen. Möglicherweise etwas zu viel Schick für den Wald, aber heute ist Waschtag. Mit wem habe ich eigentlich das Vergnügen?"

„O, pardon", entschuldigte er sich. „Mein Name ist Paul Dietermann, ich wohne hier."

„Im *Jacques?*“, fragte Isabelle.

„Nein, natürlich nicht im Laden. In Gelloncourt.“ Paul sah sie interessiert an.

„Ich bin übrigens Isabelle“, stellte sie sich ebenfalls vor.

„Hatten Sie denn einen weiten Spaziergang? Ich habe Sie hier noch nie gesehen. Ich versichere Ihnen, das wäre mir nicht entgangen.“

Flirtet er mit mir? Er flirtet!, stellte Isabelle fest und empfand die Situation durchaus, als angenehm. Sie erzählte bereitwillig. „Stimmt, ich bin erst gestern angekommen und nur vorübergehend da, ein spontaner Besuch mehr oder weniger. Es handelt sich um eine Familienangelegenheit.“

Mit ungebrochenem Interesse sah er sie an, und Isabelle bemerkte, dass er wunderschöne braune Augen hatte. „Wie lange werden Sie bleiben? Wenn die Frage erlaubt ist.“

Isabelle senkte bewusst für einen Moment den Blick und zupfte am Kragen ihrer Strickjacke. „Warum wollen Sie das wissen?“ Sie neigte den Kopf etwas zur Seite und blickte den schönen Fremden erwartungsvoll an. *Ich weiß, was du willst, aber ich will, dass du es sagst.*

„Ich würde Sie gern zu einem Kaffee einladen, wenn es Ihre Zeit zulässt.“

Er hat es gesagt. „Ich muss ein paar Dinge im Haus meiner Großmutter erledigen. Es kann sein, dass es länger dauert, wie viel Arbeit mir bevorsteht, weiß ich noch nicht. Über ein wenig Abwechslung würde ich mich jedoch sehr freuen.“

Paul verschränkte die Arme vor der Brust und legte nachdenklich den Zeigefinger ans Kinn. „Jetzt bin ich aber wirklich neugierig", gab er in freundlichem Ton zu und fragte wissbegierig weiter. „Ich kenne die meisten Menschen aus der Gegend, bestimmt auch Ihre Großmutter. Wer ist es denn?"

„Regine Mechant", antwortete Isabelle und setzte hinzu: „Sie ist leider vor Kurzem gestorben."

Unmittelbar verfinsterte sich Pauls Gesicht. Isabelle wusste nicht, wie ihr geschah, als er plötzlich einen Schritt zurücktrat und kühl feststellte: „Unter diesen Umständen ziehe ich es vor, auf den Kaffee zu verzichten. Ich denke, es ist in unser beider Interesse, wenn Sie die Erledigung Ihrer Angelegenheiten umgehend in Angriff nehmen und baldmöglichst abreisen!" Er wandte sich ab, ging erhobenen Hauptes davon und ließ Isabelle wie vom Donner gerührt stehen.

Was ist plötzlich in den gefahren? Spinnt der? Was habe ich ihm denn getan? Sie sah ihm empört nach, bis er durch die Tür gegangen war, und schaute sich irritiert im Geschäft um. Niemand der Anwesenden nahm Notiz von ihr, und sie musste mit ihrer plötzlichen akut schlechten Laune selbst fertig werden. Komische Leute lebten in Gelloncourt, offenbar gab es in dieser Hinsicht keine Standesunterschiede, und es betraf alle, nicht nur die Adeligen. Die Lust auf Frühstück im *Jacques* hatte ihr dieser Paul anständig verdorben. Enttäuscht und verwirrt trug Isabelle ihren Einkauf zurück. Währenddessen zermarterte sie sich den Kopf, wie allein die Erwähnung ihrer Großmutter das Gespräch hatte kippen lassen können. Hatte Regine eine dunkle Seite gehabt? War sie so etwas wie eine

Kräuterhexe oder Schamanin mitten im Wald gewesen? Hatten die Menschen vielleicht Angst vor ihr gehabt? Antoine hatte nichts dergleichen erwähnt, aber dieser Paul wusste etwas, da war sie sich sicher. „Dietermann“, wiederholte Isabelle seinen Namen, aber sie konnte sich nicht erinnern, ihn jemals gehört zu haben. *Was für ein Arschloch. Wie kriege ich denn jetzt raus, was er weiß, ohne mich weiter mit ihm befassen zu müssen?*

Zurück in Regines Haus stellte sie die Wäsche an, kochte Kaffee und machte sich Frühstück. Sie zog das Telefon zu sich heran und überlegte, ob sie Antoine anrufen und über diesen Paul ausfragen sollte, geriet jedoch ins Zweifeln und notierte stattdessen seinen Namen. *Ich werde am Montag in der Kanzlei nach ihm fragen.* Die Art und Weise, wie ihr dieser Paul unverdientermaßen eine Abfuhr erteilt hatte, beschäftigte sie nachhaltig. Er geisterte in ihrem Kopf herum, während sie den Abwasch machte, ihr Bett zusammenräumte und noch einmal den Inhalt der Truhe durchforstete. Sie war traurig und verärgert zugleich, denn das Gespräch hatte so nett angefangen, und ganz nebenbei sah dieser Typ richtig gut aus. *Was nützt eine schöne Fassade, wenn dahinter alles hässlich ist? Mach einen Haken dran, Isabelle, und beschäftige dich mit den wirklich wichtigen Dingen.*

Den ganzen Vormittag verbrachte sie mit der Suche nach einem weiteren Schloss für den verbliebenen vierten Schlüssel, doch diese verlief ergebnislos. Gegen Mittag rief sie ihre Mutter und Sergio an. Beide befürworteten, so lange zu bleiben, wie sie es für richtig hielt.

Sergios Argument klang schlüssig. „Wenn zwei Menschen innerhalb kürzester Zeit so abweisend auf dich reagieren, nur weil du Mechant heißt, obwohl sie dich gar nicht kennen, dann haben sie Angst, und es steckt mit Sicherheit mehr dahinter. Dieser Anwalt hat bestimmt recht. Du musst dich weiter bei Regine umschauen. Schon alle Schränke durch und die eingenähten Schätze aus der Matratze geholt?"

„Schränke ja, Matratze nein", erwiderte Isabelle frustriert. „Ich kann nicht die Polster aufschlitzen. Ich sehe mich erst einmal weiter um, und die Matratze abzutasten, wird es für den Anfang wohl auch tun." Sie legte auf und kümmerte sich um die Wäsche.

Isabelle ließ sich Zeit beim Aufhängen der Sachen und dachte schon wieder an ihre ärgerliche Begegnung mit Paul. Vor ihrem inneren Auge sah sie ihn und Sascha nebeneinander. *Warum gerate ich immer an solche Mistkerle?* Natürlich waren die beiden nicht zu vergleichen. Was ihr Sascha angetan hatte, erreichte ein ganz anderes Level an Bösartigkeit. Aber was war nur so unerwartet in diesen Paul gefahren? Sie hatten sich auf Anhieb gut verstanden, da war ein angenehmes Knistern zwischen ihnen gewesen. Sollte Sergio tatsächlich recht haben, dass sie überhaupt nicht in der Lage war, die Menschen richtig einzuschätzen? Isabelle schüttelte die Falten aus der grünen Bluse und hing sie auf. *In dem Moment, als ich Regine erwähnt habe, ist seine Laune umgeschlagen. Er kannte sie mit Sicherheit, und ich werde herausfinden, woher. Am besten gehe ich morgen früh zu Jacques, warte dort und stelle Paul zur Rede, wenn er kommt. Ich habe ihm nichts getan, und wenn er will, dass ich meine Angelegenheiten schnell in Ordnung bringe, damit er mich los ist, dann soll er mir gefälligst dabei helfen.*

Isabelle spürte eine gewisse Angriffslust in sich aufsteigen und sah der Umsetzung dieser Idee zuversichtlich entgegen. Sie hatte nicht vor, sich herumschubsen und weiter kränken zu lassen. Immerhin war sie in einem Urlaubsparadies gelandet. Sie beschloss, Sergios Rat zu befolgen und wenigstens die alten Kissen und Regines Matratze zu untersuchen und sich anschließend in der näheren Umgebung umzusehen. Das Wetter war so schön warm und trocken, dass sie zwei Fliegen mit einer Klappe schlagen konnte. Sie wollte die Ruhe der Natur aufnehmen, den Kopf freikriegen und gleichzeitig den Weg hinter ihrem Haus erkunden. Sie wollte herauszufinden, wohin diese Sophie geritten war. *Die feindselige Madame hat zwar gesagt, dass ich mich dem Anwesen nicht nähern dürfe, doch wenn ich nicht weiß, wo es ist, kann ich mich ihrem Wunsch gar nicht widersetzen. Ich kann mich ganz dumm stellen und nach Belieben in alle Himmelsrichtungen spazieren. Mal schauen, wohin mich der Weg führt, Sophie Gelloncourt.*

Kapitel 6
Unfall mit Folgen

Die Mittagssonne stand hoch über den Bäumen und wärmte den Waldboden, als Isabelle aufbrach. Zu Beginn ging es nur leicht bergauf, je weiter sie in den Wald drang, desto steiler wurde der Weg, und es dauerte nicht lange, bis sie eine Pause machen musste, um nach Luft zu schnappen. Dieser Pfad war nicht mit dem Rheinufer in Köln zu vergleichen. Verärgert, dass sie nicht daran gedacht hatte, etwas zu trinken mitzunehmen, lehnte sie sich an einen Baum und schaute sich um. Der Gedanke, dass sie auf dem falschen Weg sein könnte, beschlich sie, aber als sie sich umsah, konnte sie einige Hufabdrücke im Waldboden ausmachen. Sie musste richtig sein und wollte den Spuren folgen. Wenn Madame Gelloncourt hier entlanggeritten war, würde sie bestimmt bis zur Residenz der Herrschaften gelangen.

Doch Isabelle irrte sich. Der Boden wurde immer unwegsamer. Überall erhoben sich dicke Wurzeln aus der Erde und querten den Pfad. Die Stoffschuhe boten wenig Halt, und Isabelle musste streckenweise neben dem eigentlichen Weg gehen und sich an den Baumstämmen festhalten, um nicht wegzurutschen oder zu stürzen. Das machte das Vorankommen ungleich schwieriger, zu allem Überfluss verfingen sich ständig Blätter und kleine Äste in ihren Haaren. Nur noch wenige Meter lagen vor ihr, bis der Aufstieg geschafft war. Glücklicherweise ging es auch wieder abwärts. Sie musste erneut ausruhen, Schweißperlen standen ihr auf der Stirn und liefen an den Schläfen hinunter. Wie hatte sie sich nur so furchtbar verschätzen können? Sie sah schlecht gelaunt an sich herab. Der Ausflug hatte seine Spuren hinterlassen. Obwohl Isabelle von Kopf bis Fuß verdreckt war, hatte sie weder Lust, sich darum zu kümmern, noch wollte sie umkehren, denn nun hatte sie das Ziel im Visier. Durch die Bäume konnte sie es bereits erahnen.

Sie trabte den Rest des Waldwegs hinunter und staunte. Vor ihr erstreckte sich eine saftig grüne, riesige Freifläche, und mittendrin, auf einer Anhöhe, stand ein hübsches kleines Schloss aus hellen Steinen, in der gleichen Art und Bauweise, wie Isabelle sie auf der Anreise bereits gesehen hatte. Um die Festung herum waren mehrere Nebengebäude verteilt. Mindestens eines davon musste ein Stall sein, denn fast die Hälfte der Landschaft war durch Koppelzäune akkurat in Rechtecke unterteilt, in denen Pferde weideten. Quer durch die Wiese führte eine gut ausgebaute Straße bis zum Anwesen. Isabelle konnte ein rotes Auto beobachten, wie es sich von der Festung aus wie ein Käfer durch die Wiese bewegte und dann im Wald verschwand. *Hier wohnen sie also, diese Gelloncourts. Mich würde ja brennend interessieren, ob der Rest der Familie genauso unsympathisch ist wie die Alte. Immerhin können sie mit dem Familiensitz Eindruck schinden.*

Auf dieser Seite des Bergs hätte sich Isabelle gern länger umgeschaut, aber ihr Körper verlangte unmissverständlich nach etwas zu trinken, und da sie wusste, welcher Rückweg ihr bevorstand, brach sie umgehend auf. Die Steigung und die Wurzeln bereiteten ihr weiterhin Schwierigkeiten. Bergab war es vorhin wesentlich einfacher gegangen. Ständig rutschten die flachen Sohlen ab, und sie musste sich an den herausragenden Zweigen festhalten. Noch bevor sie den höchsten Punkt erreicht hatte, verfehlte sie einen der kleinen Äste, verlor das Gleichgewicht und glitt wieder hinunter. Beim Versuch, sich abzufangen, drehte sie sich, blieb mit dem Fuß an einer Wurzel hängen und stürzte. Sie stieß einen spitzen Schrei aus, als ihre Handflächen über den Sand rutschten. Für einige Sekunden lag sie dort kopfüber auf dem Bauch und versuchte, die Tränen zu unterdrücken. Das Fußgelenk schmerzte, dass sie kaum wagte, sich zu bewegen, und einen Augenblick später begann die Haut, an beiden Handballen heftig zu brennen. Ganz langsam und vorsichtig rappelte sich Isabelle wieder auf, aber es war leichter gesagt als getan.

„Scheiße", schluchzte sie. Sie hatte sich die Hände aufgeschrammt, die weiße Hose und das Top waren durch die Bauchlandung endgültig verdreckt. Die Schuhe hatten ebenfalls mindestens eine Wäsche nötig, aber am schlimmsten stand es um ihren Knöchel. Behutsam streckte sie das Bein aus und bewegte den Fuß in alle Richtungen. Das ging auch mit viel Ruhe und Bedacht, aber wenn sie auftrat und ihn nur wenig belastete, durchdrang ein heftiger Schmerz den Knöchel. Isabelle betrachtet ihn und stellte fest, dass ihr Fußgelenk, abgesehen von einer langen Schürfwunde bis zur Wade, angeschwollen war. Was sollte sie tun? Den armen Didier anrufen, damit er sie abholte? Wie sollte der Ärmste sie denn finden? Nein, nein, diese Tortur konnte sie dem alten Mann im Leben nicht antun. Antoine? Natürlich nicht. *Ich könnte den Unfall melden und einen Krankenwagen bestellen, oder ich versuche, auf den Knien weiterzukommen.*

Isabelle durchdachte einige mehr oder weniger sinnvolle Szenarien, letztlich machten ihr der Durst und ihr Handy einen Strich durch die Rechnung. Sie hatte keinen Empfang und entschied sich dazu, so gut es ging auf den Knien weiterzukommen. Vermisst würde sie wahrscheinlich erst am Montag, und auf die ernsthafte Suche nach ihr würde man sich frühestens Dienstag machen. Sollte es tatsächlich so lange dauern, war sie sowieso schon tot und bereits Futter für die Wölfe. Angst verursachte ihr einen heftigen Stich in der Brust bei dem Gedanken. Ob es hier wirklich welche gab? Die Befürchtung, recht zu haben, kroch ihr in den Nacken, und sie wollte den Weg schneller hinaufkrabbeln, aber das Unterfangen gestaltete sich in der Tat mehr als schwierig. Sie musste erneut eine Pause einlegen, sich an einen Baumstamm lehnen und den Fuß entlasten. Isabelle war wütend über sich selbst, ihren Leichtsinn und auf Madame Sophie, die ihr mit ihrem Getue den Floh überhaupt erst ins Ohr gesetzt hatte. Auf diesen Paul Dietermann war sie ebenfalls wütend. Was bildete der sich überhaupt ein? Sie wäre jetzt auch viel lieber in irgendeinem gemütlichen Bistro und trank Café oder Wasser mit Zitrone oder viel besser, einen Cocktail. Wenn schon, denn schon.

Mit dem Handrücken wischte sie eine Träne weg, schniefte und erschrak furchtbar, als dieser Paul

Dietermann, der eben noch in ihren Gedanken herumgegeistert war, plötzlich vor ihr stand und sie von oben herab argwöhnisch anblickte. „Was haben Sie denn hier zu suchen, Mademoiselle?", wollte er in kühlem Ton wissen.

Auch das noch, dachte Isabelle, ausgerechnet der hat mir gerade noch gefehlt. Als sie meinte, sie sei schon gedemütigt genug, kam dieser Typ aus dem Nichts und fragte sie, was sie hier suche. Ohne groß darüber nachzudenken, erwiderte sie patzig: „Ich suche Pilze, und Sie?" Sie versuchte nicht, ihren Ärger zu verbergen.

„Da können Sie lange suchen, wenn Sie sich nicht auskennen. Ist gerade keine Saison."

Isabelle blitzte ihn empört an. „Vielen Dank für den Tipp und guten Tag", wollte sie die unangenehme Unterhaltung beenden und wartete darauf, dass Paul seinen Weg fortsetzte.

Der machte jedoch keine Anstalten, sich abwimmeln zu lassen. „Sie wissen, dass Sie sich auf Privatbesitz befinden und sich dem Anwesen nicht nähern dürfen, oder haben Sie das nicht verstanden?"

Dieser Lackaffe hatte sich ernsthaft vor ihr aufgebaut und hielt ihr einen Vortrag. „Was bilden Sie sich eigentlich ein? Ich war spazieren und hatte einen Unfall. Wer sind Sie, dass Sie sich so aufspielen, als gehöre Ihnen hier alles?" Isabelle hätte ihn in der Luft zerreißen wollen, diesen Strunzer. Das, was er als Nächstes sagte, stimmte sie keineswegs milder.

„Das könnte daran liegen, dass mir das alles hier tatsächlich gehört. Ich wohne nämlich da drüben, und

Sie zeigen Ihr schlechtes Benehmen auf meinem Grund und Boden."

Verwirrt blickte Isabelle ihn an. „Sie haben gesagt, Sie heißen Dietermann, wenn ich mich recht erinnere, und das da ist wohl das Anwesen der Familie Gelloncourt, inklusive Hausdrachen, den ich bereits kennenlernen durfte. Also, Paul Dietermann, versuchen Sie, jemand anderes auf diese Tour zu verarschen. Bei mir klappt das nicht!"

Paul runzelte die Stirn. „Sie meinen mit dem Hausdrachen hoffentlich nicht meine Großmutter Sophie?"

Entgeistert starrte sie ihn an. „Was für'n Mist, verdammter", fluchte Isabelle und stand unter Schmerzen auf. Sie hatte keine Lust mehr, länger mit diesem Typen zu reden. Wie sie ihr Glück kannte, konnte es nur noch unangenehmer werden. „Ach, gehören Sie also zu denen? Na, das erklärt einiges. Schönen Dank auch. Wenn Sie und Ihre Großmutter nicht gewesen wären, dann wäre mir das nämlich gar nicht erst passiert." Sie versuchte, aufzutreten. Der Knöchel pochte heftig, und so sehr sie sich bemühte, sie konnte ein leidendes Stöhnen nicht unterdrücken.

„Niemand hat Sie gebeten, hierherzukommen und Ihre Nase in fremde Angelegenheiten zu stecken. Fahren Sie nach Hause, dorthin, wo sie hergekommen sind, und kümmern Sie sich um Ihren Kram, Isabelle Mechant." Sein Ton war scharf und ungehalten.

„Falsch!", erwiderte sie aufgebracht. „Ein Anwalt hat mich herbestellt und mir gesagt, dass ich meine Nase in genau diese Angelegenheit stecken soll. Allerdings ist es nicht Ihre, sondern die meiner Großmutter Regine, und wenn Sie nicht so ein bornierter Blaublüter wären, dann würden Sie die Chance ergreifen und mir helfen, anstatt mir noch Steine in den Weg zu legen. Schließlich haben Sie Regine im Gegensatz zu mir gekannt." Isabelle zitterte vor Wut, und es tat ihr gut, zu schimpfen. „Je eher ich die Angelegenheit geklärt habe, desto schneller bin ich wieder weg. Hier hält mich danach sowieso nichts mehr, oder denken Sie allen Ernstes, ich sei Ihretwegen da?" Sie stieß verächtlich die Luft aus und sah Paul mit funkelnden Augen an.

„Um welche Angelegenheit handelt es sich?", fragte er nach wie vor distanziert, aber mit etwas milderer Stimme.

„Keine Ahnung", antwortete Isabelle trotzig. „Wenn ich es wüsste, wäre ich bestimmt nicht mehr da. Außerdem geht Sie das überhaupt nichts an!", zeterte sie weiter.

„Dann wollen Sie das Haus nicht haben?", fragte Paul plötzlich eindringlich.

Verwundert sah Isabelle auf. „Nein", sie schüttelte ablehnend den Kopf, „wie kommen Sie denn darauf? Der Anwalt meiner Großmutter hat gesagt, ich soll nur so lange darin wohnen, bis das Rätsel gelöst ist."

Er sah sie noch immer von oben herab an. „In welcher Angelegenheit sind Sie da, von welchem Rätsel sprechen Sie?", wollte Paul erneut wissen.

Isabelle wiederholte sich trotzig. „Keine Ahnung, ich muss erst mal einiges über Regine in Erfahrung bringen. Ich kannte sie doch gar nicht."

Pauls Gesichtszüge entspannten sich langsam. Es schien, als sei ihm eine Last von den Schultern genommen worden. „Was ist mit Ihrem Fuß?“, fragte er, und es klang aufrichtig.

Isabelle war nach wie vor aufgewühlt und behielt ihren motzigen Tonfall bei. „Weiß ich nicht, tut weh.“

Er ignorierte den Ton und fragte weiter. „Können Sie gehen? Wissen Sie schon, wie Sie zurück nach Hause kommen?“

Sie schnaufte genervt. „Was geht Sie das an? Vielleicht ruf ich mir ein Taxi“, gab sie dann sarkastisch zurück.

Nun trat er einen Schritt auf Isabelle zu und erklärte: „Es geht mich insofern etwas an, dass ich vermeiden möchte, Sie in den nächsten Tagen hier tot aufzufinden. Solche Negativschlagzeilen machen sich überhaupt nicht gut in einem Touristenwandergebiet und vor allem nicht auf meinem Privatgelände.“ Er nahm seinen Rucksack ab, zog eine Wasserflasche heraus und reichte sie Isabelle. Sie hatte so schrecklichen Durst, dass sie nicht ablehnen konnte, und damit hatte er das Eis für den Anfang gebrochen. „Hören Sie, Isabelle, ich mache Ihnen einen Vorschlag.“ Sie setzte die Flasche ab, sah ihn fragend an und wartete darauf, dass er weitersprach. „Hierbleiben können Sie nicht. Wir schaffen Sie also erst mal nach Hause, dann sehen wir weiter.“

„Wir?“, hakte sie argwöhnisch nach.

„Na ja, ich helfe Ihnen beim Rückweg. Allein werden Sie es schwer haben.“ Er wartete ruhig auf ihre Antwort.

„Von mir aus“, murrte sie und gab die Wasserflasche zurück. Sie wusste, dass ihr nichts anderes übrig blieb. „Das heißt aber nicht, dass ich mich darüber freuen muss", setzte sie nach, um jedes Missverständnis aus der Welt zu schaffen. „Wenn ich könnte, würde ich allein gehen."

„Schon klar." Paul legte stützend den Arm um ihre Taille. Er musste sie fest an sich drücken, damit sie nicht erneut den Berg hinunterrutschte.

Isabelle spürte seinen warmen Körper und stellte schnell fest, dass er kräftiger war, als sie ihn auf den ersten Blick eingeschätzt hatte. Sie musste sich eingestehen, dass es unangenehmere Situationen gab, gerettet zu werden. Nachdem sie die steile Kuppe überwunden hatten, kamen sie leichter voran.

Paul nahm das Gespräch erneut auf. „Wenn Sie Informationen über Ihre Großmutter brauchen, kann ich Ihnen alles erzählen, was ich über Regine weiß. Im Gegenzug verlassen Sie das Haus sobald wie möglich und stellen keine weiteren Ansprüche daran. Es gehört zum Anwesen der Familie, und ich möchte nicht, dass sich Fremde darin aufhalten." Er verstummte, um Isabelle eindringlich anzusehen und eine Antwort auf seinen Vorschlag zu erhalten.

Ein komischer Vogel bist du. Erst willst du mit mir einen Kaffee trinken, und dann kann es dir nicht schnell genug gehen, mich loszuwerden. Am liebsten würde ich dich hier einfach stehen lassen, aber du hast im Moment leider die besseren Karten. Ohne deine Hilfe werde ich es wahrscheinlich nicht bis heute Abend nach Hause schaffen, und auf deine Informationen über Regine bin ich auch angewiesen. Mit zusammengekniffenen Augen hatte sie Paul angesehen, während sie ihre Möglichkeiten gedanklich überflogen hatte. Als sie nichts sagte, streckte er, wie um einen Pakt zu besiegeln, seine freie Hand in ihre Richtung. Gib dir einen Ruck, Isabelle, forderte ihre innere Stimme und gewann.

„Von mir aus", gab sie sich einverstanden und erwiderte die Geste vorsichtig. *Ich habe überhaupt nicht vor, irgendwelche Leute zu beherbergen, und Ansprüche an das Haus habe ich zu keiner Zeit gestellt. Also, was soll das?* Die Handfläche brannte wie Feuer, und sie zuckte zusammen, als Paul sie berührte.

Langsam setzten sie den Weg fort. Mit jedem Schritt ließ Isabelle etwas Wut zurück. Sie brauchte alle Kraft, um sich auf den Heimweg und ihren Fuß zu konzentrieren. Als sie für einen Moment die Begegnung im Wald vergessen hatte, ertappte sie sich bei dem Gedanken, dass es trotz der Schmerzen und Einschränkungen mehr als angenehm in Paul Dietermanns Arm war. Er drückte sie dicht an sich, um sie halten zu können. So sicher wie mit dem adeligen Holzklotz hatte sie sich mit ihrem Ex nie gefühlt. Just in diesem Moment wurde ihr klar, welche Distanz die ganzen Jahre zwischen ihr und Sascha geherrscht hatte. Ob das mit Paul unter anderen Umständen etwas hätte werden können? Den ersten gemeinsamen Moment am Morgen bei *Jacques* hatten sie beide doch genossen, oder nicht? Isabelle, jetzt reiß dich mal zusammen! Was denkst du dir da bloß wieder aus?, rief sie sich selbst in Gedanken zur Ordnung, und Erleichterung überkam sie, als Regines Häuschen endlich in Sichtweite geriet.

Obwohl sie sich ihm gegenüber zierte und es niemals zugeben wollte, war Isabelle froh, dass Paul sie bis ins Haus begleitete.

Er half ihr auf den Stuhl und sah sich suchend um. „Wir müssen den Fuß hochlegen und kühlen. Außerdem sollten wir die Wunden säubern und verbinden. Haben Sie einen kleinen Hocker oder so was? Ist der Erste-Hilfe-Kasten im Bad?"

Isabelle schüttelte den Kopf. „Hier gibt es weder Stuhl noch Hocker und vor allem kein Verbandsmaterial", gab sie mit einem Schulterzucken zur Antwort. Die Anstrengung hatte sie müde und kampfunlustig gemacht, und allein, dass sie nun endlich saß, fühlte sich so gut an, dass alles andere fast gleichgültig wurde.

„Dann hole ich wenigstens ein nasses Tuch zum Kühlen", entschied Paul. „Ist dort das Badezimmer?", fragte er, wartete aber die Antwort nicht ab, sondern ging hinein. Er kam mit zwei Handtüchern zurück. „Hier, für Ihr Gesicht und die Hände. Ich schaue mich mal im Garten um, vielleicht gibt es etwas, das wir als Hocker benutzen können."

Während er ins Freie trat, begann Isabelle damit, sich mit dem einen den Staub vorsichtig abzuwaschen. Das andere wickelte sie sich ächzend um den Knöchel. Na toll, mehr Handtücher hatte sie nicht dabei. Aber gut, für heute war es ihr egal, dann würde sie morgen noch einmal Wäsche machen. Bis dahin durften die anderen Klamotten auf der Leine getrocknet sein.

„O nein!", entfuhr es ihr plötzlich, denn gerade war ihr klar geworden, dass all die anderen Sachen, inklusive der Unterwäsche, noch im Garten auf der Leine hingen. Peinlich berührt hielt sie inne. Der Gedanke, dass sich Paul gerade aufmerksam umsah, war ihr unangenehm. Doch er verlor kein Wort darüber, als er wenige Minuten später wieder ins Haus zurückkehrte. Hatte er sie gesehen oder nicht? Zu gern hätte sie seine Gedanken gelesen.

„Einen Hocker habe ich nicht gefunden, aber den können Sie genauso gut benutzen." Er hielt einen leeren Plastikblumenkübel in der Hand. Bereits notdürftig gesäubert drehte er ihn um und stellte ihn vor Isabelle ab. „Wenn ich jetzt noch eine Decke finde, um sie daraufzulegen, dann sollte es wohl gehen."

Isabelle antwortete müde: „Im Schlafzimmerschrank ist eine." Sofort lief er los, um die Decke zu holen, und ihr Blick folgte ihm. Paul hatte auch eine ganz hübsche Kehrseite. *Hätte er bloß nicht heute früh schon alles versaut. Aber dann wäre es ihm wahrscheinlich etwas später gelungen, und so ist mir wenigstens eine größere Enttäuschung erspart geblieben. Kaffee trinken kann ich auch allein. Soll ich ihn jetzt nach Regine fragen? Er hat bisher kein Wort über sie verloren, seit wir angekommen sind.*

Mit triumphierendem Gesichtsausdruck erschien Paul wieder im Türrahmen. Wie zwei Jagdtrophäen hielt er in der Linken eine braune Wolldecke und in der Rechten einen Klapphocker. Schweigend ließ ihn Isabelle gewähren, als Paul die Decke auf den Blumenkübel legte und vorsichtig den verletzten Fuß darauf platzierte.

„Das Tuch werde ich noch mal nass machen", erklärte er und ging damit ins Badezimmer.

„Sie können ja richtig fürsorglich sein. Es ist Ihnen wohl ungeheuer wichtig, dass ich schnell wieder auf die Beine komme und abreisen kann."

Das Wasser rauschte und Paul antwortete durch die geöffnete Tür. „Nehmen Sie es nicht persönlich. Das hat nichts mit Ihnen zu tun, Isabelle. Auch wenn Sie eine Mechant sind, kenne ich Sie ja nicht und kann mir kein Urteil erlauben."

„Allerdings, das können Sie nicht", bestätigte Isabelle nüchtern. „Schön, dass Sie das so sehen und wir uns einig sind."

Paul kam mit dem Handtuch zurück, sah sie aber nicht an. Ob Isabelle ihn mit ihrer Bemerkung verärgert hatte? Und wenn schon, wen kümmerte es? Natürlich nahm sie sein Verhalten persönlich.

Behutsam wickelte Paul Isabelles Knöchel wieder ein, dabei konnte sie ein heftiges Zischen nicht unterdrücken. Das Handtuch war verflucht kalt, und es dauerte einige Sekunden, bis sich ihre Haut daran gewöhnt hatte.

„Dieses Haus gehört seit jeher zum Besitz meiner Familie, und nach Regines Tod hätte ich es endlich wiederaufnehmen und alle Fremdspuren beseitigen können. Aber dann erhielten wir Post vom Anwalt, dass abzuwarten sei, bis das Erbe von Regine geklärt sei. Sie können sich vorstellen, dass ich nicht erfreut war, meine Pläne mit meinem Besitz ungefragt durchkreuzt zu finden. Und nur wenige Tage später laufen Sie mir über den Weg. Ich nahm an, dass Sie um das Haus und das Wohnrecht streiten wollen. Immer noch befürchte ich, dass der ganze Krempel auf immer hierbleiben und das Gebäude für mich nicht in absehbarer Zeit nutzbar sein wird. "

Isabelle runzelte die Stirn und tadelte Paul in scharfem Ton. „Sie wissen schon, dass ein Mensch gestorben ist und dass man sowohl mit den Hinterbliebenen als auch mit dessen Nachlass etwas respektvoller umgehen muss, als Sie es gerade getan haben. Ich kannte Regine ebenfalls nicht, aber selbst wenn, hätte ich ihren Tod niemals herbeigesehnt."

„So habe ich es gar nicht gemeint", gab Paul ruhig und mit beschwichtigender Geste zurück. „Ich erzähl Ihnen jetzt, was ich weiß, und anschließend verstehen Sie mich vielleicht ein wenig besser."

„Da bin ich aber gespannt, muss schon eine tolle Geschichte sein, die Sie auf Lager haben", erwiderte Isabelle herausfordernd und verschränkte die Arme vor der Brust. Sie verfolgte, wie Paul seine Wasserflasche ansetzte und austrank.

Dann rückte er sich den Hocker zurecht und begann, zu erzählen. „Seit ich denken kann, hat Regine als Haushälterin für meine Familie gearbeitet. Wir waren zufrieden mit ihr, vor allem ich konnte mich nicht beklagen. Oft hat sie mich gedeckt, als ich ein kleiner Junge war, wenn ich mich heimlich durch den Hinterausgang aus dem Staub gemacht hatte. Sie war ein ruhiger, zurückhaltender Mensch. Die Schimpftiraden meiner Großmutter trug sie mit demütiger Fassung. Wenn alle anderen Mädchen bereits das Weite gesucht hatten, stand Regine immer noch da und ließ das Gezeter über sich ergehen. Verstehen Sie mich nicht falsch, Isabelle, ich verehre meine Großmutter, war sie es doch, die sich nach dem Tod meiner Eltern um mich gekümmert hat, zwischen ihr und Regine herrschte allerdings eine Spannung, die jeder spüren, aber nicht greifen konnte. Ich weiß nicht, was es war. Vielleicht weiß es meine eigene Großmutter nicht einmal. Dennoch, Regine hatte einen schweren Stand bei ihr, und als ich älter wurde, wusste ich nicht, ob ich sie dafür bewundern oder verachten sollte, wie sie diese Tyrannei erduldete." Paul machte ein nachdenkliches, fast trauriges Gesicht.

Isabelle wartete, dass er weitersprach.

„Wenn ich so darüber nachdenke, hatte es Regine wirklich nicht leicht. Ich bin mir nicht sicher, ob ich sie vermisse, aber es fühlt sich seltsam an, dass sie nicht mehr da ist. Sie war vor einigen Monaten erst in den Ruhestand getreten. Doch in den Wochen ohne Regine schien meine Großmutter ruhiger und ausgeglichener zu sein. Zwischen Sophie und ihr hatte es immer eine tiefe Kluft gegeben. Ich denke, meine Großmutter empfand unglaubliche Verachtung für Regine, aber woher dieses Gefühl kam, kann ich nicht sagen. Ihre Großmutter hat sich, soweit mir bekannt ist, während all ihrer Arbeitsjahre in unserem Haus nie etwas zuschulden kommen lassen. Fast ihr ganzes Leben hat sie bei uns verbracht, gewaschen, geputzt und gekocht. Irgendwie war es, als gehörte sie mit zur Familie, obwohl ich das nicht laut sagen darf. Sophie würde mich mit bloßem Blick töten wollen."

„Hatte meine Großmutter denn überhaupt keine eigene Familie, gab es da niemanden in ihrem Leben? Einen Partner, Kinder, Eltern?", fragte Isabelle interessiert.

„Das ist es ja, was mich erstaunt, denn soweit ich weiß, gab es da nie jemanden. Können Sie denn beweisen, dass sie Ihre Großmutter ist?"

Isabelle fühlte sich einen Moment, als würde sie verhört, und sofort ging sie wieder in Verteidigungsposition. „Der Anwalt sagt, dass er es beweisen kann, und ich soll ihm vertrauen. Wenn Sie mir nicht glauben, frage Sie ihn selbst."

Paul ruderte etwas zurück. „Verzeihen Sie, ich wollte Sie nicht kränken. Ich meine nur, dass sie in dem Haus schon allein lebte, als ich klein war. Wo ist denn Ihre Mutter aufgewachsen? Regine hatte übrigens lebenslanges Wohnrecht. Wie sie das angestellt hat, weiß ich allerdings nicht. Ich hatte vor einiger Zeit versucht, mit ihr darüber zu reden, aber ohne Erfolg. Aus unserem Anwalt war ebenfalls nichts herauszubekommen. Er versicherte mir nur, dass alles juristisch seine Richtigkeit habe und ich nichts ausrichten könne, wenn es Regine nicht erlaubte. Das hat mich sehr verärgert, denn mein Angebot an Regine, in eine andere Bleibe umzuziehen, war mehr als großzügig gewesen. Ich wollte und will das Haus nach wie vor zurück. Es gehört den Gelloncourts de Lorraine und nicht den Mechants. Das heißt, dass die Gelloncourts es nutzen sollten und nicht die Mechants. Es gelang mir sowieso nicht, Regine zu überzeugen. Vielleicht war der Druck, den ich in den letzten Jahren auf sie ausgeübt habe, zu viel gewesen. Ich bin nicht unbedingt stolz darauf, und genützt hat es mir am Ende nichts." Wieder machte er eine lange Pause, starrte vor sich hin und schien unzufrieden. „Wie dem auch sei, mir war vor Ihrer Ankunft nichts von Angehörigen bekannt, und ich bin, das gebe ich offen zu, argwöhnisch. Wenn unser Anwalt die Geschicke der Familie nicht schon so lange unterstützen und positiv lenken würde, dann wäre ich mit meiner Geduld wahrscheinlich längst am Ende."

Vorsichtig beugte sich Isabelle nach vorne, bewegte den Fuß und wickelte langsam das Handtuch ab. „Ist warm geworden", wechselte sie das Thema. „Würden Sie es vielleicht noch einmal mit frischem kalten Wasser durchspülen?", bat sie Paul, ohne Bezug auf seine Aussagen zu nehmen, denn sie musste das Gehörte erst einmal verdauen.

„Ich hatte Ihnen versprochen, dass ich erzähle, was ich weiß. Es ist nicht viel, möglicherweise auch nicht das, was Sie hören wollten. Regine war letzten Endes eine Angestellte, und wir haben uns so gut wie nie über Privates ausgetauscht. So etwas ziemt sich nicht." Er stand auf, nahm das Handtuch und ging damit ins Badezimmer.

Erst jetzt bemerkte Isabelle, dass es bereits dunkel geworden war. „Danke", flüsterte sie, als ihr Paul erneut den Fuß einwickelte, und wieder musste sie die Augen zusammenkneifen und den ersten unangenehmen Moment der Kälte durchstehen.

„Ich werde jetzt gehen, Sie kommen allein zurecht, oder etwa nicht?" Sein Ton war nicht unhöflich, aber deutlich distanziert.

Isabelle nickte. „Danke für die Hilfe", rief sie ihm hinterher, als Paul bereits im Türrahmen stand.

„Keine Ursache, ich mache ja kein Geheimnis darum, dass ich ganz eigennützig handele." Dann zog er die Tür zu, und Isabelle war wieder allein.

So ein Blödmann, den letzten Satz hätte er sich ruhig sparen können. Ich wollte gerade anfangen, ihn wenigstens etwas sympathisch zu finden.

Kapitel 7
Der Gentleman

Isabelle hatte eine unruhige Nacht hinter sich. Es war weniger der Knöchel, der ihr Probleme bereitet hatte, vielmehr waren es die aufgeschürften Handflächen. Sie verursachten heftige Schmerzen bei jeglicher Berührung mit der Bettdecke und verhinderten, dass sie hatte tief einschlafen und sich erholen können. Erst als die ersten Vögel begannen, lautstark den Morgen zu begrüßen, war es ihr gelungen, für ein paar Stunden die Augen zu schließen.

Nun war es bereits später Vormittag. Isabelle stand nach vorne gebeugt am Küchenschrank. Sie hatte die Ellbogen auf die Holzplatte gestützt und ihr Gewicht auf den gesunden Fuß verlagert. So sah sie zu, wie das Kaffeewasser in dem kleinen Topf heiß wurde. Mittlerweile stiegen Luftblasen auf, es konnte also nicht mehr lange dauern, bis sie ihr heißgeliebtes Getränk zum Frühstück genießen durfte.

Sie hatte beschlossen, einen Schontag einzulegen. Dem Fuß ging es zwar deutlich besser, aber immer noch nicht gut. Sie wollte ihn weiter kühlen und hochlegen, dann würde er mit Sicherheit schnell wieder in Ordnung kommen. Nicht nur, dass sie überhaupt keine Lust hatte, deswegen jetzt bei einem Arzt vorstellig zu werden, den armen Didier für eine derartige Sonderfahrt herzubestellen, kam ebenfalls nicht infrage.

Isabelle hatte daran gedacht, es sich auf dem Stuhl vor dem Fernseher einigermaßen bequem zu machen. Die Nacht hing ihr enorm in den Knochen, und die vielen neuen Eindrücke und Informationen wollten auch erst einmal überdacht und verarbeitet werden. Regines Geheimnis, ihre Habseligkeiten in der Kiste, die Aufgabe von diesem Anwalt, Monsieur Lemaire, Paul Dietermann. Isabelle schnaufte. Da tauchte dieser Typ ja schon wieder in ihren Gedanken auf. *Wie soll man denn ein Geheimnis lüften, ein Rätsel lösen, wenn man die Fragestellung nicht kennt und ständig an diesen Kerl denken muss?*

Beim Blick aus dem Fenster hinaus in den Garten sah sie ihre Wäsche nach wie vor auf der Leine. *Die werde ich lieber reinholen, bevor es regnet und ich gar nichts mehr anzuziehen habe.* Es sah nicht nach Regen aus, trotzdem überließ sie den Topf dem Herd und humpelte vorsichtig hinaus. Den Garten zu durchqueren, unterschied sich anstrengungstechnisch klar von den wenigen Schritten zwischen Bett, Bad und Küche. Sobald der Fuß belastet wurde, durchdrang ein stechender Schmerz ihre Fessel. Jedes Mal kniff Isabelle die Augen zusammen, als könne sie ihn dadurch ausblenden, presste ihre Lippen fest aufeinander und sog hörbar die Luft durch die Nase ein, bis sie an der Wäscheleine angekommen war. Das Einsammeln der Kleidungsstücke gestaltete sich etwas leichter. Der Rückweg verlangte ihr einen großen Teil Selbstbeherrschung ab. Sie warf die Sachen einfach aufs Bett und stützte sich entkräftet auf dem Bettpfosten ab.

Doch viel Zeit, sich auszuruhen, blieb ihr nicht. Sie hörte, wie das Kaffeewasser munter vor sich hin kochte und dabei den Deckel des Topfes mit einem lauten Klappern nach oben warf. Isabelle kämpfte sich regelrecht zurück, um das Wasser vom Herd zu nehmen. Sie goss das Wasser in ihren neuen Kaffeefilter, wartete ungeduldig, bis alles durchgelaufen war, und konnte sich dann endlich mit ihrer Tasse an den Tisch setzen. Sie war vollkommen erledigt. Der Fernseher war egal, die Sachen in der Truhe waren egal, dass ihr jetzt der Magen knurrte, ebenfalls, sie wollte nur sitzen, legte den Fuß vorsichtig auf den Kübel und spürte, wie der Druck langsam nachließ. Was für eine Wohltat. Sie stöhnte erleichtert auf.

Auf dem Tisch lag ihr Handy. Gewohnheitsmäßig griff sie danach und überprüfte die eingehenden Nachrichten. Es musste in den letzten Stunden tatsächlich ein Hauch von Netz verfügbar gewesen sein. Unter anderem hatten sich Mathilde und Sergio nach ihrem Befinden erkundigt. Sie tippte brav ihre Antworten ein, nichts Besonderes, es ging ihr gut, drückte auf senden, und den Rest würde das Telefon erledigen oder eben nicht. Irgendwann gab es auch mal wieder Empfang. Isabelle spürte eine eigenartige Stimmung in sich. Trotz aller Widrigkeiten, Schmerzen, der Geheimniskrämerei und der, gelinde ausgedrückt, ausgesprochenen Unhöflichkeit der Gelloncourts fühlte sie sich wohl und geborgen in diesem Häuschen. Sie verspürte keine Sehnsucht nach Köln, kein Bedürfnis, sofort zurückzureisen und sich gleich wieder in den alltäglichen Aufgaben zu verlieren. Sie wollte sich mit ihrem alten Leben gerade überhaupt nicht auseinandersetzen. In Regines Haus war es wunderbar, friedlich, und in diesen Minuten fühlte sie sich ausgeglichen.

Lautes Klopfen gegen die Haustür riss Isabelle aus den Gedanken. „Ja? Wer ist da?“, rief sie verunsichert.

„Ich bin es, Paul“, hörte sie seine angenehme Stimme.

Was will der denn hier? Nachsehen, ob ich schon abgereist bin? Dem kann es wohl nicht schnell genug gehen. Na, der wird sich wundern. Solange ich nicht weiß, was sich hinter diesem ganzen Theater verbirgt, reise ich bestimmt nicht ab. Da kann sich der feine Herr auf den Kopf stellen. Sie spürte, wie der Grimm in ihr aufstieg, rief aber nur: „Kommen Sie rein, die Tür ist offen.“

Es dauerte einen Augenblick, bis sich die Klinke bewegte und die Tür aufging. Hereintrat Paul, in Sportdress. In den Händen hielt er zwei Kaffeebecher von *Jacques* und eine Papiertüte, die erahnen ließ, dass deren Inhalt essbar war. „Guten Morgen“, grüßte er, und wenn Isabelle nicht alles täuschte, wirkte er fast ein Stück verlegen.

„Hallo“, erwiderte sie erstaunt. „Was verschafft mir die Ehre dieses Besuchs? Prüfen Sie, ob ich noch da bin?“

Paul lächelte gequält und stellte die Becher auf dem Tisch ab. „Ich wollte mich erkundigen, wie es dem Fuß geht, und bei der Gelegenheit fragen, ob wir das Sie nicht weglassen wollen.“

Warum drückte sich dieser Paul immer so geschwollen aus? Na warte, dachte sie und erwiderte: „Dann mal los, da ist er, kannst ihn fragen. Aber wunder dich nicht, er spricht nicht mit jedem.“

Irritiert blickte Paul abwechselnd in Isabelles Gesicht und auf ihren Fuß. „Ich weiß, dass wir einen schlechten Start hatten", hob er an.

„Ach ja?", entfuhr es Isabelle.

Doch Paul ließ sich von diesem Zwischenruf nicht beirren. „Ich weiß, dass ich daran nicht ganz unschuldig bin." Wieder machte er eine kurze Pause. Isabelle nickte bestätigend und blickte ihn weiterhin erwartungsvoll an. „Ich will sagen, dass ich normalerweise nicht so ungalant bin. Es tut mir leid, und ich möchte mich dafür bei dir entschuldigen. Bei einem Kaffee vielleicht, und wenn ich schon hier bin, könnte ich gleich noch mal nach deinem Fuß sehen, wenn du erlaubst."

Isabelle war sprachlos. Mit vielem hatte sie gerechnet, damit nicht.

„Also, was ist, trinken wir einen Kaffee zusammen?", wollte er wissen, als sie nicht antwortete.

„Von mir aus, es passt mir ganz gut in den Kram, meiner ist nämlich gerade leer", gab sie mit aufgesetzter Mürrischkeit von sich. „Mach's dir bequem", fügte sie spöttisch hinzu und ließ eine einladende Handbewegung folgen. „Du hast freie Platzwahl."

Paul nickte und lächelte zurückhaltend. „Wenn du mich für einen Moment entschuldigst." Er ging hinaus, ohne Isabelles Antwort abzuwarten.

„Klar", sagte sie leise und bewegte ihren Fuß auf dem Kübel vorsichtig vor und zurück. Neugierig beobachtete sie ihren Gast. Paul trug einen Rucksack hinein und stellte ihn auf den Fußboden. „Was treibst du da?", wollte Isabelle wissen, als er sich schweigend auf den Boden kniete und den Inhalt auszupacken begann.

„Das ist ein Sweatshirt, nichts Großartiges, aber wahrscheinlich besser für Ausflüge in den Wald geeignet als dein Outfit von gestern. Ich lasse es dir da." Ohne aufzublicken räumte er weiter aus. „Hier habe ich noch zwei Handtücher, Wundsalbe und Verbandsmaterial." Paul sah auf und setzte hinzu: „Kannst du alles haben, wenn du magst, und du bist auch zu keiner Gegenleistung verpflichtet."

„Selbstverständlich nicht", hielt sie dagegen, innerlich berührte sie seine Fürsorge jedoch umso mehr. Dieser Paul war wirklich für einige Überraschungen gut. Isabelle wusste nicht, was sie von ihm halten sollte. Wie war es möglich, dass er sich ihr gegenüber innerhalb kürzester Zeit von so unterschiedlichen Seiten zeigte? War er wirklich ehrlich um ihr Wohlergehen bemüht, oder zog er nur eine miese Show ab? Wollte er ihr Vertrauen gewinnen und sich hinterher gegen sie stellen? *Der will mich immer noch hier raushaben, oder hat sich das etwa geändert? Ach, Sergio, lässt mich meine Menschenkenntnis im Stich?* „Habe ich irgendwas nicht mitgekriegt?", fragte sie ihn nicht ohne Argwohn.

„Ich habe gestern lange über dich nachgedacht. Abgesehen davon, dass du deine Verletzungen nicht unbehandelt lassen solltest, hast du gerade deine Großmutter verloren. Das ist schlimm, auch wenn du sie leider nicht kennengelernt hast. Dass es ein Geheimnis gibt, das du aufdecken sollst, finde ich ziemlich spannend, und ich hatte gehofft, dass du mich vielleicht in deine Recherche einbeziehen würdest."

Daher weht der Wind also, dachte Isabelle, nach wie vor ganz eigennützig unterwegs, der liebe Paul. „Warum sollte ich das tun? Gestern konntest du mich gar nicht schnell genug wieder loswerden. Woher soll ich wissen, dass du es ehrlich mit mir meinst?"

Paul, der noch auf dem Boden kniete, sah betreten zu ihr auf. „Ich weiß, und ich sagte bereits, dass es mir leidtut. Gestern ist es für einen Augenblick mit mir durchgegangen. Ich habe einfach schon seit so langer Zeit Pläne für dieses Haus. Ich hatte die Befürchtung, dass ich die nun wieder für viele Jahre auf Eis legen muss."

So einfach wollte sich Isabelle nicht einlullen lassen. Nur ein bisschen Honig ums Maul reichte nicht. „Warum hast du deine Meinung geändert?"

Paul nahm das Verbandsmaterial in die Hand und stand auf. „Erlaubst du?", fragte er und zeigte auf Isabelles Fuß.

Sie nickte und versuchte sich an einem Lächeln. *Paul scheint im Augenblick tatsächlich nett zu sein. Ob ich ihm trauen kann? Ich mag ihn irgendwie. Trotzdem werde ich mich besonders in Acht nehmen. Da er schon einmal hier ist und seine Hilfe anbietet, kann ich sie wohl annehmen. Ist bestimmt ganz gut, wenn sich jemand meinen Fuß ansieht. Ob er das gelernt hat?*

Paul befühlte das Gelenk und die Schwellung vorsichtig und bewegte den Fuß langsam hin und her. „Du hast gestern gesagt, dass du sowieso nicht hierbleiben willst", nahm er das Gespräch wieder auf. „Demzufolge habe ich dich falsch eingeschätzt und dir unrecht getan. Wenn du zustimmst und ich dir wirklich helfen kann, könnten wir beide gewinnen. Du lüftest das Geheimnis deiner Großmutter und kannst zufrieden nach Hause reisen, und ich kann meine Pläne mit dem Haus umsetzen. Unsere Ziele konkurrieren nicht, und wir können den Erfolg gemeinsam möglicherweise schneller herbeiführen." Er unterbrach und nahm eine große Tube zur Hand. „Ich kann dir etwas Muskel- und Gelenksalbe draufschmieren, dann bandagieren wir das Gelenk, und du solltest damit zurechtkommen." Er zeigte ihr die Salbe. „Oder verträgst du etwas nicht?"

„Doch, doch, ich glaube, es gibt nichts, was ich nicht vertrage", erwiderte Isabelle und stellte fest, dass sie die Berührungen seiner warmen, weichen Hände keineswegs als unangenehm empfand. „Woher weißt du, wie man das versorgt? Bist du Arzt?"

Paul schüttelte den Kopf. „Ich sag es dir, aber du darfst nicht böse sein."

„Du kommst auf Ideen, wieso soll ich böse sein, wenn du weißt, wie man einen Fuß verarztet?"

„Ich muss hin und wieder unsere Pferde versorgen, das ist im Grunde nichts anderes."

„Na, vielen Dank", gab Isabelle eingeschnappt zurück und unterdrückte ihr Verlangen, den Fuß wegzuziehen, denn der Verband fühlte sich wirklich gut an.

„Ich habe doch gesagt, dass du nicht böse sein sollst. Zeigst du mir mal deine Hände?", fragte Paul und kam dichter heran. Isabelle drehte die Handflächen nach oben, um ihm die Wunden zu zeigen. „Du hast Glück, es nässt kaum noch. Am besten schonst du sie und lässt weiter Luft dran, dann heilt es am schnellsten. Diese Wundsalbe", er legte eine zweite, kleinere Tube auf den Tisch, „kannst du bei Bedarf verwenden. Sie macht die Haut geschmeidig und verhindert, dass sie wieder aufreißt, wenn du sie beanspruchst."

„Ja, danke, die kenne ich", erwiderte Isabelle und meinte es ernst. Eine Weile stand er neben ihr und beobachtete zufrieden sein Werk, dann schien er irgendwie unschlüssig, ob er gehen oder bleiben sollte. „Wenn du immer noch einen Kaffee mit mir trinken willst, sollten wir uns ranhalten, sonst ist er gleich kalt", wechselte sie das Thema, und Paul lächelte sie an. Es war ein offenes, freundliches Lächeln, das ihr unter die Haut ging. Schnell wandte sie sich dem Kaffeebecher und der Papiertüte zu. „Was hast du denn Feines mitgebracht? Ich hatte kein Frühstück, und so langsam bin ich am Verhungern."

Er zog sich den Klapphocker heran, setzte sich gut gelaunt an den Tisch und schob ihr die Tüte hinüber. „Sind nur Croissants. Du kannst gern beide haben, ich habe schon gegessen. Mir reicht der Kaffee und eine nette Unterhaltung mit dir."

Isabelle stöhnte, als hätte sie Schmerzen. „Jetzt trag bloß nicht zu dick auf, sonst bist du schneller wieder draußen, als du gucken kannst", gab sie zurück, aber diesmal klangen ihre Worte wesentlich herzlicher. Das Croissant schmeckte ausgezeichnet, und eine Weile saßen sie sich nur schweigend gegenüber.

„Nach unserem Gespräch über Regine gestern Abend sind mir einige Dinge eingefallen, die ich dir noch sagen wollte. Es ist nichts Weltbewegendes, aber vielleicht hilft es dir dabei, deine Großmutter besser kennenzulernen und ihre Beweggründe für die ganze Geheimniskrämerei zu verstehen. Sie war ganz bestimmt ein guter Mensch. Die Einzige, die ihr immer und immer wieder zugesetzt hat, war meine eigene Großmutter Sophie. Was genau zwischen den beiden vorgefallen ist, weiß ich nicht, aber Sophie hat jede Gelegenheit genutzt, Regine zu tyrannisieren. Ich habe mich oft gefragt, warum Regine das ertragen und sich niemals eine andere Stelle gesucht hat. All die Jahre habe ich geglaubt, es sei, weil sie mietfrei in diesem Haus wohnen konnte, aber mittlerweile bin ich davon nicht mehr sonderlich überzeugt. Mein Angebot, in einem anderen größeren Haus mietfrei zu wohnen, hat sie ja auch ausgeschlagen."

Isabelle wischte sich mit dem Finger ein paar Krümel vom Mundwinkel. „Vielleicht ging es um die Nähe zu Sophie", sprach sie ihren Gedanken laut aus. „Kannst du nicht mit deiner Großmutter reden und mal nachfragen?", schlug sie vor.

Doch Paul schüttelte den Kopf und stieß hörbar die Luft aus. „Ich denke nicht, dass es eine gute Idee ist, Sophie zu verärgern, und wenn ich mit ihr über Regine sprechen wollte, dann täte ich genau das. Ich bin mir sicher, es käme einem Stich ins Wespennest gleich. Dass du hier bist, missfällt ihr bereits jetzt schon außerordentlich. Wenn sie erführe, dass wir beide miteinander verkehren und ich dir helfe, würde es sie nur noch mehr aufbringen." Er sah Isabelle an, als wartete er auf eine verständnisvolle Reaktion.

Aber die hielt sich zurück. Was bist du denn für ein Weichei, wenn du dir Vorschriften von deiner Oma machen lässt?, dachte sie, formulierte die Frage dann aber wesentlich dezenter. „Gibt es einen besonderen Grund dafür, dass du so schonend mit deiner Großmutter umgehst? Ist sie vielleicht krank? Als ich sie kürzlich traf, machte sie einen ganz gesunden und resoluten Eindruck auf mich."

Paul sah Isabelle aus traurigen Augen an. „Weißt du, Sophie und ich haben ein besonderes Verhältnis. Du kannst das natürlich nicht wissen. Meine Eltern starben sehr früh bei einem Verkehrsunfall, und sie war es, die mich aufgezogen, für meine Bildung gesorgt und mir alles Wichtige über die Geschichte unserer Familie beigebracht hat. Ohne sie wäre unsere Familie, insbesondere ich, nicht da, wo wir heute sind. Wir sind nicht mehr viele, aber der Name Gelloncourt de Lorraine steht für eine Marke mit Tradition und gutem Ruf."

„Das mit deinen Eltern tut mir leid." Isabelles Stimme klang plötzlich heiser.

„Ich erzählte es dir ja, weil du es nicht wissen kannst. Es muss dir nicht leidtun, das alles ist schon sehr, sehr lange her. Ich wollte es dich nur wissen lassen, damit du verstehst, warum meine Großmutter so ist, wie sie ist. Die Familie ist für Sophie eben alles, und das, obwohl sie ebenfalls in die Familie eingeheiratet hat. Allein dass ich als Alleinerbe unseren berühmten Namen nicht mehr weitertragen kann, ist schlimm für sie."

„Entschuldige, dass ich danach frage, aber ich hatte bisher noch nie etwas von deiner Familie gehört. Wie berühmt ist euer Name denn?"

Begeistert blickte Paul sie an. „Wenn du das wirklich wissen willst, musst du mal mit aufs Schloss kommen. Dort finden regelmäßig Führungen statt. Wenn du magst, bekommst du einen privaten Rundgang mit mir, und ich erzähle dir alles, was du wissen möchtest. Die Geschichten reichen weit mehr als sechshundert Jahre in die Vergangenheit zurück."

„Und du weißt das alles?", fragte Isabelle ein wenig amüsiert, der Ausdruck der Begeisterung in Pauls Gesicht steckte sie an. Sie schob sich das letzte Stückchen Croissant in den Mund und knüllte die Papiertüte zusammen. „Warte mal hier, ich habe da etwas, was du sehen musst. Vielleicht fällt dir ja etwas dazu ein." Vorsichtig stand sie auf und verschwand humpelnd im Schlafzimmer. Der Verband erwies sich tatsächlich als stützend. Sie brauchte nicht lange, bis sie das Foto mit dem Mann und den beiden Kindern gefunden hatte. Langsam ging sie zurück und hielt es dabei verdeckt vor ihren Bauch. „Soweit wir beide mittlerweile wissen, hatte Regine keine weitere Verwandtschaft, und wie meine Mutter in diese Geschichte hineinpassen soll, ist mir auch schleierhaft. Ich möchte dir dennoch etwas zeigen, ein Foto, das sie aufgehoben und mit Sicherheit eine besondere Bedeutung für sie hat. Vielleicht erkennst du als Historiker vom Dienst ja jemanden darauf oder erinnerst dich an die Namen. Sagen dir Gustav, Albert und Bruno etwas?"

Augenblicklich froren Pauls Gesichtszüge ein. „Zeig her", forderte er ernst, ohne sich im Ansatz über den „Historiker vom Dienst" zu beklagen. Langsam legte Isabelle das alte Foto auf den Tisch und schob es zu ihm hinüber. „Ich kann dir nicht sagen, warum deine Großmutter dieses Bild hat, aber ja, ich weiß definitiv, wer das auf dem Bild ist."

Isabelle spürte die Anspannung plötzlich in jeder Faser ihres Körpers. „Warum sprichst du nicht weiter? Wer ist das?"

Paul räusperte sich und antwortete fast monoton: „Der Mann, der dort auf dem Stuhl sitzt, ist Gustav Gelloncourt de Lorraine, mein Urgroßvater. Der Junge dort ist sein erstgeborener Sohn, mein Großvater, Albert Gelloncourt de Lorraine. Er ist mit meiner Großmutter Sophie verheiratet, sie kennst du ja bereits. Das Baby dort ist der Zweitgeborene Sohn Gustavs, Bruno Gelloncourt de Lorraine."

Mit solch einer ausführlichen Antwort hatte Isabelle nicht gerechnet. „Alles deine Vorfahren?"

Paul nickte nur.

„Weißt du noch mehr?"

Er nickte erneut, aber Freude suchte sie in seinem Gesicht vergeblich. „Der Grund, warum Gustav und Albert so traurig aussehen, ist der, dass Gustavs Frau, meine Urgroßmutter Josephine Marie Gelloncourt de Lorraine, kurz zuvor im Kindbett gestorben ist. Ich glaube, das haben die beiden dem kleinen Bruno niemals verziehen." Paul stand auf, seine gute Laune war verflogen. „Ich werde jetzt gehen. Darf ich morgen wieder zum Frühstück vorbeikommen?", fragte er mit trauriger Stimme.

„Gern, aber du musst wieder etwas zu essen mitbringen, ich bin noch nicht so gut zu Fuß", antwortete Isabelle und hätte ihm gern etwas Nettes gesagt, aber Paul hatte es plötzlich sehr eilig.

„Selbstverständlich", erwiderte er und schloss die Tür von außen.

Isabelle blieb mit einem unbehaglichen Gefühl sitzen und besah sich die Fotografie noch einmal ganz genau. Plötzlich überkam sie eine Idee. Sie überschlug im Kopf das ungefähre Alter aller Beteiligten. *Wusste Regine vielleicht mehr über die Gelloncourts? Als Hausangestellte bekommt man so einiges mit. Hat sie die Familie vielleicht erpresst?* Allein der Gedanke daran traf Isabelle aufs Äußerste. Sie schauderte und sah sich um. Könnte es denn tatsächlich so gewesen sein, oder war die Idee vollkommen überzogen? Nach ihren bisherigen Informationen und Eindrücken schien Regine nicht sonderlich kriminell gewesen zu sein. Aber niemand würde auf einen Kriminellen hereinfallen, wenn er von vorneherein diesen Eindruck machen würde. Sie beschloss, diese Vermutung als eine mögliche Idee aufzunehmen. Unrecht wollte sie Regine keineswegs tun. Es gab nur einen Menschen, dem sie sich in dieser Hinsicht vollends anvertrauen wollte. Möglicherweise durfte Monsieur Lemaire ihr sagen, ob sie sich in die richtige Richtung bewegte. *Meine Oma Regine eine Erpresserin? Ganz ehrlich, Isabelle, das klingt jetzt schon völlig daneben.*

Kapitel 8
Quiche Lorraine

Am späten Montagvormittag rollte die Limousine Richtung Metz. Didier war die Ruhe selbst, als er das Fahrzeug in die Stadt lenkte. Eine Unterhaltung zwischen Isabelle und ihm wollte jedoch nicht so recht in Gang kommen. Sie zeigte sich niedergeschlagen und sah gedankenversunken aus dem Fenster. Ihre Wunden verheilten zwar erstaunlich schnell. Der Knöchel war kaum noch geschwollen, und sie konnte den Fuß sogar wieder einigermaßen belasten. Was ihr aber zu denken gab, war, dass Paul sie am vorherigen Tag versetzt hatte. Sie hätte ihm das Foto niemals zeigen dürfen. Dieser Typ hatte nur einen auf nett gemacht, um sie auszuhorchen und an weitere Informationen zu gelangen, und nun, da er etwas wusste, war sie, Isabelle, für ihn erledigt. *Wer weiß, wie und wann der das Wissen gegen mich verwendet, und vor allem, warum?* Sie musste wohl mit einer Überraschung rechnen, weil sie weder sein Verhalten noch die Gefahr, die eventuell von dem Foto ausgehen konnte, einzuschätzen wusste.

Sie war hin- und hergerissen. Nur für einen kurzen Augenblick hatte sie insgeheim den Gedanken zugelassen, dass vielleicht mehr hätte aus ihnen werden können. Die erste Begegnung bei *Jacques* und dann seine Fürsorge am Tag nach dem Sturz. Da war er wirklich nett und charmant gewesen, abgesehen davon, dass Paul nun einmal unglaublich attraktiv war. Aber das passte alles nicht zusammen. Erst hatte er sie nur aufgrund ihres Namens eiskalt abgefertigt und dann ihr Vertrauen erschlichen, um sich Informationen zu beschaffen. *Und ich dumme Kuh warte auch noch auf ihn!* Isabelle war tieftraurig und sauer auf sich selbst. Dass sie schon wieder an den falschen Mann geraten war, ärgerte sie wirklich sehr. Natürlich waren Sascha und Paul nicht zu vergleichen. Mit Sascha hatte sie jahrelang eine Beziehung geführt, also wenigstens sie mit ihm, von seiner Seite sah das im Nachhinein betrachtet ja anders aus. Aber trotzdem hatte Paul sie unbeschreiblich verletzt. Im ersten Moment, als sie ihm nur einen Funken Vertrauen geschenkt und ihn einbezogen hatte, war ihm nichts anderes eingefallen, als sie zu hintergehen. Sie wusste nicht, wie, aber dass er es getan hatte, stand für sie außer Frage.

Die Wagentür wurde geöffnet, und Isabelle sah sich irritiert um. „O, wir sind schon da“, stellte sie entschuldigend fest und stieg aus dem Wagen.

Didier brachte sie in die Kanzlei, wo Antoine Lemaire bereits auf sie wartete. Der alte Mann versprühte positive Anspannung, und Isabelle hatte das Gefühl, er freue sich auf die Neuigkeiten wie ein Kind an Weihnachten auf die Geschenke. Er hatte wieder für Kanapees und Getränke gesorgt und wollte nun ausführlich wissen, wie Isabelles erste Tage in Regines Haus gewesen waren. „Haben Sie sich gut eingelebt, Mademoiselle? Kommen Sie gut zurecht?“

Isabelle versuchte, zu lächeln, doch es gelang ihr in diesem Augenblick kaum, den Ereignissen der letzten Tage etwas Positives abzugewinnen. „Wie man's nimmt", antwortete sie, zeigte die verschorften Handflächen und die zerkratze Wade.

„Mademoiselle, Sie sehen mich bestürzt. Bitte erzählen Sie mir, was passiert ist." Während Isabelle erst etwas stockend, dann immer eifriger erzählte, hörte Antoine aufmerksam zu. Zwischendurch huschte sogar ein Lächeln über sein Gesicht.

„Was soll ich nun davon halten und vor allem, was soll ich tun?", fragte sie abschließend. „Monsieur Lemaire, Antoine, seit ich denken kann, sind meine Mutter und ich allein. Nie habe ich Familie im klassischen Sinn gelebt. Natürlich habe ich mich lange gefragt, wer ich bin, wo ich herkomme, wo meine Wurzeln sind. In einem Alter, in dem ich bereits glaubte, mit dem Thema abgeschlossen zu haben, nun erhalte ich die Chance, wenigstens ein wenig mehr über mich herauszubekommen. Ich denke schon, dass es sich um eine einmalige Möglichkeit handelt, die ich wirklich nutzen möchte. Auch das Haus mag ich, die Idee, nach einem Geheimnis zu suchen, finde ich aufregend und spannend. Allerdings habe ich wenig Lust, als Spielball irgendwo zwischen die Fronten zu geraten. Ich weiß nicht einmal genau, wo ich ansetzen soll und wem ich trauen kann. Dass mich Paul Dietermann so täuschen würde, hätte ich wissen müssen, aber ich habe es trotzdem nicht verhindert und mich wie ein naives Mädchen vorführen lassen."

Antoine legte tröstend seine Hand auf Isabelles Unterarm. „Mademoiselle, lassen Sie mich Ihnen etwas dazu sagen. Zunächst einmal war Regine Mechant nicht kriminell. Vertrauen Sie mir. Dass Sie auf Paul getroffen sind, freut mich außerordentlich. Ich kenne ihn gut. Er ist kein schlechter Mensch. Sie dürfen ihm glauben, dass ihm viel an dem Haus und an der vollständigen Wiedereingliederung des Objekts in den Familienbesitz gelegen ist. Ein Casanova ist er schon gar nicht. Wenn er Sie versetzt hat, gibt es mit Sicherheit einen triftigen Grund dafür. Gehen Sie nicht so hart mit ihm ins Gericht." Der Anwalt versprühte eine solche Herzlichkeit, als er über Paul sprach, der sich Isabelle nicht entziehen konnte. „Sein Angebot, sich im Schloss umzusehen und etwas mehr über die Familiengeschichte zu erfahren, ist großartig. Das sollten Sie unbedingt annehmen. Das sage ich in unser aller Interesse. Es wird Ihnen bei der Enthüllung des Geheimnisses mit Sicherheit behilflich sein, wenn Sie etwas über die Geschichte der Gelloncourts in Erfahrung bringen können." Er schloss seine Motivationsrede und sah sie mit wachen Augen an.

„Monsieur Lemaire, darf ich Ihnen bitte noch eine Frage stellen?", begann Isabelle erneut.

„Fragen dürfen Sie selbstverständlich", antwortete der alte Herr geduldig.

„Sie wissen doch, um welche Art Geheimnis es sich handelt. Gibt es denn nicht irgendeine andere Möglichkeit, dies herauszufinden? Wenn Sie es mir nicht sagen dürfen, können Sie es nicht zeigen oder aufschreiben?"

Antoine Lemaire sah sie ernst an. „Wenn es die gäbe, säßen wir nicht hier. Ich sagte Ihnen ja bereits, dass mir juristisch die Hände gebunden sind. Doch ich helfe, wo ich kann, und ich glaube, heute sind Sie der Lösung ein ganzes Stück näher gekommen." Er erhob sich und ging hinüber zu seinem Schreibtisch. „Ich zahle Ihnen jetzt das Geld für diese Woche aus. Denn ich nehme an, dass Sie uns weiterhin beehren."

Isabelle nickte ergeben.

„Didier wird Sie fahren. Lassen Sie sich Zeit, bis Sie alles Notwendige zusammenhaben. Ich freue mich auf Montag in einer Woche. Zwei Hinweise darf ich Ihnen aber mit auf den Weg geben. Bestimmt hilft es, wenn Sie sich noch einmal ganz genau im Haus umsehen und die Hinterlassenschaft Ihrer Großmutter durchsehen. Mir scheint, da gibt es etwas, dem Sie keine Beachtung geschenkt haben. Auch ein Spaziergang durch den Garten wirkt manchmal Wunder." Antoine trat hinter dem Schreibtisch hervor. Er übergab das Geld und ließ sich den Erhalt quittieren. Dann verabschiedete er sich gewohnt freundlich, doch ausgesprochen bestimmt. Es war Isabelle, als könne er es kaum erwarten, sie wieder nach Gelloncourt zu schicken. „Au revoir und viel Erfolg", sagte er, schritt ehrwürdig hinter seinen Schreibtisch und nahm dort Platz.

„Haben Sie einen besonderen Wunsch, Mademoiselle?", fragte Didier höflich, als sie wieder im Wagen saßen.

„Ich muss mir ein paar neue Klamotten kaufen, etwas, das wald- und wandertauglich ist. Aber ich habe keine Lust, durch die Läden zu schlendern. Am liebsten hätte ich ein Geschäft für alles, ein Shoppingcenter. Gibt es so was in der Nähe?"

Didier startete den Motor und antwortete: „Kein Problem, wir sind schon unterwegs."

Etwas mehr als zwei Stunden später war Isabelle hochzufrieden. Sie hatte im Einkaufszentrum ein paar praktische und bequeme Kleidungsstücke sowie Schuhe mit fester Sohle erstanden. Damit würde sie fürs Erste auskommen. Aber sie zog es nicht nach Gelloncourt. „Didier, würden Sie mir noch etwas Gesellschaft leisten?", fragte sie etwas schüchtern, hob den Arm ein Stück und zeigte mit der Einkaufstasche auf das gegenüberliegende Eiscafé. „Ich möchte Sie gern zu einem Kaffee einladen."

„Mademoiselle Isabelle, es ist mir ein Vergnügen", erwiderte er.

„In der Stadt spürt man die Sommerhitze", meinte sie. „Sie hält sich viel länger zwischen den Gebäuden. In Gelloncourt ist es anders. Nicht nur, dass die Waldluft selbst am Tag um einiges kühler ist als hier", erzählte sie. „Sobald die Sonne nicht mehr durch die hohen Bäume dringt, kühlt es sich unglaublich schnell ab."

Didier nickte. „Ja, es ist nicht weit von Metz bis in den Wald von Gelloncourt, aber die Luft unterscheidet sich sehr. Ich mag beides."

„Ich auch", stellte Isabelle zufrieden fest.

Sie setzten sich draußen an einen kleinen, runden Tisch.

„Es fühlt sich komisch an, wissen Sie?", sagte sie, nachdem sie bestellt hatten.

„Pardon, aber ich weiß nicht genau, was Sie meinen", gab Didier zurück.

„Na, alles eben, dass ich hier bin, bei Ihnen und Antoine und in Gelloncourt. Das fühlt sich an wie ein zweites, ein anderes Leben." Isabelle stocherte in ihrem Eisbecher herum. „In der letzten Woche habe ich noch brav in Sergios Café serviert und von meinem eigenen kleinen Lokal geträumt. Ich habe mich um meine Mutter gekümmert, und einen festen Freund hatte ich ebenfalls. Nun ist alles anders. Ich dachte, dass ich mein Leben im Griff und gut durchgeplant hätte, aber Fehlanzeige. Man kann sich noch so gut verplanen, es kommt doch anders, als man denkt. Wissen Sie, was auch merkwürdig ist?"

Didier sagte nichts, sah Isabelle nur erwartungsvoll an.

„Wenn ich im Moment an zu Hause denke, verspüre ich kein Heimweh. Ich fühle mich beruflich und privat im Nirgendwo, ich bin froh, wenn ich diesen ganzen Kram mal für ein paar Stunden vergesse. Das hier, das ist so unglaublich schräg, aber es fühlt sich gut an, so ganz ohne den alten Ballast." Sie senkte den Blick und schämte sich fast ein bisschen für ihre Worte. „Verstehen Sie mich nicht falsch, natürlich ist Köln mein Zuhause. Doch Gelloncourt ist wie ein abgedrehter Traum, aus dem ich im Moment überhaupt nicht aufwachen will. Rein theoretisch könnte ich ..." Isabelle stockte und überlegte, ob sie Didier diese Gedanken überhaupt anvertrauen wollte, dann sprach sie es einfach aus. „Also, wenn ich dieses Geheimnis nicht herausbekomme, dann könnte ich für immer hierbleiben, oder etwa nicht?"

„Rein theoretisch wäre das möglich", gab Didier zurück. „Meine Meinung dazu ist ganz simpel: Sie wissen am besten, ob und wann Sie aus Ihrem, nennen wir es ruhig Traum, aufwachen wollen. Dann kümmern Sie sich weiter um Ihre Mutter und können immer noch ein eigenes Lokal aufmachen."

Isabelle stocherte weiter und rührte, bis aus ihrem Eis eine dicke, hellbraune Suppe geworden war. „Das ist es ja. Meine Mutter kommt, wie es aussieht, auch ohne mich einigermaßen zurecht. Dass ich bei ihr wohne, hat viele Vorteile, vor allem finanzielle, ist und war wohl für sie jedoch gar nicht notwendig. Der Traum vom Café in Köln ist geplatzt, da hat mir die Bank einen Strich durch die Rechnung gemacht. Ich überlege die ganze Zeit, ob es nicht ein Zeichen, eine Chance ist, noch einmal ganz von vorne anzufangen. Ein Lokal kann ich überall eröffnen, und wenn ich meine Mutter regelmäßig besuche, könnte es funktionieren. Die restliche Unterstützung müssten wir organisieren. Ich sage Ihnen jetzt mal was, Didier. Ich bin fast dreißig und hatte bisher keine eigene Wohnung. Ich wohne bei meiner Mama. Klingt das nicht gruselig?"

Didier grinste. „Wenn Sie das so sagen, klingt es tatsächlich schrecklich", antwortete er und schob seinen leeren Glasbecher beiseite.

Zurück im Haus begutachtete Isabelle ihre Neuerrungenschaften, legte die Wäsche zusammen und ließ dabei das Gespräch mit dem Anwalt nachwirken. Ganz offensichtlich hatte sie im Haus etwas übersehen, von dem Monsieur Lemaire wusste, dass es da war. Allein das war unheimlich. Sie sollte hier noch einmal alles auf den Kopf stellen. *Er hat wohl recht, immerhin habe ich einen vierten Schlüssel, für den es bisher kein passendes Schloss gab. Aber wo soll ich suchen?* Durch den Garten würde sie heute definitiv nicht mehr gehen. Das wollte sich für den nächsten Tag aufheben.

Und dann Paul. Beim Gedanken an ihn spürte sie ein sanftes Kribbeln auf der Haut, ein wirklich angenehmes Kribbeln, und das wiederum verärgerte Isabelle. Er ist kein schlechter Mensch, wiederholte sie gedanklich die Worte des Anwalts. „Und trotzdem hat er mich versetzt, nachdem ich ihn ins Vertrauen gezogen habe“, sprach sie laut aus, was sie die ganze Zeit über beschäftigte. Was sollte sie jetzt tun? Zum Anwesen gehen, klingeln und sagen: *Ach übrigens, du hast mir eine Privatführung versprochen. Ich bin startklar, wir können anfangen.* Im Leben nicht. Darauf warten, dass er am Sankt Nimmerleinstag mit dem nächsten Kaffee vorbeikam, war auch keine Option. Dann werde ich ihm wohl bei *Jacques* über den Weg laufen müssen, beschloss Isabelle. Er selbst hatte ja gesagt, dass er jeden Morgen da sei. *Wenn ich ausreichend früh aufstehe und hinunterlaufe, kann ich ganz gemütlich dort frühstücken und Ausschau nach Paul halten. Wenn er auftaucht, werde ich selbstverständlich total überrascht sein und naiv fragen, warum er mich versetzt hat. Oder nein, nicht versetzt, das klingt schon so vorwurfsvoll. Besser, ob irgendetwas passiert sei und ob er okay ist. Wobei das natürlich aussagt, dass ich mir Sorgen um ihn mache ...*

Es klopfte ans Schlafzimmerfenster und riss Isabelle unsanft aus ihren Gedanken. Sie zuckte zusammen, und ein kurzes Kreischen entfloh ihrer Kehle. Mit heftig klopfendem Herzen sah sie zum Fenster und erblickte Paul. Es sagte etwas, das Isabelle nicht verstand, und hielt seinen Rucksack hoch. Offensichtlich hatte er etwas mitgebracht und wollte reinkommen.

Isabelle ließ die Wäsche aufs Bett fallen, bedeutete ihm mit einer Handbewegung, dass er ums Haus herum nach vorne gehen solle, und begab sich langsam zur Eingangstür, um ihm zu öffnen. Sie freute sich, dass er da war, bemühte sich aber, es sich nicht anmerken zu lassen.

„Hallo, Isabelle, schön, dich zu sehen", begrüßte er sie freundlich.

„Was verschafft mir die Ehre deines Besuchs?", fragte sie auf der Schwelle. So einfach ging das nicht, erst versetzen und dann vor der Tür stehen, als wäre nichts geschehen. „Wir haben weder morgens noch Sonntag, oder geht deine Uhr anders als alle anderen?"

Er sah sie überrascht an. Mit dieser Ablehnung hatte er scheinbar nicht gerechnet. „Weder noch. Es ist mir leider etwas dazwischengekommen, wirklich."

Isabelle zeigte sich unbeeindruckt.

„Hast du schon gegessen?", wollte er wissen. „Wenn du erlaubst, erzähl ich es dir und mache es mit einem Essen wieder gut."

Isabelle gab nach und öffnete die Tür weiter. „Erlaubnis erteilt", sagte sie und amüsierte sich köstlich darüber, dass er das Wort „erlauben" so häufig verwendete. Es klang irgendwie altbacken, aber es passte zu ihm. „Na, komm erst mal rein." Gespielt großzügig, und nun, da sie ihren Schreckmoment überwunden und ein paar Worte mit ihm gewechselt hatte, wollte sie ihre Freude über seinen Besuch nicht mehr verbergen. Das angenehme Kribbeln auf ihrer Haut war sofort wieder da. Sie schloss die Tür und sah beiläufig auf die Uhr. Mit Staunen nahm sie zur Kenntnis, dass es bereits kurz vor sieben war, der Tag flog nur so an ihr vorbei.

Paul stellte seinen großen, schwarzen Rucksack auf den Tisch. Er zog eine Flasche Wein heraus, einen viereckigen Thermobehälter und eine Decke. „Jetzt brauchen wir nur noch Teller und Besteck“, erklärte er und breitete unter Isabelles argwöhnischem Blick die Decke auf dem Fußboden aus. „Setz dich einfach, ich bin so frei und hole es selbst“, sagte er und ging hinüber zum Küchenschrank.

Isabelle hob derweil den Deckel vom Behälter und lugte unter die Folie. „Was hast du mitgebracht? Auflauf und Rotwein?“

Er kehrte zurück, stellte die Teller ab und antwortete mit einer Stimme, die Isabelle durch und durch ging: „Das kann man im Zweifelsfall so sagen. Ich finde allerdings, dass Quiche Lorraine mit einem Glas Pinot Noir viel besser klingt.“

Jetzt erst sah Isabelle das Etikett auf der Flasche und spürte, wie ihr langsam die Röte der Verlegenheit ins Gesicht kroch. Natürlich hätte sie das sehen und erkennen können. Wenn das ihre Qualifikation als angehende selbstständige Gastronomin ausmachte, hatte die Bank tatsächlich richtig entschieden.

„Darf ich bitten?“, fragte Paul höflich und streckte ihr die Hand entgegen, um sie zur Picknickdecke zu geleiten. Isabelle reichte ihm die Linke und ließ sich wohlwollend führen. „Es scheint ja gut zu heilen“, stellte er fest und hielt ihre Hand etwas länger fest als nötig, um sich den Fortschritt der Genesung anzusehen.

Ich weiß nicht, was du da treibst oder bezweckst, dachte Isabelle. Aber mach einfach so weiter, es fühlt sich gut, so unglaublich gut an. Im Moment bin ich überhaupt nicht sauer auf dich. Sie setzte sich und beobachtete Paul dabei, wie er mit einem wehmütigen Blick den Rotwein in die Limonadengläser füllte. Er gab ihr eines und hob das eigene in ihre Richtung.

„Auf einen Neuanfang und einen schönen Abend?", fragte er und sah sie dabei mit einem Blick an, der Isabelle dahinschmelzen ließ.

„Auf einen schönen Abend", erwiderte sie und stieß mit ihm an. Die Quiche schmeckte ausgezeichnet, der Wein passte hervorragend dazu, und allmählich lockerte sich Isabelles Anspannung. „Sagst du mir jetzt, warum du mich gestern versetzt hast?", wollte sie zwischendurch wissen. Nun hatte sie doch „versetzt" gesagt.

„Eine unserer Stuten hat in der Nacht auf Sonntag ihr erstes Fohlen zur Welt gebracht. Sie hatte schon eine schwierige Tragezeit, und als sich die Geburt am Abend ankündigte, war für mich klar, dass ich im Stall bleiben und mich bei Bedarf selbst um alles würde kümmern müssen. Glücklicherweise ist alles gut verlaufen. Die beiden haben das großartig gemacht, aber es hat länger gedauert als erwartet. Ich war wirklich in Sorge, die Verzögerung hat mir ein paar Schweißperlen auf die Stirn getrieben. Natürlich bekommen wir viele neue Fohlen, aber das war ein schwerer Fall. Ich war die meiste Zeit im Stall, um die beiden zu beobachten."

Isabelle kniff die Augen zusammen. „Wenn das wahr ist und ich diese Entschuldigung nicht gelten lasse, bin ich wohl ein schlechter Mensch.“

Entrüstet blickte er sie an. „Natürlich ist es wahr! Ich habe ein paar Bilder von den beiden.“ Paul zog das Handy aus der Tasche und setzte sich neben Isabelle, um ihr die Fotos von Stute und Fohlen zu zeigen.

„O, die beiden sind ja echt süß“, entfuhr es ihr, und sie neigte den Kopf ein Stückchen näher als nötig zu Paul hinüber. Er roch unglaublich gut, und für einen kurzen Moment dachte sie darüber nach, wie es wäre, ihn zu küssen. Sie hätte noch eine Weile neben ihm sitzen können. Doch da war dieser magische Moment auch schon vorbei.

„Sag mal, vermisst dich jemand in Köln, wenn du länger hierbleibst?“, fragte Paul beiläufig und steckte das Telefon wieder weg.

„Was soll denn die Frage? Willst du mich zerstückeln und im Wald vergraben?“

Paul stand auf und räumte die Teller weg. „Nein“, erwiderte er und schüttelte den Kopf. „Das hätte ich leichter haben können, wenn ich dich einfach dort liegen gelassen hätte. Du hattest ja selbst schon gut vorgearbeitet.“ Er füllte die Gläser nach und versuchte es mit einer anderen Formulierung. „Ich wollte wissen, ob du beziehungstechnisch jemanden hast, der in Köln auf dich wartet.“

Isabelle verschluckte sich am Wein und musste so kräftig husten, dass ihr die Tränen in die Augen schossen. „Beziehungstechnisch?“, wiederholte sie und hustete weiter. Sie ließ sich Zeit mit der Beantwortung der Frage, die sie zugleich positiv überraschte und belustigte. „Du willst wissen, ob ich einen festen Freund habe", stellte sie amüsiert fest. „Ich denke zwar, dass es dich nichts angeht, aber nein. Zurzeit gibt es da niemanden. Und wie ist es bei dir? Hast du jemanden?", nutzte sie die Chance und nahm sein kurzes „Nein" mit freudiger Erregung zur Kenntnis. Sämtliche in ihrem Hinterkopf auftauchenden Wenns und Abers ignorierte sie. Damit wollte sie sich später befassen, im Moment gefiel ihr nur der Augenblick und der Gedanke daran, dass sich Paul für ihren Beziehungsstatus interessierte. Technisch gesehen.

„Ich hoffe, es hat dir geschmeckt", wechselte Paul unvermittelt das Thema.

„Ja, sehr. Essen und Wein", erwiderte Isabelle und sah mit Bedauern zu, wie er seine Sachen langsam im Rucksack verstaute. „Das können wir ruhig noch einmal machen", setzte sie nach und ärgerte sich im selben Moment. Halt doch einfach mal die Klappe, Isabelle, dachte sie und hielt sich sogar an ihren Vorsatz.

„Hast du morgen schon etwas vor?", fragte Paul schließlich, als er Isabelle dabei half, aufzustehen, damit sie sich auf den Stuhl setzen und er die Decke einpacken konnte.

„Ich werde mich wohl weiter im Haus umsehen. Ehrlicherweise habe ich zwar viele Ecken grob durchgeschaut, aber es gibt mit Sicherheit noch mehr. Regines Anwalt sagt, ich muss es nur wahrnehmen."

„Also, wenn du damit fertig bist oder eine Auszeit brauchst, könnte ich dir etwas Abwechslung bieten. Mein Angebot, dir das Schloss zu zeigen, steht. Das ist bestimmt eine gute Möglichkeit, meine Ahnengalerie zu durchforsten und mehr über die drei auf dem Foto zu erfahren. Wenn du magst, können wir das morgen machen", bot er an.

„Ähm, ja, gern", antwortete Isabelle und geriet dabei etwas ins Stottern. „Aber ... ich ... also, zu Fuß schaffe ich es bestimmt nicht, so weit zu gehen. Da muss ich erst anrufen, damit ich gefahren werden kann."

„Keine Sorge, ich kann dich abholen."

Isabelle grinste. „Ist mir recht", bestätigte sie kurzentschlossen.

„Also dann um zehn, oder ist dir das zu früh?", fragte Paul, als er bereits im Türrahmen stand.

„Um zehn ist perfekt", erwiderte Isabelle und lächelte ihm nach. Die Sonne war bereits untergegangen und der Tag hatte wieder einige Überraschungen für sie bereitgehalten. Nun fühlte sie sich erschöpft, aber längst nicht müde. Zu viele Gedanken und Gefühle wollten geordnet werden. Der Abend mit Paul war wunderbar gewesen, und sie hätte nichts dagegen gehabt, wenn er länger geblieben wäre. Die Aussicht, morgen mit ihm durch das Schloss der Gelloncourts zu gehen, machte sie jedoch nervös. Im Bett lag sie lange Zeit wach und sinnierte darüber, wie der kommende Tag wohl ablaufen würde.

Kapitel 9
La Résidence verte

Am nächsten Morgen war Isabelle bereits um neun Uhr abholbereit. Sie hatte zwar nicht viel, aber letztlich gut geschlafen und freute sich nun auf den Ausflug mit Paul. Das Schicksal hatte es dann ja doch richtig gefügt. Dass ihr die Wanderung zu *Jacques* und die „zufällige" Begegnungskomödie erspart geblieben waren, machte sie sehr froh. Manchmal finden die Dinge ihren Weg allein eben am besten.

Sie trat hinaus in die Sonne und atmete die Waldluft tief ein. Immer wieder aufs Neue war sie beeindruckt von der Ruhe und der romantischen Abgeschiedenheit. Sie setzte sich auf die Eingangsstufe und dachte an Regine. Gerade einmal einundsechzig Jahre alt war sie geworden. Eine sehr junge Großmutter. Waren denn Antoines Behauptungen überhaupt möglich? Sie rechnete zurück. Als sie selbst geboren worden war, war ihre Mutter Mathilde auch sehr jung gewesen, gerade einmal achtzehn Jahre alt. Jetzt war sie sechsundvierzig, das würde ja bedeuten, dass Regine erst fünfzehn oder sechzehn Jahre alt gewesen war. *Arme Regine, hast du dein Kind vielleicht deshalb weggegeben? Hast du es ausgesetzt? Was ist bloß passiert? Wie verzweifelt musst du gewesen sein, wenn du zu solchen Mitteln gegriffen hast? Ist das dein Geheimnis, was ich lüften soll? Wer mein Großvater war, oder wie Mathilde als Findel-*

kind nach Köln gelangt ist? Warum sind mir die ganzen Fragen nicht früher eingefallen?

Dann sprang Isabelle wie von der Tarantel gestochen auf. „O mein Gott“, entfuhr es ihr. *Was, wenn mein Großvater noch lebt? So alt wird er gar nicht sein! Kommst du vielleicht ursprünglich aus Köln und hast dein Kind dort zurückgelassen? War die Stelle bei den Gelloncourts möglicherweise ein Neuanfang für dich?*

Isabelle konnte und wollte sich nicht beruhigen. Sie lief aufgewühlt durch den Garten und dachte immer wieder darüber nach, warum ihr das alles nicht schon vorher auf- und eingefallen war. *Was habe ich denn die ganze Zeit gemacht?* Unschlüssig blieb sie in einer Ecke des Gartens stehen und starrte vor sich hin. Ihr Atem ging schwer, ihren Herzschlag spürte sie bis in die Ohren. Sie suchte sich einen festen Punkt, auf den sie sich konzentrieren und langsam ein- und ausatmen konnte. Eine Methode, mit der sie sich in manchen Stresssituationen schon erfolgreich hatte beruhigen können. Es dauerte einige Minuten, doch es gelang. Lange stand Isabelle da, spürte kaum, wie die Zeit verging, dann fühlte sie sich besser.

Du wolltest, dass jemand anderes außer dir dein Geheimnis lüftet. Welche Beweggründe du auch hast, warum auch immer du diesen Weg gewählt hast, ich werde es versuchen. Wer mein Großvater ist, warum Mathilde nicht bei dir aufwachsen konnte, ich werde mir alle Mühe geben, es herauszufinden. In dieser Ecke des Gartens wuchsen prächtige Rhododendronbüsche mit violetten Blüten. Und plötzlich erblickte sie darunter, keinen Meter von ihren Füßen entfernt, einen etwas größeren bemoosten Stein, nicht größer als ein Fahrradhelm. Um ihn herum in einem Kreis waren kleinere Steine angeordnet.

Isabelle bekam den nächsten Schreck an diesem Morgen. Ein ungutes Gefühl beschlich sie, aber sie musste wissen, was es damit auf sich hatte. Vorsichtig hockte sie sich hin und berührte den Stein. Mit zitternden Fingern begann sie, das Moos zu entfernen. Sie wagte kaum, zu atmen, als sie feststellte, dass dieser Stein mit einer Inschrift versehen war. Sie kratzte alles ab, wischte mit den Fingern darüber, und dann konnte sie vier Buchstaben erkennen. Auf dem Stein stand gut lesbar *Tony*.

Isabelle wich erschrocken zurück. Sie stand vor einem Grab, dessen war sie sich sicher. Doch wessen Grab? Vielleicht hatte Regine nur ihre heißgeliebte Katze hier bestattet. Aber was, wenn es sich um das Grab eines Menschen handelte. War Tony vielleicht ihr Großvater? Hatte Regine ihn heimlich verbuddelt?

Isabelle spürte einen brennenden Schmerz in der rechten Hand und betrachtete die verschmutzten Handinnenflächen. Beim Freilegen des Schriftzugs hatte sich etwas Schorf vom Handballen gelöst, und nun trat Wundflüssigkeit aus. Sie musste hineingehen, die Hände reinigen. Anschließend klebte sie ein großes Pflaster darüber. Gut, dass Paul das Verbandsmaterial mitgebracht hatte. Wo blieb der überhaupt? Isabelle warf einen Blick in den Spiegel, wusch sich das Gesicht und ordnete das Haar. Sie hatte am Morgen entnervt aufgegeben, als sie die Strähnen nicht vernünftig ineinander geflochten bekommen hatte, und die Haare notdürftig zu einem Pferdeschwanz zusammengebunden. Sie war dennoch mit ihrem Anblick zufrieden, lächelte sich an und ging wieder hinaus, um auf Paul zu warten. Doch sobald sie vor der Tür stand, blickte sie wie gebannt auf die großen Blüten. Isabelle hoffte inständig, dass Tony eine Katze war.

„Hey, was ist los? Hast du einen Geist gesehen?"

Sie zuckte zusammen, als sie plötzlich Pauls Stimme neben sich vernahm. „O Mann, musst du mich immer so erschrecken? Kannst du nicht ankommen wie alle anderen Menschen?", erwiderte sie.

„Entschuldige, das war nicht meine Absicht. Ist alles okay mit dir?", fragte Paul.

Isabelle winkte ab und sprach in besänftigtem Ton weiter. „Jaja, alles okay. Ich war nur in Gedanken und habe dich nicht kommen hören."

„Stimmt, der ist echt leise. Der fährt elektrisch", erklärte er und deutete auf den Zufahrtsweg.

Erst jetzt nahm Isabelle das kleine, weiße Auto wahr, das dort stand, und jetzt erst schaute sie Paul wirklich an. Er sah gut aus, trug ein helles Hemd über der Jeans und wirkte nicht übertrieben, aber schick.

„Was ist mit deiner Hand?", wollte er besorgt wissen.

„Ach, ich habe nicht aufgepasst, und jetzt ist die Wunde aufgegangen. Das wird schon wieder. Wollen wir los?"

„Gern", erwiderte Paul fröhlich und öffnete einladend die Autotür.

Bisher wusste Isabelle, wie sie durch den Wald zum Haupthaus des Anwesens gelangen konnte. Paul fuhr zurück zum Hauptweg und bis zu *Jacques*. Sie passierten den Busbahnhof und bogen rechts ab. Es ging durch ein großes, aus Sandstein erbautes Tor, das die

Einfahrt zum Anwesen darstellte. *Bienvenue à la Résidence verte* konnte Isabelle auf einem großen Schild lesen. Dann gelangten sie auf eine breite asphaltierte Straße. Es ging leicht, aber stetig aufwärts. Zu ihrer Linken fand sich immer noch Wald, auf der Beifahrerseite erstreckte sich eine saftig grüne Wiese. Wenig später erblickte sie auch schon das ihr bereits bekannte prächtige Anwesen auf dem Hügel. Märchenhaft sah es aus, und auf den abgesteckten Koppeln grasten ein paar Pferde.

„Et voilà, da wohne ich", erklärte Paul stolz. „Das ist mein Zuhause. *La Résidence verte.* Die grüne Residenz ist der Landsitz und mittlerweile einzige Sitz der Familie Gelloncourt de Lorraine. Viele von uns gibt es leider nicht mehr. Ich sage es ungern und vor allem nicht vor Sophie, wir gehören zu einer aussterbenden Art."

Betroffen blickte Isabelle ihn an.

„Ich mache nur Spaß, so halbwegs", fügte Paul hinzu und verwirrte sie damit noch mehr. „In malerischer Landschaft zwischen Mosel und Vogesen vereinen sich jahrhundertelange Familiengeschichte und fortschrittliche Ökonomie. Hier triffst du auf Tradition und Moderne." Sie runzelte die Stirn, sagte aber nichts. „Ich mache immer noch Spaß", sagte er lachend. „Das stammt aus dem Text in unserer Werbebroschüre. Ich erwähnte ja bereits, dass viele Touristen herkommen und Führungen durch den öffentlichen Teil des Anwesens buchen. Aber du brauchst dir keine Sorgen zu machen, ich werde nicht die ganze Zeit so sprechen. Ehrenwort." Er parkte den Wagen auf einer Freifläche aus weißen Kieselsteinen. Dann führte er Isabelle zum Haus. „Die Touristen gehen da rechts entlang", er zeigte auf das Eingangsschild für Besucher „du kommst mit mir, durch den VIP-Eingang."

Sie gingen auf eine große Tür zu, doch bevor sie sie öffnen konnten, trat eine kleine Person hinaus. Isabelle musste ein amüsiertes Glucksen unterdrücken. Auf keinen Fall wolle sie unhöflich sein, aber die Kleidung erinnerte an eine Theateraufführung, und es wirkte so, als käme ihnen Robin Hood höchstpersönlich entgegen. Die Person blieb vor der Tür stehen und sah die Ankömmlinge wenig erfreut an. Isabelle hatte die kostümierte Person bereits erkannt. Es war Sophie, Pauls Großmutter.

„Hallo, mein lieber Paul, guten Tag, Mademoiselle Mechant", begrüßte Sophie die beiden mit eisiger Miene und musterte Isabelle von oben bis unten. „Welchem misslichen Umstand habe ich Ihre Anwesenheit in meinem Haus zu verdanken?", fuhr sie kühl fort.

„Also Paul wollte mir das Haus zeigen", antwortete Isabelle zaghaft. Sophie war fast einen Kopf kleiner als sie und hatte dennoch eine einschüchternde Wirkung auf sie.

„Ich bitte dich, Sophie", ging Paul sanftmütig dazwischen und legte den Arm um Isabelles Schulter. „Wir haben darüber gesprochen." Augenblicklich fühlte sich Isabelle sicherer.

„In der Tat, das haben wir. Allerdings muss mir nicht gefallen, was wir besprochen haben. Nun denn", fuhr Sophie mit liebenswürdigem Lächeln und mit säuselnden Worten an Isabelle gewandt fort, „es wäre mir eine außerordentliche Freude, wenn Sie Ihren Besuch beenden könnten, bevor ich von der Jagd zurückkehre." An Paul gewandt fügte sie hinzu: „Wir sehen uns dann später, mein Lieber." Mit einem zuckersüßen Lächeln nickte sie Isabelle zu und schritt hocherhobenen Hauptes davon.

„Was war das denn?", fragte Isabelle.

„Meine Großmutter, wie sie leibt und lebt, wenn sie angespannt und übellaunig ist", erklärte er und zog seinen Arm wieder zurück. „Seit sie weiß, dass du da bist, ist sie kaum auszuhalten. Selbst meine Erklärungen und die anwaltliche Bestätigung, dass du nur vorübergehend hier weilen wirst, konnten sie keineswegs beruhigen. Es tut mir leid, dass ihr euch begegnet seid. Ich dachte, dass sie schon unterwegs sei. Nimm es nicht persönlich. Sie kennt dich nicht, und es steht ihr auch nicht zu, über dich zu urteilen."

„Ich versuche es", erwiderte Isabelle und folgte ihm ins Haus. Seine Beschützerpose imponierte ihr und sorgte nachhaltig für gute Laune.

Zunächst führte Paul seine Besucherin durch den Empfangssaal, die Bibliothek, das Speisezimmer. Dann stiegen sie eine Treppe hinauf und standen nun auf einer Empore aus dunklem Holz, die einen Rundgang um das ganze Speisezimmer ermöglichte. In allen vier Ecken des Raums gab es eine Treppe, sodass man von überall aus die Möglichkeit hatte, hinauf- oder hinunterzusteigen.

„Von hier aus gelangt man zu den Gemächern. Ich weiß, es klingt abgehoben, im Grunde sind es einzelne Wohnbereiche, ein Apartment für jeden von uns."

„Wer wohnt denn alles hier?“, wollte Isabelle wissen und sah sich staunend um.

„Sophie, mein Großvater Albert und ich“, antwortete Paul.

Augenblicklich wurde Isabelles Blick wacher. „Du meinst, der Albert auf dem Foto lebt noch?“

Paul nickte. „Sophies Räume liegen dort, Albert wohnt dort drüben, und zu meiner Wohnung geht es dort entlang.“ Dabei zeigte er in drei verschiedene Richtungen.

„Wieso wohnen denn deine Großmutter und dein Großvater nicht zusammen?“, erkundigte sich Isabelle erstaunt, bedauerte aber im selben Moment, dass sie so forsch und indiskret nachgefragt hatte, denn Pauls Gesicht wurde tieftraurig.

„Albert lebt schon viele Jahre zurückgezogen und allein. Er spricht kaum, beteiligt sich nicht am aktuellen Geschehen. Ich glaube, dass er den Tod meiner Eltern niemals verwunden hat. Weder Sophie noch er reden mit mir darüber. Zwischen den beiden herrscht eine ausgesprochene Kälte. Sie sind höflich zueinander, aber schlussendlich wollen sie ihre Ruhe voreinander haben. Albert erscheint pünktlich zum gemeinsamen Frühstück und Abendessen mit Sophie, aber dann zieht er sich wieder zurück, und wir bekommen ihn nicht weiter zu sehen. Der Tod meiner Eltern ist schon über zwanzig Jahre her. Damals war ich noch klein, aber da ich ihn nicht anders kenne, vermute ich stark, dass es damit zusammenhängt.“

Isabelle schluckte. „Das tut mir leid, ich wollte dich mit meiner Fragerei nicht kränken oder auf traurige Gedanken bringen.“

„Ist schon gut, das hast du nicht", beruhigte Paul sie und war wieder ganz der Alte. „Dort in den Räumen im vierten Gang hat mein Großonkel Bruno gelebt. Bruno war das Baby auf deinem Foto. Er starb nur zwei Jahre nach meinen Eltern."

Isabelle biss sich auf die Lippen. „Das war ja ganz schön viel für deine Familie", sagte sie mitfühlend.

„Ach, das ist alles nicht so einfach. Komm, wenn du magst, zeige ich dir meine Zimmer und erzähle dir dabei von Bruno und Albert. Später", er sah auf die Uhr, „wenn die Touristengruppe fort ist, gehen wir in die Ahnengalerie. Dort haben wir extra einen Saal eingerichtet und die Gemälde aller Vorfahren für die Öffentlichkeit ausgestellt."

„Von mir aus gern", zeigte sich Isabelle einverstanden und folgte Paul durch den holzgetäfelten Gang.

„Willkommen in meinem Reich", sagte er und öffnete die Tür. Isabelle stellte überrascht fest, dass er seine eigene Wohnung im Gegensatz zum bereits besichtigten Teil des Hauses sehr modern eingerichtet hatte. „Setz dich", bot Paul ihr einen Platz auf einem der Sessel an und fragte: „Darf ich dir was zu trinken anbieten? Kaffee, Wasser oder etwas anderes?"

Ein Wasser nahm Isabelle dankend an, und Paul verschwand nebenan. Sie sah sich um. Schön hatte er es. Durch das geöffnete Fenster drang angenehme Sommerluft hinein. Es roch nach Wald und Wiese, war nicht zu kalt und nicht zu warm, und vor dem Fenster erstreckte sich die Natur wie in einer Filmkulisse. „Hier ist es unglaublich schön. Schon allein die Landschaft hat mich für meine Reise belohnt."

Paul kehrte mit den Getränken zurück. „Nur die Landschaft oder auch die Menschen?“, wollte er wissen, als er das Tablett auf dem kleinen, runden Glastisch zwischen dem Sessel und dem Zweisitzer abstellte. Er setzte sich seitlich auf das Sofa, stemmte den Ellbogen in die Lehne und stützte den Kopf mit der Hand.

„So viele Menschen habe ich bisher nicht kennengelernt“, begann Isabelle. „Ein umfassendes Bild kann ich mir da noch nicht machen. Allerdings kann ich bestätigen, dass es einige, sagen wir mal, spezielle Exemplare gibt.“

„Die wären zum Beispiel?“, hakte Paul nach.

„Na, deine Großmutter zum Beispiel. Die hat bei mir einen bleibenden Eindruck hinterlassen.“

Er sah sie enttäuscht an. „Nur meine Großmutter? Was ist denn mit mir?“, fragte er weiter.

Isabelle lächelte, beugte sich nach vorne und nahm ihr Glas, um ganz in Ruhe einen Schluck Wasser zu trinken, und lehnte sich zurück. „Das weiß ich nicht so recht. Da bin ich noch in der Findungsphase, allerdings ist die Tendenz zurzeit positiv.“

„Ich bin gespannt, halt mich auf dem Laufenden“, bat Paul und nahm die Familiengeschichte wieder auf. „Ich wollte dir etwas über Bruno und Albert erzählen. Wie ich dir bereits sagte, handelt es sich um die Söhne meines Urgroßvaters Gustav. Er war mit meiner Urgroßmutter Josefine Marie verheiratet. Allerdings nicht besonders lange, denn sie starb kurz nach Brunos Geburt an Kindbettfieber. So wie ich das beurteile, konnte sich Bruno niemals von dem Vorwurf freimachen, schuld am Tod seiner Mutter zu sein. Er hatte einen schweren Stand in der Familie. Es gab immer wieder Streit um sein nicht vorhandenes Engagement. Gustav war eine sehr energische Person und hatte sich damals intensiv um einen festen Platz in der Politik bemüht. Für dieses Unterfangen brauchte er natürlich familiäre Rückendeckung und hoffte dabei auf die Unterstützung seiner Söhne."

Isabelle nickte.

„Damals entstand aus dem Herzogtum Lothringen die Region Lothringen, die mittlerweile auch schon wieder Geschichte ist, und Gustav hoffte auf einen hohen politischen Posten. Es hatte sich vorgestellt, auf diese Art und Weise möglichst viel Einfluss auf die Geschehnisse des Landes im Sinne unserer Familie nehmen zu können. Im Grunde hatte er nur Angst gehabt, dass ihn die politische Neuordnung Macht und Ländereien kosten würde. Enger Vertrauter des Regionalpräfekten wollte Gustav werden." Paul machte eine Pause. „Er hatte nicht den gewünschten Erfolg. Offenbar vertrat Bruno andere Interessen als sein Vater. Es war immer die gleiche Geschichte zwischen den dreien, Bruno gegen Albert und Gustav. Dabei zog Bruno größtenteils den Kürzeren, einen Gewinner bei ihren Auseinandersetzungen gab es sowieso nie. Nur böses Blut. Aber wie du siehst, gibt es unsere Familie trotz des politischen Misserfolgs. Gustav hat sich ganz umsonst das Leben schwer gemacht, wenn du mich fragst. Wir haben uns mit der Region entwickelt, betreiben erfolgreich unsere Geschäfte, und unsere Residenz gehört zu den empfehlenswertesten Ausflugszielen für Touristen. Zeiten ändern sich eben."

Paul schwieg, und Isabelle versuchte, eine angemessene Zeit zu warten, bevor sie weitere Fragen stellte. Ihr Interesse am Schicksal aller drei war ungebrochen, aber sie wollte nicht unhöflich erscheinen. „Und wie ging es mit seinen Söhnen weiter?"

„Albert heiratete meine Großmutter und unterstützte Gustav, wo er konnte. Sophie und Albert bekamen ein Kind, ein Mädchen, und das war dann meine Mutter Adeline. Bruno hat nie geheiratet oder Kinder bekommen, angeblich hat er das Vermögen der Familie mit beiden Händen zum Fenster hinausgeworfen. Auch das war einer der ewigen Streitpunkte zwischen allen." Isabelle warf ihm einen fragenden Blick zu, und Paul erzählte weiter. „Jetzt muss ich etwas ausholen. Der Name unserer Familie geht viele Jahrhunderte weit zurück. Es ist eine schöne Geschichte, wenn du mich fragst. Vierzehnhundertvierzig verlieh die Herzogin Isabella von Lothringen in einem feierlichen Akt dem Adel der Gelloncourts den Zusatz de Lorraine, also von Lothringen. Im Rahmen dieser Feierlichkeiten hat sie meinen Vorfahren den Überlieferungen zufolge ein sehr wertvolles Geschenk übergeben. Es handelte sich dabei um ein aufwendig gearbeitetes vielteiliges Tafelsilber mit passenden Tischkandelabern."

„Entschuldige, dass ich dich unterbreche, du meinst Kerzenleuchter", sagte Isabelle.

„Ja, Kerzenleuchter, ganz besondere", erwiderte Paul mit einem verschmitzten Lächeln. „Also, du siehst, dass man in unserer Familie großen Wert auf den Namen und seine Herkunft legt. Der Adel Gelloncourt de Lorraine machte damals einiges her und versuchte teils erfolgreich, Einfluss auf die Geschichte Frankreichs zu nehmen. Nun kannst du dir vorstellen, dass Gustav wenig erfreut darüber war, als es mit Adeline beim einzigen weiblichen Nachwuchs blieb. Nicht nur er sah den Fortbestand unseres Namens akut gefährdet. Und was soll ich sagen? Sie hatten ja recht. Meine Mutter Adeline verliebte sich in einen um einige Jahre älteren Nichtadeligen. Hugo Dietermann war zwar wohlhabend und geschäftstüchtig, aber eben nur ein gewöhnlicher Dietermann. Und das Ende vom Lied ist, dass auch ich nur“, er deutete mit den Händen Anführungszeichen an, „„ein gewöhnlicher Dietermann bin. Soweit also die Geschichte unseres Familiennamens. Vor dir sitzt der Alleinerbe der Gelloncourts de Lorraine, der einfach nur Paul Dietermann heißt. Wenn du Sophie richtig zur Weißglut bringen möchtest, erwähne das bei nächster Gelegenheit“, schloss er seine Geschichte mit einem Grinsen.

„Mir ist egal, wie du heißt, solange du nett zu mir bist“, sagte Isabelle und fügte hinzu: „Allerdings werde ich mich hüten, deine Großmutter absichtlich zu verärgern. Ich bin nicht lebensmüde.“

„Ich habe es doch gewusst. Du bist nicht nur hübsch, sondern auch klug“, schmeichelte Paul und stand auf. „Wir könnten jetzt in die Ahnengalerie gehen, wenn du möchtest.“ Er stellte die Gläser wieder aufs Tablett und brachte alles nach nebenan.

Isabelle folgte ihm und sah sich erstaunt um. „Du hast eine Küche?“

„Na klar, warum denn nicht?“, erwiderte Paul. „Ich wohne schließlich hier, und wenn ich Hunger habe, muss ich mir etwas zu essen kochen können.“

Isabelle verdrehte die Augen. „Ich dachte ja nur, dass es nicht nötig wäre, weil ihr das große Speisezimmer habt und eine Haushälterin und so weiter." Sie war unangenehm berührt.

„Ja, aber das nutze ich nur in Ausnahmefällen. Sophie und Albert sind da selbstverständlich anders. Albert könnte sich nicht und Sophie will sich nicht selbst versorgen. So wie es ist, ist es mir gerade recht. Wir drei essen schon noch oft gemeinsam, aber manchmal bin ich ganz froh, wenn ich meine Ruhe habe."

Bestimmt, wenn du weibliche Gäste hast, dachte Isabelle, sagte aber nichts.

Die Ahnengalerie war nichts anderes als ein hoher, lang gezogener holzgetäfelter Raum. An beiden Längsseiten waren überdimensionale Kamine in die Wände eingelassen. An den Wänden hingen Gemälde von Männern und Frauen, darunter befanden sich kleine Informationstafeln mit den Eckdaten zu jeder einzelnen Persönlichkeit.

„Nun bekommst du mal die ganzen Gesichter zu sehen", eröffnete Paul ihren Rundgang.

Isabelle betrachtete die Bilder und musste aber bald ernüchtert einsehen, dass sie sich die Namen eh nicht merken konnte. Nach einem speziellen Namen suchte sie, wurde jedoch nicht fündig. Es gab keinen Tony. Auf der dem großen Eingang gegenüberliegenden Schmalseite des Saals stand eine massiv gearbeitete Tischvitrine. Darin befand sich neben verschiedenen Orden und Wappen altes Silberbesteck. Isabelle betrachtete es mit großem Interesse.

Paul erklärte ihr alles mit Stolz und Begeisterung. „Da haben wir das berühmte Silber von Lothringen, zumindest das, was davon übrig geblieben ist. Es fehlen einige Teile, vor allem die berühmten Kerzenleuchter. Ich habe schon so viel meiner Lebenszeit mit der Suche danach verbracht, aber bisher erfolglos. Ich vermute ja, dass der bedauernswerte Bruno tatsächlich schuldig ist und das Silber irgendwie durchgebracht hat. Zumindest steht dieser Vorwurf unwiderlegt im Raum. Er hat es zwar immer bestritten, doch die verschwundenen Schmuckstücke sind nie wieder aufgetaucht. Sophie hat oft mit meinem Großonkel darum gestritten, als ich klein war. Damals habe ich das ganze Ausmaß natürlich nicht begriffen. Nun sehe ich den historischen Verlust dieser Gegenstände. Schade ist es. Aber wie dem auch sei, ich werde nicht aufgeben und weiterhin danach suchen. Unverhofft kommt oft, wie man so schön sagt, ich muss nur zur richtigen Zeit am richtigen Ort sein. Vielleicht tauchen sie irgendwann wieder auf."

„Deinen Optimismus möchte ich haben", entfuhr es Isabelle. „Ich drücke dir auf jeden Fall die Daumen."

„Nur kein falsches Mitleid. Ich weiß selbst, dass die Chancen gering sind. Aber gering ist mehr als nichts. Nun, solange die Leuchter verschwunden sind, kannst du sie zumindest auf einigen der Bilder sehen, sie waren schon damals als wichtige Artefakte in die Darstellung unserer Vorfahren einbezogen worden. Ich habe sogar einmal mit dem Gedanken gespielt, sie für die Touristen nachbilden zu lassen. Habe die Idee dann aber wieder verworfen."

„Warum?", wollte Isabelle wissen.

„Es sind eben nicht die echten", gab er sachlich zurück. „Übrigens kannst du Bruno in der hintersten Ecke finden. Am liebsten hätten Sophie und Albert ihn wohl ganz verbannt, aber das wäre wirklich zu weit gegangen. Mit Sicherheit waren die anderen im Raum auch nicht alle gut miteinander gestellt, sofern sie zur gleichen Zeit gelebt haben, meine ich. Aber deshalb wird keiner von ihnen der Galerie verwiesen. Bruno hängt dort hinten ein bisschen wie auf der Strafbank, aber immerhin ist er da."

Isabelle sah in das rotbäckige Gesicht eines jungen Mannes mit leerem Blick. „Er sieht wirklich traurig aus", stellte sie fest.

„Ich habe dir ja gesagt, dass er nicht viel Freude im Leben hatte. Er ist nicht alt geworden. Herzinfarkt mit achtundvierzig. Selbst das hat Sophie dem Ärmsten übel genommen."

Isabelle verstand nicht, was Paul meinte. „Sie konnte ihn nicht leiden und war trotzdem böse auf ihn, weil er gestorben ist?"

Paul nickte. „Weil er gestorben ist, ohne der Familie zu dienen. Es wäre seine Pflicht gewesen, sich eine Frau zu suchen und für männlichen Nachwuchs zu sorgen, hat er aber nicht."

„Aber was ist mit Sophie, warum hat sie denn nach deiner Mutter keine weiteren Kinder bekommen, wenn ich fragen darf?", versuchte Isabelle, die vielen Verwicklungen zu verstehen.

Paul winkte ab. „Das ist eine andere traurige Geschichte. Komm lieber mal hierüber, da hast du unsere Ahnentafel und alles auf einen Blick."

„Wow“, staunte Isabelle, „das könnte mir vielleicht bei meinen weiteren Recherchen helfen. Hast du etwas dagegen, wenn ich das fotografiere?“

„Nur zu, überhaupt nicht. Da stehen ja keine Geheimnisse drauf.“

Isabelle zog ihr Handy aus der Tasche und schoss ein Foto.

„So, Mademoiselle, der heutige Rundgang ist beendet. Bitte begeben Sie sich zügig zum Ausgang und beehren Sie mich bald wieder“, ertönte Pauls kräftige Stimme mit einem Mal durch den Saal.

„Wie, schmeißt du mich raus?“, fragte Isabelle entrüstet. „Jetzt sofort?“

„Ein Rausschmiss? Nein, so würde ich das nicht formulieren. Aber ja, wir müssen langsam zum Ende kommen. Ich muss mich heute noch um einiges kümmern, und während der Plauderei mit dir habe ich zugegebenermaßen die Zeit aus den Augen verloren. Ich fahre dich gern nach Hause, und wenn du magst, sehen wir uns morgen wieder.“

„Von deiner Arbeit will ich dich natürlich nicht abhalten“, erwiderte Isabelle verständnisvoll. Außerdem dachte sie daran, dass auch sie noch etwas zu tun hatte.

„Vielen Dank, dass du mir so viel gezeigt und erzählt hast. Das war ein sehr schöner und interessanter Vormittag für mich. Kommst du noch mit rein?“, fragte Isabelle, als Paul vor dem Haus hielt.

„Ich würde gern, aber ich habe wirklich keine Zeit mehr. Du wolltest das Haus noch mal durchsuchen, mach das in Ruhe, und wir treffen uns morgen.“

Isabelle hatte bereits die Hand auf dem Türgriff, zögerte aber, auszusteigen, und stellte die Frage, die sie seit dem Morgen beschäftigte. „Weißt du, ob Regine ein Haustier hatte? Vielleicht einen Hund, eine Katze oder meinetwegen eine Schildkröte?“

„Nicht, dass ich wüsste. Sie hätte kaum Zeit dafür gehabt, sie war ja von früh bis spät immer bei uns drüben, zumindest, als sie noch bei uns gearbeitet hat.“

„Hm“, machte Isabelle, „und kennst du jemanden, der Tony heißt?“

Er überlegte, zog die Mundwinkel nach unten und schüttelte ratlos den Kopf. „Da fällt mir auf die Schnelle niemand ein. Warum fragst du?“

Doch Isabelle winkte ab. „Nur so, ist jetzt nicht so wichtig. Lass uns morgen darüber reden. Bis dann“, verabschiedete sie sich und stieg aus. Sie sah dem weißen Wagen nach, bis er um die Kurve im Wald verschwunden war. Die Zeit mit Paul war wie im Flug vergangen, da ging es ihnen beiden wohl ähnlich. Sie lächelte bei dem Gedanken daran, sich schon bald wieder mit ihm zu treffen.

Als sie sich zum Haus wandte, stockte sie und das Lächeln fiel ihr buchstäblich aus dem Gesicht. Etwas abseits erblickte sie Sophie in ihrem Jagddress. Mit einem Hund an der Leine und der Flinte über der Schulter stand sie auf der Lichtung und beobachtete Isabelle. Schätzungsweise fünfzig Meter trennten die beiden Frauen. Sophie setzte sich zielstrebig in Bewegung und näherte sich zügig. Wie angewurzelt stand Isabelle auf dem Fleck und wartete auf das, was passieren würde.

„Hallo, Madame Gelloncourt“, grüßte sie unsicher, nachdem sich die alte Dame vor ihr aufgebaut hatte.

„Sparen Sie sich das“, ranzte sie Isabelle ohne Vorwarnung an. Mit tiefer, eisig kalter Stimme sprach sie weiter. „Damit das klar ist, ich will Sie weder in meiner Nähe noch in der Nähe meines Enkels wissen. Fahren Sie dorthin zurück, wo Sie hergekommen sind, und lassen Sie meine Familie in Ruhe! Wir pflegen keinen Umgang mit Ihresgleichen. Verschwinden Sie, Sie gehören nicht hierher.“ Aus ihren Augen blitzte Isabelle der blanke Hass entgegen. Dann machte sie eine Pause und wechselte vollkommen problemlos von einer Sekunde auf die andere ihren Gesichtsausdruck. Mit glaubhaft besorgt dreinschauendem Gesicht und plötzlich ganz herzlich und mütterlich klingender Stimme erklärte sie: „Kindchen, es ist nicht ungefährlich für Stadtmenschen hier draußen. Wir wollen doch nicht, dass Ihnen etwas Schreckliches zustößt. Das würde ich mir niemals verzeihen.“ Während sie sprach, griff sie bedeutungsschwer an den Schaft des Gewehres über ihrer Schulter. Dann drehte sie sich um und zog ohne ein weiteres Wort, oder sich noch einmal umzudrehen, mit dem Hund davon.

Isabelle sah den beiden nach, wie sie über die Lichtung liefen und zwischen den Bäumen verschwanden. Erst als Sophie nicht mehr zu sehen war, schaffte es Isabelle, sich aus ihrer Starre zu lösen. So schnell sie konnte lief sie zur Haustür, mit zitternden Händen schloss sie auf, warf die Tür hinter sich zu und verriegelte das Schloss. Hatte Sophie gerade ernsthaft damit gedroht, sie umzubringen?

Kapitel 10
Tony und Mathilde

Isabelle brauchte lange, bis sie sich wieder beruhigt hatte. Sie überlegte hin und her, was sie tun sollte. Gedanklich ging sie ihre Optionen durch. Sie konnte Antoine anrufen oder Didier, ihre Mutter oder Sergio, ja, sogar die Gendarmerie. Was würden sie ihr alle raten? Fahr nach Hause und kümmere dich nicht weiter um dieses Scheusal. Du bist auf ihrem Land, lass die Alte einfach in Ruhe. Sie alle hätten recht damit, aber es würde ihr nicht helfen, herauszufinden, was in der Vergangenheit geschehen war. *Arme Regine, was hat dich nur dazu getrieben, im Haus dieser Frau zu arbeiten? Was geschah mit meiner Mutter, und wer, verdammt, ist dieser Tony? Wie kann ich wissen, was du verbirgst?*

Isabelle fing zu weinen an, sie fühlte sich hilflos und allein. Dann dachte sie an Paul, und sie spürte Sehnsucht in sich aufsteigen. Sehnsucht nach ihm, dem guten Gefühl, das sie hatte, wenn sie Zeit mit ihm verbrachte. Der Gedanke daran, dass er sie schon bald wieder besuchen würde, beruhigte sie ein wenig und lenkte sie ab. Sie mochte ihn wirklich gern, und sie wollte sich auf jeden Fall weiterhin mit ihm treffen. Wenn sie sich nicht ganz dumm anstellte, konnte es bestimmt zu mehr zwischen ihnen beiden kommen als nur zu einer Freundschaft. Die Chance darauf wollte sich Isabelle nicht von einer alten adeligen Kratzbürste nehmen lassen.

Sie bereitete sich etwas zu essen zu und begann dann erneut damit, das Haus zu durchforsten. Antoine hatte sie nicht umsonst noch einmal darauf hingewiesen, und im Garten war sie ja bereits fündig geworden. Zunächst machte sich Isabelle daran, alle Kleidungsstücke aus dem Schrank im Schlafzimmer zu räumen. Sie prüfte sämtliche Jacken, Röcke und Schürzen, krempelte auf links, durchsuchte die Taschen und legte anschließend alles fein säuberlich auf dem Tisch zusammen. Im nächsten Schritt sortierte sie die Tischtücher und Bettlaken. Sie schüttelte alles kräftig aus und faltete jedes Tuch und jeden Bettbezug wieder zusammen. Als sie mit weit ausgebreiteten Armen, ein Tischtuch vor der Brust, die Zipfel in den Händen, im Wohnzimmer stand, machte sie eine Entdeckung. Über ihr in der Zimmerdecke gab es eine Luke nach oben. *Mensch, Isabelle, wie naiv bist du eigentlich! Das Haus hat einen Dachboden, das sieht man von außen, und du kommst nicht auf die Idee, nachzusehen, wie man da hinkommt!*

Sie warf das Tuch achtlos beiseite und reckte sich nach oben, aber sie konnte den Griff nicht erreichen. Mit dem Stuhl wollte sie es versuchen, nicht mit dem Hocker, denn der machte schon jetzt einen wackeligen Eindruck. Sie zog das Möbelstück an der Lehne heran und kletterte vorsichtig hinauf. In ihrem Knöchel spürte sie einen unangenehmen Druck und hatte Sorge, er könnte ihr den Dienst verweigern, aber alles ging gut. Nun stand sie auf dem Stuhl, tastete vorsichtig nach oben und umschloss den kleinen Metallgriff.

Geschmeidig, fast lautlos ließ er sich drehen. Isabelle spürte, wie die Klappe nachgab und von oben auf ihr Handgelenk drückte. Sie musste sich etwas zur Seite neigen, damit sich die Klappe weiter öffnen konnte. Sie war zu knapp zwei Dritteln geöffnet, als sie stoppte. Auf der Innenseite befand sich eine Klappleiter, die mit drei Handgriffen ausgeklappt war, und nun war der Weg auf den Dachboden frei.

Isabelle sah durch die Luke nach oben, viel Licht gab es dort nicht. Ganz still war es im Haus, und sie hörte ihren eigenen Atem unglaublich laut. Ganz bewusst atmete sie langsam ein und wieder aus, immer weiter, ein und aus, so lange, bis sie das Gefühl hatte, sie könnte hinauf in die Dunkelheit steigen. Eine Taschenlampe wäre jetzt gut, dachte sie und vergewisserte sich, dass sie ihr Handy in der Hosentasche hatte. Langsam und mit weichen Knien erklomm sie die schmalen Trittbretter. Oben angekommen, brauchten ihre Augen eine Weile, bis sie sich an die Umgebung gewöhnt hatten. Durch das kleine, runde Giebelfenster drang ausreichend Tageslicht hinein, sodass sie die Taschenlampe nicht brauchte.

Der ganze Dachboden war leer, wie frisch aufgeräumt. Die Dachbalken verliefen in ordentlichen Abständen über ihrem Kopf, und in der Mitte auf dem Fußboden befand sich ein Gegenstand, nicht größer als ein Schuhkarton. Diese Schachtel stand so offensichtlich herum, dass Isabelle davon überzeugt war, jemand habe sie absichtlich dort platziert in der Hoffnung, sie würde die Kiste finden. *Ist das etwa dein Werk, Regine, oder Antoines? Ist möglicherweise einer von euch beiden hier hochgeklettert und hat die Schachtel für mich, vielmehr für meine Mutter hingestellt?*

Vorsichtig bewegte sich Isabelle von der Dachluke über den Boden auf die Box zu. Der Boden unter ihr gab knarrende Geräusche von sich, sie hatte Angst, jeden Augenblick könnte etwas Furchtbares geschehen, dass der Boden nachgab oder sie in eine Mausefalle oder etwas anderes trat, doch nichts dergleichen passierte. Isabelle konnte sich ohne Probleme auf dem knarzenden Holzboden fortbewegen. Sie stand nun in der Mitte des Dachbodens, hockte sich vorsichtig hin und sah, dass es weder ein Schuhkarton noch irgendeine andere Schachtel war. Es handelte sich um ein Kästchen aus Holz. Sie hob es vorsichtig hoch. Schwer war es nicht, der Deckel ließ sich allerdings nicht öffnen. Es war verschlossen, und Isabelle war sich sicher, dass der vierte, der kleine Schlüssel passen würde. Sie spürte die Aufregung bis in die Fingerspitzen. Behutsam presste sie das Kästchen an sich, während sie zur Dachbodenöffnung zurückschlich. An der Treppe klemmte sie es sich unter den Arm und stieg rückwärts, sich nur mit der anderen Hand festhaltend, Stufe um Stufe hinunter. Ganz sachte stellte sie das Fundstück auf den Stuhl und lief zur Tür, um die Schlüssel zu holen.

„Wie viel Aufregung am Tag verträgt der Mensch eigentlich?“, versuchte sie, sich mit Selbstgesprächen zu beruhigen. „Keine Sorge, ich habe den Schlüssel, ich habe gefunden, wonach ich suchen sollte. Nun muss ich es nur noch öffnen und hineinsehen. Regine, ich lüfte jetzt dein Geheimnis.“

Sie saß vor dem Stuhl auf dem Fußboden neben der Leiter und schob mit bangem Gefühl den Schlüssel ins Schloss, drehte ihn um und klappte den Deckel auf. Es fanden sich alte Briefe darin. Insgesamt drei kleine Bündel, sorgfältig mit einer dünnen Schnur zusammengebunden und mit einer Schleife befestigt. In jeden dieser Briefstapel war ein handgeschriebener Notizzettel geschoben. *Bruno, Tony, Mathilde* las Isabelle und lehnte sich erschöpft zur Seite. Sie war sich ziemlich sicher, dass es sich bei Bruno um Pauls Großonkel und bei Mathilde um ihre Mutter handelte. Und Tony? Ganz offensichtlich war er kein Haustier gewesen, aber in der Ahnengalerie der Gelloncourts war er auch nicht aufgetaucht. Sein Bündel war mit nur zwei Briefen das dünnste. Isabelle beschloss, diese zuerst zu öffnen. Sie waren zugeklebt, auf beiden Umschlägen war handschriftlich *Tony* zu lesen. Vielleicht war Tony ja ihr Großvater.

Tony – Erster Brief

Gelloncourt im September 1972

Geliebter Tony,
dein Schicksal zerreißt mir das Herz. Ich habe den Tag deiner Geburt gleichermaßen herbeigesehnt und gefürchtet. Es war von Anfang an klar, dass es nicht leicht werden würde. Ich bin noch sehr jung und musste bereits viele Entscheidungen treffen. Bis zuletzt habe ich auf das Beste für dich gehofft, obwohl ich keine Vorstellung davon habe, was das Beste für dich überhaupt gewesen wäre. Ich weiß

es nicht einmal für mich. Du hättest bestimmt ein gutes Zuhause bekommen, doch nun ist alles anders, und das Schicksal hat diesen Weg für dich vorgesehen.

Ich vermisse dich ganz schrecklich und werde nicht vergessen, wie ich dich in meinen Armen gehalten habe. Ganz friedlich hast du dagelegen, als würdest du schlafen. Nur wer genau hinschaute, konnte sehen, dass du nicht atmetest. Du sahst so wunderschön aus, und ich wollte dich gar nicht aus dem Arm geben. Ich hatte dir ein Taufkleid genäht. Dein Vater hat dich darin eingewickelt, damit du dich nicht fürchtest. Alles ging so schnell, und ich hatte nicht viel Zeit, mich von dir zu verabschieden. Deshalb schreibe ich dir diesen Brief. Ich denke immer an dich, und vielleicht tröstet uns beide der Gedanke, dass es besser so gewesen sein könnte. Um deine Schwester musst du dir keine Sorgen machen, es geht ihr gut.

Deine Mama

Tony – Zweiter Brief

Gelloncourt im Oktober 1972

Mein Sohn,

ich schreibe dir diesen Brief, obwohl ich nicht weiß, ob und wie er dich erreichen soll. Ich schreibe dir, weil mich deine Mutter darum gebeten hat. Deine Mama ist ein guter Mensch. Sie ist jung, lebhaft und klug, vermag immer das Richtige zu tun. Ich liebe sie sehr, und deshalb werde ich ihr diesen Wunsch erfüllen.

Ich vermisse dich. Die Zeit mit dir war viel zu kurz. Ich bin unfassbar traurig und sehne mich danach, dich in den

Arm zu nehmen. Der Gedanke, dich nicht aufwachsen zu sehen, schmerzt mich sehr. Ich bin unglücklich, und ich schäme mich, dass alles so gekommen ist. Ich wäre so gern ein guter Vater gewesen. Ich habe davon geträumt, dir das Reiten, Jagen und Klavierspielen beizubringen. Doch die Wahrheit sieht anders aus. Ich habe versagt, ich konnte meine kleine Familie nicht versorgen und beschützen. Ich hoffe inständig, dass deine unschuldige Seele Frieden findet.
In Liebe
dein Papa

Isabelle war fassungslos. Ein Kind! Erneut las sie die Briefe, und ihr standen Tränen des Mitgefühls in den Augen. Der Stein da draußen war wirklich für einen kleinen Menschen namens Tony. Ein Baby, das in sein Taufkleid eingewickelt worden war. Handelte es sich nur um einen Gedenkstein, oder wurde das Kind tatsächlich dort beerdigt? Sie fror bei dem Gedanken daran. *Wie alt die Briefe sind, über vierzig Jahre, geschrieben in Gelloncourt. O mein Gott, ob es noch Überreste des Leichnams in der Erde gab?* Ein eiskalter Schauer lief ihr den Rücken hinunter, und Isabelle musste aufstehen, sich bewegen. Sie konnte nicht weiterlesen, musste sich beschäftigen, etwas tun, das sie auch körperlich beanspruchte und den vielen Gedanken in ihrem Kopf genügend Raum gab. Vorsichtig legte sie die Briefe zurück und machte da weiter, wo sie zuvor abrupt aufgehört hatte. Sie räumte mit zitternden Händen und weichen Knien die Wäsche von Regine in die dafür gekauften großen, blauen Plastiksäcke. Isabelle klappte die Leiter wieder nach oben und setzte sich mit den Schreiben und der Kiste an den Tisch. Noch einmal las sie die beiden Briefe an Tony, unterschrieben waren sie mit *Mama* und *Papa*, keine Namen, doch für Isabelle war längst klar, dass nur Regine als Mutter infrage kommen konnte. Nun gab es zwei weitere Bündel, und Isabelle überlegte, welches sie zuerst öffnen sollte. Mathilde oder Bruno? Sie zögerte, dann nahm sie das Bündel ihrer Mutter.

Mathilde – Erster Brief

Gelloncourt im September 1972

Meine liebe Tochter,
ich hoffe so sehr, dass es dir gut geht, wo immer du jetzt auch bist. Ich weiß, dass du diesen Brief niemals erhalten wirst. Ich schreibe ihn für mich. Ich versuche, meinen Schmerz in Worte zu fassen, damit ich nicht wahnsinnig werde. Du fehlst mir so sehr. Ich kann nicht schlafen, und ich weine die ganze Zeit, weil ich glaube, dich schreien zu hören. Meine Brüste schmerzen, sie sind ganz prall, und du bist nicht da. Ich verachte mich, denn ich habe dich verraten. Ich habe gleich zwei wunderbare Geschenke an einem Tag bekommen – und wieder verloren. Das macht mich so unsagbar traurig. Die Ungewissheit bringt mich fast um.
Ich habe mich geirrt, als ich gedacht habe, dass wir zusammenbleiben und eine Familie sein können. Familie ist eben nicht gleich Familie, und sich gegen deinen Großvater durchzusetzen, ist eine Unmöglichkeit. Mathilde, es gibt so vieles, was ich dir noch sagen will und nicht kann.

Ich habe deshalb beschlossen, dir regelmäßig Briefe zu schreiben. Ich hoffe inständig, dass jemand da ist und dich tröstet, wenn du weinst, und der dich wiegt, damit du schlafen kannst.
Mama

Mathilde – Zweiter Brief

Gelloncourt im November 1972

Liebe Mathilde,
ich hoffe, dort, wo du bist, kümmert sich jemand liebevoll um dich. Hier bei mir ist es kalt, nicht nur das Wetter, auch die Menschen. Dein Großvater beachtet mich nicht mehr, für ihn ist die Angelegenheit vom Tisch, als hätte es dich niemals gegeben.
Alle behandeln mich mit Verachtung und verlangen, dass ich umgehend wieder in den Alltag finde und meine Arbeit erledige. Sie haben beschlossen, dass ich genug Zeit hatte, traurig zu sein, und verlangen, dass ich mit einem Lächeln durch ihr großes kaltes Haus gehe. Ich versuche, zu funktionieren, aber es klappt nicht gut. Es ist alles so furchtbar, und ich weiß nicht, ob ich einen Fehler gemacht habe. Seit Tagen bemühe ich mich, mit deinem Vater darüber zu sprechen. Doch ich habe das Gefühl, dass er mir aus dem Weg geht. Es ist, als habe sich die ganze Welt gegen uns verschworen.
Deine Mama

Mathilde – Dritter Brief

Gelloncourt im Januar 1973

Liebe Mathilde,
ich habe heute erfahren, dass du nun ein richtiges neues Zuhause bekommst. Ich freue mich so für dich. Nun hast du es hoffentlich geschafft, und ich fühle, dass ich trotz aller Leiden das Richtige getan habe. Ich vermisse dich immer noch ganz schrecklich. Dieses Gefühl ist furchtbar. Ich bin längst nicht mehr dieselbe, und ich glaube, diese Traurigkeit wird mich mein Leben lang nicht mehr loslassen. Aber die gute Nachricht hilft mir, all dies zu ertragen. Ich hoffe, du lebst dich gut ein bei deiner neuen Mama und deinem neuen Papa. Ich schicke dir all meine guten Wünsche nach Frankfurt.
Deine Regine

Isabelle ließ das Papier sinken. *Das stimmt doch hinten und vorne nicht. Mama hat ihre ganze Kindheit im Waisenhaus in Köln verbracht, sie wurde nicht adoptiert. Sie hätte mir mit Sicherheit erzählt, wenn sie in einer Pflegefamilie gewesen wäre, noch dazu in Frankfurt.* Sie sah die weiteren Briefe durch. Zum Großteil waren es Klappkarten, bunte Grüße zum Geburtstag, für jedes Jahr eine Karte, aufeinanderfolgend sortiert bis zum Fünfundzwanzigsten. Alle datiert auf den achtzehnten September, den Geburtstag ihrer Mutter. Dann folgte ein letzter Brief.

Mathilde – Letzter Brief

Gelloncourt im August 1998

Liebe Mathilde,
heute hat dein Vater die Augen geschlossen und ist für immer von uns gegangen. Wir haben es kommen sehen in den letzten Tagen, und ich hatte schreckliche Angst vor diesem Moment. Ich konnte mir keine Vorstellung davon machen, wie es ist, ohne ihn weiterzuleben. Ich habe ihn mein ganzes Leben lang abgöttisch geliebt, in jeder noch so schweren Zeit auf ihn vertraut und zu ihm gehalten.
Aber heute habe ich gelernt, dass uns selbst die Menschen, die wir am meisten lieben, furchtbare Dinge antun. Auch dein Vater hat Furchtbares getan. Auf dem Sterbebett hat er mir die Lüge seines Lebens gestanden. Ich war der Ohnmacht nahe und dann so zornig auf ihn. Als er mich anblickte, bevor er starb, sah er in ein Gesicht voller Abscheu. Ich weiß, das war grausam, aber wie konnte ich ihm denn verzeihen? Wie sollst du uns jemals verzeihen?
Noch immer lodert in mir diese unbändige Wut, nicht nur auf ihn, sondern auch auf mich und meine kindliche Leichtgläubigkeit. Meine liebe Mathilde, es tut mir so leid, was ich getan habe und dass ich mich so leicht habe beruhigen lassen, dass ich die Täuschung so wohlwollend hingenommen habe.
Die Vorstellung, dich in einer liebevollen Familie aufwachsen zu sehen, war einfach zu wunderbar. Ich schäme mich, ich werde mir das niemals verzeihen können, an Wiedergutmachung wage ich gar nicht zu denken.

Mein liebes Kind, ich werde eine angemessene Zeit der Trauer um deinen Vater verstreichen lassen, dann werde ich Monsieur Lemaire aufsuchen und ihn um Rat bitten.
In tiefer Bestürzung
Regine

Die Betroffenheit stand Isabelle ins Gesicht geschrieben. Kreidebleich und mit zittrigen Fingern sortierte sie die Briefe und Karten zu einem ordentlichen Stapel, schob ihn von sich und schüttelte ungläubig den Kopf. Sie musste aufstehen, herumlaufen, sich die Haare raufen. Wie konnte das alles denn wahr sein? War es wirklich möglich? Und wer war nun der Vater von Mathilde und Tony? Bruno? Ist es Bruno Gelloncourt, der ungeliebte Sohn von Gustav? Isabelle erinnerte sich an das Bild in der Ahnengalerie, weit weg von allen anderen hing das Gemälde des Mannes mit den roten Wangen und den traurigen Augen. Sie hielt inne, schon längst ahnte sie es und sah argwöhnisch auf das dritte Bündel. Es war viel dicker als die anderen beiden. Welche schrecklichen Geheimnisse würden noch zutage kommen?

Kapitel 11
Bruno

Bruno – Erster Brief

Gelloncourt im August 1971

Teure Regine,
verzeih mir mein forsches Handeln, doch ich weiß weder ein noch aus. Es ziemt sich nicht für einen Mann wie mich, sich dergestalt an dich zu wenden. Aber wie soll ich verbergen, was ich fühle, wenn ein Fünkchen Hoffnung besteht, dich könnte dieses Glück ebenso ergreifen?
Nach langem Zögern schicke ich dir das Gedicht eines anderen. So sind es Brentanos Worte, die du liest, doch ich hoffe, du verstehst die meinen.

Die Liebe lehrt
Mich lieblich reden,
Da Lieblichkeit
Mich lieben lehrte.
Arm bin ich nicht
In deinen Armen,
Umarmst du mich
Du süße Armut.

Wie reich bin ich
In deinem Reiche,

Der Liebe Reichtum
Reichst du mir.
O Lieblichkeit!
O reiche Armut!
Umarme mich
In Liebesarmen.

Ergebenst
B.

Im folgenden Umschlag fand Isabelle eine Ansammlung verschiedenster Zettel mit weiteren Gedichten, teils abgerissen, teils so klein, dass nur wenige kleingeschriebene Zeilen darauf Platz fanden. Alle waren Liebesbekundungen, Belege für Brunos Werben, sein Bemühen, Regines Gunst zu erlangen. Isabelle zog ihr Handy aus der Hosentasche und öffnete das Foto mit der Ahnentafel, das sie am Morgen in der Résidence gemacht hatte. Bruno war neunzehnhundertfünfzig geboren worden. Schnell suchte sie sich Stift und Zettel, kritzelte ein paar Kästchen darauf und schrieb die Namen hinein. Bruno, Regine, Mathilde, Tony und sich selbst. Sie erstellte eine eigene Tafel. Übertrug Brunos Geburts- und Todesdaten, trug Regines Daten ein, den Geburtstag ihrer Mutter, zog ein paar Verbindungslinien, las noch einmal die Briefe an Tony und stellte plötzlich in matter Überraschung fest: „Zwillinge. Du liebe Zeit, dann wäre Tony ja mein Onkel gewesen!"

Isabelle konnte kaum atmen. Sie bekam eine Panikattacke. Sie lief zur Tür, doch die war verschlossen.

„Der Schlüssel, der Schlüssel!“, quietschte sie, lief zurück, holte ihn vom Tisch, versuchte, sich zu beruhigen, damit sie aufschließen konnte. Als sich die Tür endlich öffnen ließ, sprang Isabelle erleichtert aus dem Haus, rang heftig atmend nach Luft und begann, bitterlich zu weinen. Es war einfach alles zu viel.

Wie ein Tiger lief sie zwischen Haus- und Gartentür hin und her. Sie wollte weder im Haus noch im Garten sein, rannte hinaus auf die Wiese vor dem Zaun. Endlich beruhigte sie sich und kam wieder zu sich. Die Temperaturen hatten sich bereits abgekühlt, der Tag neigte sich dem Ende. Isabelle hatte jegliches Zeitgefühl verloren, jetzt fror sie hier draußen, spürte Hunger und Durst, doch es kostete sie große Überwindung, zurückzukehren. Der plötzliche Gedanke an Sophie gab ihr den notwendigen Impuls. Wie eine Gejagte sah sie sich um, prüfte die Umgebung und ging hinein. Bevor sie weitermachen konnte, musste Isabelle etwas Essbares zu sich nehmen. Das wird mich ablenken und beruhigen, dachte sie, und es half tatsächlich. Im Nachgang schaltete sie das Licht an und schrieb eine Notiz neben Regines und Brunos Kasten. Regine war damals erst fünfzehn Jahre gewesen, Bruno einundzwanzig.

Bruno – Zweiter Brief

Gelloncourt im März 1972

Regine,
ich liebe dich mehr als je zuvor. Ich kann meiner Freude kaum Ausdruck verleihen, unser Glück kaum fassen. Dich als meine Frau an meiner Seite zu wissen, eine Familie zu sein, ist jenseits von allem, was ich mir je erträumt habe. Ich bin dir so unglaublich dankbar, dass du meine Gefühle erwiderst und mir dein Vertrauen schenkst.

Noch heute werde ich mit meinem Vater sprechen, ihm die frohe Botschaft verkünden und um seinen Beistand bitten. Ich bin mir sicher, dass er nichts gegen unsere Verbindung einwenden wird. Sein Posten in Metz ist längst gefestigt, er hat den Erfolg der Region in den letzten zehn Jahren maßgeblich beeinflusst. Seine Aktivitäten sind inzwischen hauptsächlich verwaltender Natur. Er ist politisch anerkannt und seines Amtes sicher. Auch die Geschäfte und Beziehungen, die er in Metz und Nancy pflegt, werden unserer Verbindung nicht im Wege stehen. Den Rest Frankreichs kümmert unsere Liebe nicht. Regine, wir leben den Fortschritt, das ist großartig, und die Heirat könnte mit dem Segen meines Vaters schon in zwei Monaten stattfinden.

Berauscht und zuversichtlich
dein Bruno

Bruno – Dritter Brief

Le Mans im Mai 1972

Chère Regine,
ich sehne mich von Tag zu Tag mehr nach dir. Jeden Morgen wache ich auf, vermisse dich, und mein einziger Ansporn, die Geschäfte hier baldmöglichst erfolgreich abzuschließen, ist die Hoffnung darauf, dich schnell wieder in die Arme zu schließen.
Ich hoffe inständig, dass es dir und unserem Kind gut geht. Sobald ich wieder in Gelloncourt bin, werde ich erneut mit meinem Vater sprechen. Ich bin davon überzeugt, dass er ein Einsehen haben wird. Im Grunde seines Herzens ist er ein guter Mensch, und er weiß doch am besten, wie sehr der Verlust eines geliebten Menschen schmerzt.
Hoffnungsvoll
dein Bruno

Bruno – Vierter Brief

Nantes im Juni 1972

Geliebte Regine,
wie konnte ich mich nur so in meinem Vater täuschen? Er ist grausam und verbittert. Dass er mich fernhält, um mich zu quälen, unser Glück verurteilt und unsere Verbindung niemals zulassen werde, all dies hat er mir im Zorn gesagt, als wir uns in Le Mans trafen. Wenn ich nur daran denke, wie er Albert und Sophie unterstützt, wie

vernarrt er in die kleine Adeline ist. Und wir? Noch immer gibt dieser Narr mir die Schuld an Mamas Tod. Als ließe sich daran etwas ändern.
Doch als er mir all die schlimmen Dinge sagte, sah ich ihn plötzlich mit anderen Augen. Alt und gebrechlich wirkte er mit einem Mal auf mich. Ich sah einen vom Hass gezeichneten, gequälten Geist. Meine Liebe, ich wage es kaum, aufzuschreiben, aber mit dir will ich meine niederträchtige Hoffnung teilen. Vielleicht wird uns die Zeit zu Hilfe eilen. Denn wir werden seinen Segen schon bald nicht mehr brauchen.
Ich komme heim, sobald hier alles seine Ordnung hat.
Sehnsüchtig
Bruno

Bruno – Fünfter Brief

Gelloncourt im August 1972

Verzeih mir, Regine. Ich habe von alledem nichts gewusst. Ich bitte dich inständig, sprich mit mir, lass mich dir helfen! Wir wollen gemeinsam eine Lösung finden.
Die Geburt ist nahe, und du hast Angst, bist verzweifelt. Das nutzen diese Bestien aus, um dich unter Druck zu setzen. Doch glaube mir, das gehört zu ihren Machtspielchen. Mein Vater und Albert können gar nichts gegen unsere kleine Familie ausrichten, wenn wir nur zusammenhalten.
Als Beweis für mein Vertrauen in dich und nicht zuletzt als finanzielle Unterstützung, falls mir einmal etwas zu-

stoßen sollte, übergebe ich dir in diesem Tuch einen Teil des wertvollen Familiensilbers. Bewahre diesen Brief gut auf, er hat rechtlich Bestand. Es gehört nun dir.
Ich werde heute Abend wie gewohnt hinter den Stallungen auf dich warten.
Bruno

Bruno – Sechster Brief

Gelloncourt im September 1972

Liebe Regine,
ich bin zutiefst betrübt über die jüngsten Geschehnisse, doch du sollst wissen, dass ich keinen Groll hege. Es sind die Umstände, die dich dazu gezwungen haben, Umstände, an denen ich nicht unschuldig bin. Bitte glaube mir, ich liebe dich noch immer, ich möchte zu jeder Stunde bei dir sein. Ich möchte dich in meine Arme schließen, deinen Bauch berühren und unser Kind spüren. Es bricht mir das Herz, wenn ich mir vorstelle, dass unsere Träume nicht in Erfüllung gehen sollen. Regine, du musst das nicht tun. Aber ich werde deine Entscheidung akzeptieren. Mein einziger Trost ist, wenigstens dich weiterhin in meiner Nähe zu wissen. Ich werde dir beim Umzug helfen und dich jeden Tag besuchen. Auch nach der Geburt können wir zusammen sein, wenn du es mir erlaubst. Ich brauche weder die Einwilligung meiner Familie noch eine Heiratsurkunde.
Bewahre diesen Brief ebenfalls auf und nimm die beiden Leuchter zu dem anderen Silber. Sie sind mein Geschenk an dich, frei von jeder Bedingung, und werden dich finan-

ziell absichern. Zumindest dagegen können Albert und mein Vater nicht angehen.
Auf ewig dein
Bruno

Isabelle konnte nicht mehr. Sie war sowohl geistig als auch körperlich erschöpft. Das Lesen dieser Briefe hatte ihre ganze Kraft gefordert. Nur kurz wollte sie sich hinlegen und für einen Moment ausruhen, doch die Kraftlosigkeit zog sie in einen tiefen, traumlosen Schlaf.

Kapitel 12
Pauls Geständnis

Isabelle hatte lange geschlafen, sie fühlte sich erholt, aber Lust, aufzustehen, verspürte sie nicht. Sie trug nach wie vor die Kleidung vom Vortag, lag im Bett und starrte an die Decke. Sie konnte einfach nicht glauben, was sie gelesen hatte. Wenn das alles stimmte, und davon musste sie zurzeit ausgehen, gehörten ihre Mutter und sie selbst ebenfalls zur Familie Gelloncourt de Lorraine, und das war das Geheimnis, das herauszufinden ihre Aufgabe gewesen war. Wer wusste, was da alles mit dranhing und was noch alles ans Tageslicht kam, wenn sie allen anderen Beteiligten über die Neuigkeiten in Kenntnis setzte? *Wahrscheinlich ist das gar nicht so einfach. Das sollte ich wohl Antoine überlassen, aber Paul möchte ich es selbst erzählen. Der wird Augen machen, so groß wie Unterteller. Und Sophie erst! Ihr Mann Albert war an der ganzen Angelegenheit beteiligt. Dann muss doch auch Sophie etwas wissen. Ist sie deshalb so ablehnend? Hat sie vielleicht Angst, dass wir Anspruch auf Teilhabe erheben könnten? Das wäre unfassbar, aber nicht unmöglich. Sie hat mir ernsthaft mit dem Gewehr gedroht. Ob ich das Paul überhaupt erzählen kann? Der wird mir das niemals glauben. Ich muss mit Antoine reden, aber nicht am Telefon, dafür muss ich zu ihm nach Metz in die Kanzlei fahren.*

Langsam und schwerfällig stieg sie aus dem Bett. Dabei erinnerte sie sich an den Abend mit Paul, als er ihr die Quiche Lorraine mitgebracht und sie darüber nachgedacht hatte, ihn zu küssen. *Schade!* Nun war sie enttäuscht, dass die Realität ihrer Fantasie ein jähes Ende setzte. Irgendetwas ist ja immer mit den Männern, schlimmstenfalls gehören sie zur Familie, versuchte Isabelle, die gänzlich neue Situation mit Humor zu bewältigen, aber es gelang ihr nur schwer. Der plötzliche Wandel ihrer Beziehung zu Paul machte sie traurig, und sie empfand es alles andere als fair. *Da bin ich das erste Mal in meinem Leben allein in einem fremden Land, treffe auf einen gut aussehenden Mann, den ich nach anfänglichen Schwierigkeiten sehr mag und der mich offenbar auch mag, und dann wendet sich das Blatt auf so kuriose Art und Weise.* Sie fühlte sich einerseits von jetzt auf gleich ihrer Möglichkeiten beraubt, andererseits öffneten sich an anderer Stelle ganz neue. Ob Paul den Familienzuwachs auf die leichte Schulter nahm, oder ob er böse auf sie werden würde? Sie konnte ja so oder so nichts dafür, und welche Auswirkungen diese Erkenntnisse mit sich brachten, wusste sie selbst nicht. Isabelle war unschlüssig. Sollte sie nun zuerst mit Paul oder zuerst mit Antoine sprechen?

Etwas später klopfte es an die Haustür. Paul stand da, wie auf Bestellung.

„O, guten Tag“, begrüßte sie ihn und unterdrückte ein Gähnen. „Ich habe schon den ganzen Morgen an dich gedacht. Komm rein, ich habe etwas Unglaubliches herausgefunden“, forderte sie ihren Besucher auf und hatte in diesem Moment entschieden, dass sie ihn schnellstmöglich ins Vertrauen ziehen wollte.

„Warte, Isabelle, ich muss dir vorher etwas sagen." Paul machte sein ernstes Gesicht und sah sie eindringlich an.

Sie standen in der offenen Tür, und Isabelle hielt noch immer die Klinke in der Hand. Ein ungutes Gefühl beschlich sie. Schon wieder, innerhalb kürzester Zeit.

„Ist etwas passiert?", fragte sie besorgt und trat dichter an Paul heran.

„Ja, ich denke schon", antwortete er leise, „mir fehlen nur die Worte, es dir zu sagen."

Dieses Herumdrucksen steigerte ihre Anspannung. Welche Hiobsbotschaft brachte er mit? „Was denn sagen?", fragte Isabelle eindringlich bittend und sah Paul mit ehrlichem Blick an. Komm schon, raus damit, drängte sie ihn in Gedanken, und die Sekunden fühlten sich, eine nach der anderen, wie eine kleine Ewigkeit an.

Dann tat er etwas, mit dem Isabelle nicht rechnete. Er hob die Hand, streichelte sanft ihre Wange, schob ein paar Haarsträhnen zur Seite und küsste sie zart auf den Mund. Isabelles Atem stockte. Alle Gedanken, die sie eben noch im Kopf gehabt hatte, waren wie weggeblasen. Das war es, was wie wollte. Sein Kuss fühlte sich so unglaublich gut an. Im ganzen Körper spürte sie plötzlich dieses heftige Verlangen nach seinen Berührungen. Pauls Lippen schmeckten nach mehr, sie wollte sich an ihn schmiegen, die Arme um ihn legen. Glückselig und leidenschaftlich erwiderte sie seinen Kuss für einen Augenblick, dann überkam sie die blanke Panik. Sie war entsetzt über sich selbst und ihre Gefühle. Mit einer ruckartigen Bewegung löste sie sich von ihm, mit schreckgeweiteten Augen sah Isabelle in Pauls irritiertes Gesicht. Sie beide durften sich gar nicht küssen, jetzt, wo sie wussten, dass sie eine Familie waren. Zumindest wusste es Isabelle, der arme Paul hatte ja keine Ahnung und konnte gar nicht beurteilen, was er da getan hatte.

Er konnte mit ihrer unerwarteten Reaktion augenscheinlich gar nichts anfangen. „Habe ich etwas falsch gemacht?", wollte er betroffen wissen.

Dass sie ihn mit ihrem Verhalten vollkommen verunsichert hatte, ließ sich nicht verbergen. Doch Isabelle sah sich außerstande, jetzt eine vernünftige Erklärung abzugeben. Sie selbst musste erst einmal damit zurechtkommen, was da gerade mit ihr passiert war. Dass es falsch war, obwohl es sich so richtig angefühlt hatte. Mit einer heftigen Bewegung stieß sie ihn von sich, die Tränen schossen ihr in die Augen, und sie rang nach Luft.

„Das können wir nicht tun!", rief sie.

Paul kam nicht mit. „Ich verstehe nicht, was meinst du?", versuchte er es erneut und wollte beruhigend seine Hand auf Isabelles Schulter legen. „Was ist geschehen? Es tut mir leid, wenn ich dir zu nahe getreten bin."

Sie wich wie ein ängstliches Tier zurück. „Du musst gehen!", forderte sie weinend.

„Isabelle, was ist los? Können wir nicht darüb...?", begann er.

„Geh!", fiel sie ihm ins Wort und verlieh ihrer Forderung Nachdruck, indem sie ihn von sich schob.

Langsam wich Paul zurück, stieg über die Eingangsstufe. Noch einmal bat er: „Isabelle ...“ In diesem Augenblick schlug sie ihm bereits die Tür vor der Nase zu und drehte den Schlüssel herum. Für einen langen Moment herrschte Schweigen auf beiden Seiten. „Isabelle, bitte, wir sind doch erwachsen. Lass uns reden, ich wollte dich nicht verletzen.“

Sie stand mit dem Rücken an die Tür gelehnt und hörte seine gedämpfte Stimme durch das Holz. „Das weiß ich“, flüsterte sie und wischte sich eine Träne von der Wange. Ihre Gedanken überschlugen sich, und die Gefühle waren das reinste Chaos. Sie mochte ihn, definitiv, und zwar wesentlich mehr, als in Ordnung war. Dieser kurze Augenblick, dieser Kuss hatte ihr endgültig die Augen geöffnet, wie sehr sie diesen Mann begehrte, und ein ungeheures Verlangen entfesselt. Ein unerlaubtes Verlangen. Obwohl Isabelle in diesem Moment von grenzenlosem Glück erfüllt gewesen war, durften sich keine weiteren Zärtlichkeiten zwischen ihnen beiden abspielen. Was sollte sie nur tun? Ähnlich hatte sie vorher noch für keinen Mann gefühlt, und nun musste sie dieses gewaltige, unglaubliche Gefühl zurückdrängen, bekämpfen und wusste nicht, woher sie die Kraft dazu nehmen sollte.

Ihre Brust bebte, es tat weh und brannte wie Feuer. *Fühlt sich richtiger Liebeskummer etwa so an? Ich werde mich dir erklären, Paul. Ganz bestimmt, aber nicht jetzt. Ich kann es im Moment einfach nicht. Es tut gerade so furchtbar weh.* Mit geschlossenen Augen lehnte sie an der Tür und ließ stumm ihren Tränen freien Lauf.

„Du hast ja recht, Isabelle. Ich hätte dich nicht so überfallen dürfen. Es tut mir leid“, drang seine Stimme traurig durch die Tür. Er war noch da. Minutenlanges Schweigen folgte.

Isabelle lauschte an der Tür. War er nach wie vor da draußen und wartete auf sie? Sie hatte ihr Zeitgefühl vollkommen verloren. „Paul?“, fragte sie. Sie hatte ihre Wange gegen die Tür gelehnt.

„Ja?“, kam sofort die leise Antwort.

Sie war trotz allem erleichtert, seine Stimme zu hören. „Du musst jetzt gehen. Können wir später reden, bitte?“, bat sie mit matter Stimme. Ihre Lippen zitterten.

„Okay“, erwiderte er, und obwohl er tat, worum sie ihn gebeten hatte, brachen die Tränen erneut, heftiger als zuvor, aus ihr heraus. Sie sank auf den Boden, schlang die Arme um die Knie und schluchzte heftig. Lange Zeit saß sie dort, Isabelle fand keine Kraft, aufzustehen. Sie fühlte sich so verloren, und das Wissen um die Geschehnisse in der Vergangenheit war eine Last, von der sie keine Ahnung hatte, wie sie jemals zu tragen war. *Was ist das nur für eine Familie, in der solche schrecklichen Dinge geschehen? Was genau sollte Regine unterschreiben, und hat sie es überhaupt getan? Was passierte in Wahrheit mit meiner Mutter?* Isabelle gab sich Mühe, sich zu beruhigen, suchte sich einen Punkt und atmete.

Erst eine Stunde später konnte sie aufstehen, bewegte ihre Gliedmaßen und versuchte, mit einer vertrauten Tätigkeit in die Normalität zurückzugelangen. Sie kochte sich einen Kaffee. Es funktionierte tatsächlich. Nach und nach fanden Isabelles Gedanken wieder zur alten Ordnung. Schnell stand für sie fest, dass sie mit Antoine sprechen musste, bevor sie ihr Wissen mit irgendjemandem teilte. In ihrer Handtasche suchte sie nach der Visitenkarte mit seiner Telefonnummer, um ihn gleich anzurufen. Sein Rat war für sie unverzichtbar, da war sie sich sicher. Aber ein Telefonat schien ihr nicht der geeignete Weg zu sein. Dieses Gespräch wollte Isabelle von Angesicht zu Angesicht mit ihm führen. Er würde ihr aufgewühltes Gemüt mit seiner ruhigen und gesetzten Art mit Sicherheit beschwichtigen können. Während sie dieses delikate Gespräch führen würden, würde es für Isabelle außerdem von Vorteil sein, wenn ihr seine Mimik nicht verborgen blieb. Würde der Anwalt nun, da sie das Familiengeheimnis gelüftet hatte, offen mit ihr sprechen können und die ganze Heimlichtuerei erklären? Was kam auf sie und ihre Mutter zu, familiär gesehen? Wie sollte es jetzt weitergehen? Hatten Albert und Sophie etwa die ganze Zeit von alledem gewusst?

Sophie! Auf Isabelles Unterarm bildete sich sofort eine Gänsehaut, und die feinen Härchen standen kerzengerade. Hatte Antoine überhaupt eine Ahnung, wie gefährlich Sophie in Wirklichkeit war? Er hatte gesagt, dass keine Gefahr von den Herrschaften ausginge. Dass es die Familie gewohnt sei, alles auf juristischem Wege zu klären. Dass Isabelle ganz andere Erfahrungen mit dieser kleinen, garstigen Person gemacht hatte, würde sie ihm nicht vorenthalten. Sie rief Didier an. Ihre Bitte, sie abzuholen und ein Treffen mit Antoine Lemaire zu arrangieren, nahm er gern entgegen und versprach, in spätestens einer halben Stunde bei ihr zu sein. Zumindest ein wenig beruhigter legte Isabelle auf. Die Kiste mit den Briefen hielt sie auf dem Schoß, während sie nervös am Tisch in der

Küche saß und darauf wartete, dass der Wagen endlich vorfuhr und sie nach Metz brachte.

„Isabelle, ich freue mich, Sie so schnell wiederzusehen“, begrüßte Antoine sie herzlich und küsste sie auf beide Wangen. „Wie ich sehe, hatten Sie Erfolg und sind fündig geworden. Gratulation!“ Er deutete auf die Holzkiste unter ihrem Arm.

„Hallo, Antoine“, erwiderte Isabelle bedrückt und in höflicher Zurückhaltung.

„Kommen Sie mit in mein Arbeitszimmer, Isabelle. Sie kennen sich ja schon aus. Dort drüben ist es am gemütlichsten, da werden Sie mir zustimmen, n'est-ce pas?“ Sie folgte ihm, und beide nahmen wie gewohnt auf den Sesseln Platz. „Ich sehe Ihnen die Ungeduld an, mein Kind, und ich gehe davon aus, dass Sie einige Fragen an mich haben. Bitte sehr, immer heraus damit“, übergab er ihr in seiner sanftmütigen Art und Weise das Wort.

„Antoine, ich weiß nicht so recht, wie ich anfangen soll. Bin ich tatsächlich die Enkelin von diesem Bruno Gelloncourt de Lorraine?“

Der Anwalt sah erleichtert aus, als er ihr antwortete. „Ja, das sind Sie.“

„Ohne jeden Zweifel?“, hakte Isabelle mit schwacher Stimme nach.

„Ohne jeden Zweifel“, bestätigte Antoine stolz. Sie sah schweigend auf den Fußboden. Dass sie betrübt über diese Bestätigung war, konnte sie nicht verbergen. „Isabelle, wenn ich ehrlich bin, habe ich schon mit etwas mehr Begeisterung auf Ihrer Seite gerechnet, immerhin gehören Sie jetzt zum französischen

Adel. Haben Sie Ihre Mutter schon informiert?" Isabelle blickte weiterhin nach unten und schüttelte leicht den Kopf. „Mademoiselle, jetzt mache ich mir Sorgen, ist etwas geschehen? Ist es der Inhalt der Briefe, der Sie bedrückt?"

Sie nickte. „Ja, zumindest teilweise."

„Sprechen Sie offen, Isabelle. Alles bleibt unter uns", bat Antoine und lehnte sich zurück.

Isabelle nahm sich einen Moment, um sich zu sammeln, dann begann sie. „Ich weiß gar nicht, was ich darüber denke. Freude fühlt sich anders an. Ich habe in den letzten Stunden sehr, sehr viele traurige Dinge erfahren. Furchtbare Dinge. Sie sagen ja, es stimmt, dass meine Mutter und ich Teil dieser Familie sind, aber Sie können nicht abstreiten, dass es sich dabei um den unerwünschten, ungeliebten Teil handelt. Das ist einfach grausam. Von der eigenen Familie verstoßen zu werden, von den Anstrengungen zu erfahren, die unternommen wurden, um uns loszuwerden, ist viel schlimmer, als gar keine Familie zu haben. Alleinsein lässt sich leichter ertragen als Ablehnung." Sie sah aus dem Fenster und kaute nervös auf ihrer Unterlippe herum. „Regine und Bruno, die beiden, die ich hätte fragen können, sind tot. Albert und Sophie scheinen ja die Einzigen zu sein, die noch von den Kindern wissen, und haben bis heute geschwiegen. Sie haben mit Sicherheit ihre Gründe, und ich gestehe, dass ich Angst vor ihnen habe. Sophie hat mich gestern sogar bedroht, mit dem Jagdgewehr stand sie vor mir und sagte, ich solle mich vorsehen." Sie machte eine Pause und suchte nach ihrem Taschentuch. „Nein, ich freue mich keineswegs. Sehen Sie, ich weine schon wieder." Sie schnäuzte sich. „Und dann ist da noch Paul", fügte sie kleinlaut hinzu.

„Was ist mit Paul? Sind Sie meinem Rat gefolgt?"

Isabelle nickte. „Er ist nett. Wir verstehen uns richtig gut. Gestern hat er mich in die Résidence eingeladen und mir eine Privatführung gegeben."

Antoine wechselte seine Sitzposition und beugte sich zu Isabelle vor. „Aber das klingt doch großartig, kein Grund, traurig zu sein. Haben Sie ihm schon von den aktuellen Entwicklungen berichtet?"

„Sie meinen, dass wir beide verwandt sind?"

„Ja, ganz genau", bestätigte Antoine.

„Nein, ich habe es ihm nicht gesagt." Isabelle blickte auf und sah in das vertrauenswürdige Gesicht des Anwalts. „Er hat mich geküsst", erklärte sie traurig.

„Und das hat Ihnen nicht gefallen?", fragte er nach.

Isabelle rang mit sich, schließlich antwortete sie ehrlich. „Doch."

Antoine ließ das Gesagte eine Weile auf sich wirken, bevor er darauf einging. „Nun, wenn ich das richtig verstanden habe, empfinden Sie etwas für Paul und er wohl auch für Sie, sonst hätte er Sie wahrscheinlich nicht geküsst. Sie haben jedoch aufgrund des überraschend bestehenden verwandtschaftlichen Verhältnisses Sorgen und wollen diese Beziehung nicht weiter vertiefen?"

Isabelle tupfte sich die Tränen von der Wange. „So kann man das auch sagen, ja."

„Wissen Sie denn, um welchen Grad der familiären Zugehörigkeit es sich bei Paul handelt?", wollte Antoine nun wissen.

„Ich bin seine Cousine?“, erkundigte sie sich unsicher.

„Nein, das sind Sie nicht, Isabelle. Erlauben Sie mir einen kleinen Exkurs.“ Antoine lehnte sich wieder zurück und fing mit seinen Ausführungen an. „Da Bruno und Albert Brüder waren, sind sie jeweils der Onkel für die Kinder des anderen. Albert und seine Frau Sophie waren Eltern einer Tochter. Sie hieß Adeline und war somit die Nichte Brunos, Ihres Großvaters.“ Er machte eine kurze Pause. „Regine und Bruno bekamen ihrerseits die Kinder Tony und Mathilde, Ihre Mutter, für die nun Albert und Sophie Onkel und Tante waren beziehungsweise noch sind. Mathilde ist die Cousine von Adeline. Nun kommen Sie und Paul ins Spiel“, wieder machte der Anwalt eine Pause, womöglich, weil er sich vergewissern wollte, ob Isabelle ihm folgen konnte. Sie nickte deshalb kurz und bedeutete ihm so, mit seinen Erläuterungen fortzufahren. „Sie und Paul sind erst auf der nächsten Verwandtschaftsebene miteinander verbunden. Sie sind die Nichte zweiten Grades seiner Mutter Adeline, und Paul ist der Neffe zweiten Grades Ihrer Mutter Mathilde. Eine familiäre Verbindung zwischen Ihnen beiden ist demnach so weit entfernt, dass juristisch nichts gegen eine Liebesbeziehung einzuwenden ist.“

Isabelle starrte ihn mit großen Augen an und spürte, wie ihr die Röte ins Gesicht stieg.

„Mademoiselle Isabelle, ich wollte Sie mit meinen Erklärungen keineswegs in eine unangenehme Lage bringen“, nahm sich Antoine sofort zurück. „Selbstverständlich obliegt es mir nicht, über Ihre Gefühle zu urteilen oder ungefragt Ratschläge zu erteilen. Lassen wir es einfach so im Raum stehen. Sie wissen selbst am besten, ob und in welchem Umfang diese Informationen von Relevanz sind. Wir wollen das Thema wechseln." Er stand auf und öffnete das Fenster. Dann schob er die Tür seines Arbeitszimmers auf und fuhr einen kleinen Servierwagen hinein, auf dem bereits Wasser und Kanapees angerichtet waren. „Bitte bedienen Sie sich, ich bin gleich bei Ihnen", sagte der Anwalt und ging noch einmal hinaus.

Der Magen hing Isabelle bereits sprichwörtlich in den Kniekehlen. Sie ließ sich die kleinen Brote schmecken und trank ein großes Glas Wasser. Die Sommerluft in der Stadt unterschied sich sehr von der in Gelloncourt. Obwohl sich der Aufenthalt in den Räumen der Kanzlei angenehm gestaltete, war die Luft viel wärmer und fühlte sich trockener an. Ich muss darauf achten, mehr zu trinken, sagte sie sich und schenkte noch einmal nach.

„So, da bin ich wieder. Ich habe uns etwas für den Kreislauf mitgebracht." Antoine stellte zwei kleine Gläser und eine Flasche auf das Wägelchen, schloss Tür und Fenster und setzte sich wieder auf seinen Sessel. „Mirabelle, die goldene Frucht aus Lothringen", sagte er stolz und goss die kleinen Gläser voll. „A vôtre santé, Isabelle, zum Wohl."

Sie stießen klirrend die Gläser zusammen. Bevor sie trank, roch Isabelle vorsichtig daran. Das angenehm fruchtige Aroma regte ihren Geschmackssinn an, und sie leerte das Glas in einem Schluck, kniff dann jedoch die Augen zusammen und atmete vorsichtig durch die gespitzten Lippen aus. Der Schnaps brannte heftiger als erwartet nach.

„Vorzüglich, nicht wahr?“, meinte Antoine mit einem spitzbübischen Grinsen, das Isabelle noch nie bei ihm gesehen hatte. „Es gibt da etwas, was ich mit Ihnen besprechen muss. Nun wird es allerdings um einiges einfacher, denn ich muss nicht wie die Katze um den heißen Brei schleichen.“ Sie spürte, wie der Alkohol bereits seine Wirkung zeigte, lehnte sich zum ersten Mal an diesem Tag entspannt zurück und hörte aufmerksam zu. „In den Briefen an Regine wird das Familiensilber der Gelloncourts erwähnt. Ist Ihnen das ein Begriff?“

Isabelle nickte. „Ja, Paul hat mir davon erzählt, und ich habe es gesehen, als er mir die Bilder in seiner Ahnengalerie gezeigt hat.“

„Gut“, nahm Antoine das Wort wieder auf, „dann wissen Sie, dass dort nur ein Teil des Silbers liegt, und wenn Sie die Briefe aufmerksam gelesen haben, wissen Sie auch, was mit dem Rest geschehen ist, oder?“

„Bruno hat es meiner Großmutter geschenkt, um sie finanziell abzusichern“, antwortete Isabelle ruhig. „Die beiden wurden wohl sehr unter Druck gesetzt, und er hatte Angst, sie und die Kinder könnten unversorgt bleiben.“

„Ganz genau“, bestätigte der Anwalt. „Gustav verweigerte eine Eheschließung der beiden. Regine war nicht von standesgemäßer Herkunft. Die Angst, das Ansehen der Familie würde unter dieser Verbindung leiden, war einer seiner Beweggründe, und Albert stand seinem Vater in nichts nach. Sie ließen damals von ihrem Anwalt ein Papier aufsetzen, das Regine unterschreiben sollte. Sie sollte ihre Stellung behalten dürfen, bekam etwas Geld und Wohnrecht in diesem

Haus und hat im Gegenzug das Kind in die Obhut der Gelloncourts übergeben. Dass Regine Zwillinge austrug, wusste zu diesem Zeitpunkt ja noch niemand. Sie war verzweifelt, sah keinen anderen Ausweg aus dieser Situation. Sie war gerade erst sechzehn und stand den Herrschaften Gelloncourts allein gegenüber. Bruno konnte nicht verhindern, dass sie unterschrieb. Doch die arme Regine wurde betrogen, sie glaubte, ihr Kind könne in der Nähe aufwachsen, aber Gustav hatte andere Pläne. Er holte die kleine Mathilde wenige Stunden nach ihrer Geburt persönlich ab und sorgte für die anonyme Unterbringung in einem Waisenhaus in Köln."

Isabelle nickte traurig.

„Er hatte alles bis ins kleinste Detail arrangiert. Gustav war ein einflussreicher Mann, sonst wäre ihm dieser Gewaltakt nicht gelungen. Skrupellos hat er Geld und Macht aufgewendet, um die Familie in seinen Augen sauber zu halten. Verzeihen Sie mir die Wortwahl, Isabelle, es war seine, nicht meine. Ich habe in der Vergangenheit oft mit Regine darüber gesprochen, sie ist mir eine gute Freundin geworden. Sie war eine sehr loyale Frau. Bis zu ihrem Tod hat sie sich an die Vereinbarung von damals gehalten. Die Briefe hat sie aufgehoben und an mich übergeben, als Beweis der Glaubwürdigkeit ihrer Geschichte." Er machte eine Pause, goss die kleinen Gläser noch einmal voll und prostete Isabelle zu. Er trank jedoch nicht sofort, sondern schwenkte die helle Flüssigkeit einige Male im Glas, starrte hinein und schien sich plötzlich daran zu erinnern, dass er etwas erzählen wollte. „Die Briefe, ja", sagte er, leerte das Glas und sprach weiter. „In der Tat hat Bruno heimlich Teile des kostbaren Familiensilbers an Regine verschenkt. Wobei ich hinzufügen muss, dass es sich, wenn man den reinen Wert des Silbers betrachtet, um ein Geschenk in überschaubarem finanziellen Rahmen handelt. Bedenkt man allerdings, dass es sich hierbei um ein originales Tafelsilber aus der Zeit um vierzehnhundertvierzig handelt, das die damalige Herzogin von Lothringen dem Hause Gelloncourt übergeben hat, und dass sich das Adelsgeschlecht Gelloncourt seither Gelloncourt de Lorraine nennen darf, ist es von unschätzbarem historischen Wert. Der Verdacht fiel schnell auf Bruno, doch da das Silber nie wieder aufgetaucht ist, stand der Vorwurf gegen ihn all die Jahre ohne Auswirkungen im Raum."

„Und worauf wollen Sie hinaus? Warum erzählen Sie mir das, wenn ich fragen darf?", entgegnete Isabelle skeptisch.

„Sie dürfen fragen, und ich freue mich, dass Sie fragen, Mademoiselle. Offiziell ist Ihre Großmutter Regine die letzte rechtmäßige Eigentümerin des fehlenden Silbers, und soweit ich weiß, hat sie es nie veräußert."

Isabelle stellte ihr Glas ab. „Sie meinen, dass sie es all die Jahre über behalten hat?"

„Davon kann man ausgehen."

Isabelle war ganz gefesselt von der Geschichte. „Die Geheimniskrämerei geht also weiter?" Antoine nickte. „Aber wie soll ich das denn bewerkstelligen? Das Haus habe ich schon auf den Kopf gestellt!"

„Wenn Sie mir eine letzte Anregung erlauben: Sprechen Sie offen mit Paul."

Isabelle stieß die Luft durch die Nase. „Paul wird wohl nicht mehr mit mir reden wollen."

Antoine stand auf, um sie zur Tür zu geleiten. „Soweit ich ihn kenne, ist er anständig und wenig nachtragend. Ein Versuch wird wohl nicht schaden."

Eine Frage brannte Isabelle dann doch noch auf der Seele. „Antoine, der Stein im Garten, ist Tony wirklich dort begraben worden?"

„Ja, das ist sein Grab", antwortete der Anwalt und ließ Isabelle mit einem mulmigen Gefühl zurück.

Kapitel 13
Silberfunken

„Vielen Dank fürs Fahren, Didier", sagte Isabelle, als die Limousine wieder vor Regines Haus anhielt. „Ich möchte Sie um einen weiteren Gefallen bitten."

„Nur zu, Mademoiselle, ganz zu Ihren Diensten", erwiderte Didier.

Isabelle brachte das Kästchen zurück ins Haus, schloss es zusammen mit den anderen persönlichen Gegenständen ihrer Großmutter in der Truhe ein und ließ sich von Didier zur Grünen Residenz chauffieren. Er hielt auf dem Besucherparkplatz. Auf seine Frage, ob er warten solle, antwortete sie: „Nein, vielen Dank. Den Weg nach Hause finde ich. Ich denke, wenn ich es nicht übertreibe, dann bin ich schon wieder ganz gut zu Fuß unterwegs."

Sie verabschiedeten sich, und Didier fuhr davon. Zielstrebig folgte Isabelle den Hinweisschildern für die Touristen. Sie erreichte den Haupteingang, wo eine junge Frau, höchstens zwanzig Jahre alt, in einem bordeauxfarbenen Blazer Eintrittskarten und Souvenirs verkaufte. *Carine* stand auf dem Schild an ihrem Kragen.

„Bonjour, guten Tag", grüßte Isabelle, und Carine antwortete „Bonjour". Sie sprach tatsächlich etwas weniger gut Deutsch als Isabelle Französisch. Nach wenigen Minuten wusste Isabelle jedoch, dass gerade erst eine Führung gestartet war und sie sich, sofern sie eine Eintrittskarte erwarb, der Gruppe noch anschließen durfte. Sie kaufte ein Ticket und folgte den anderen. Im dritten Salon hatte sie das Trüppchen erreicht, musste aber enttäuscht feststellen, dass Paul die Führung gar nicht selbst durchführte. *Das hätte dir klar sein können, Isabelle. Der hat bestimmt ganz andere Sachen zu erledigen.* Sie sah sich dennoch aufmerksam um und schnappte ein paar Brocken auf, verstand aber kaum etwas. Das lag zum einen daran, dass nur Französisch gesprochen wurde, zum anderen daran, dass sie mit ihren Gedanken ganz woanders war.

In der Ahnengalerie sah sie sich noch einmal ganz bewusst um und betrachtete das Gesicht eines jeden Einzelnen mit besonderem Interesse. Das Gemälde von Adeline zeigte eine wunderschöne, sehr junge Frau mit auffallend heller Haut und großen, dunklen Augen. Sie trug ein einfaches Sommerkleid, und das offene Haar fiel ihr schmeichelnd um die Schultern. Sie machte einen sympathischen Eindruck auf Isabelle. Ihr Mann Hugo dagegen trug einen dunklen Anzug mit dicker, roter Krawatte. Sein Haar war fest frisiert, und auch der kräftige Zwirbelbart konnte von seinem voluminösen Doppelkinn nicht ablenken. Das also waren Pauls Eltern. Sophie sah aus ihrem Rahmen keineswegs so niederträchtig auf Isabelle herab wie in natura, ihre Augen wirkten traurig, fast leidend auf Isabelle, sie hätte fast Mitleid mit ihr haben können, doch schon erinnerte sie sich, an welch grausamer Tat sie beteiligt gewesen war. Isabelle biss die Zähne aufeinander, warf Albert nur einen kurzen Blick zu und wandte sich ab.

Zügig lief sie hinüber in die Ecke des Saals, dorthin, wo das Gemälde ihres Großvaters Bruno hing. Gedankenverloren stand sie da, betrachtete ihn, und es dauerte eine Weile, bis sie die Worte, die in der Ferne erklangen, realisierte und wahrnahm, dass sie gemeint war.

„Madame! Madame, s'il vous plaît!“ Carine stand am anderen Ende des Saals und gestikulierte wild mit den Armen. Dass die anderen Besucher bereits gegangen und sie selbst allein zurückgeblieben war, hatte Isabelle gar nicht bemerkt.

„Pas de problème, Carine. C'est bien!“, hörte Isabelle plötzlich eine vertraute Stimme hinter sich. Es war Paul, der lässig im Türrahmen des Seiteneingangs lehnte. Seine Anwesenheit beruhigte Carine, und sie schloss die Tür von außen.

„Hallo“, begrüßte Isabelle ihn. Langsam ging sie hinüber, unverändert lehnte er dort, die Arme vor der Brust verschränkt. „Wie geht's dir?“, wollte sie wissen.

„Ach, so lala“, antwortete er. „Das Herz macht mir gerade ein bisschen Sorgen, aber das wird schon wieder. Muss ja!“

„Es tut mir leid, wie das heute Morgen gelaufen ist“, flüsterte Isabelle. „Ich würde dir das gern erklären, wenn du es hören willst. Ich möchte nicht, dass du böse auf mich bist.“

„Von mir aus gern“, nahm Paul das Angebot an.

Böse scheint er nicht auf mich zu sein, aber traurig sieht er aus, dachte Isabelle. „Ich muss dir was zeigen, aber nicht hier, in Regines Haus. Hast du Lust, nachher vorbeizukommen, ich besorge uns auch was zu essen.“

„Klingt gut“, erwiderte Paul versöhnlich. „Wenn du etwas Zeit hast, können wir zusammen rüberfahren. Es ist gleich sieben, dann machen wir sowieso zu. Ich muss vorher nur in den Stall, nach dem Fohlen sehen. Komm mit, wenn du Lust hast. Du hast die Kleine ja noch gar nicht mit eigenen Augen gesehen.“

Isabelle war erleichtert, dass Paul sie nicht zurückwies. Am liebsten hätte sie ihn umarmt, doch sie bremste sich.

„Wie bist du hergekommen, hast du einen Spaziergang gemacht oder den Bus genommen?“, wollte er wissen, als sie aus den Stallungen zurückkamen.

„Weder noch, ich wurde hergefahren. Hat sich so ergeben.“

„Es hat sich so ergeben, dass dich jemand zu mir fährt?“ Paul zog ungläubig die Augenbraue hoch.

„Ich war heute in Metz, beim Anwalt meiner Großmutter. Danach hat es sich einfach ergeben.“

„Aha“, erwiderte Paul. Sie hatten sein Auto erreicht, und er öffnete die Tür, damit Isabelle einsteigen konnte.

„Kannst du kurz anhalten?“, fragte sie, als *Jacques* vor ihnen auftauchte. Paul sagte nichts, bog aber in die Einfahrt und hielt auf dem Parkplatz. „Ich bin gleich wieder da“, versicherte Isabelle, griff nach ihrer Tasche und stieg aus.

Sie war die einzige Kundin, und der Mitarbeiter zeigte sich in Feierabendlaune. In der Tat hatte sie noch sieben Minuten bis acht. Zügig durchlief sie die verschiedenen Gänge. Sie nahm eine Flasche Weißwein aus dem Regal, eine Tafel Schokolade und Kerzen. *Genau das, was ich gesucht habe.* Mit der Auswahl der

Zutaten für ein Abendessen hatte sie es schwerer. Woher sollte sie wissen, was sie brauchte, wenn sie nicht einmal wusste, was sie kochen wollte? Suchend sah sie sich um. Reis und Hühnchen waren im Angebot. Na, das passte doch. Sie packte alles ein, zahlte und verabschiedete sich höflich.

Paul warf einen neugierigen Blick in die Einkaufstüte, bevor er weiterfuhr. „Eine Grabkerze? Wofür brauchst du die denn?“

„Das erzähle ich dir nachher. Lass uns erst mal ankommen“, vertröstete sie ihn.

Sie kochten und aßen gemeinsam. Als Isabelle das Geschirr in die Spüle räumte, stand Paul zu ihrer Überraschung auf. „Setz dich und trink noch ein Glas Wein. Ich mach das schon. So viel ist es nicht, da bin ich schnell fertig.“ Er schob sie zurück zum Tisch, zog den Stuhl nach hinten, damit sie sich setzen konnte und half ihr, den Fuß hochzulegen.

„Er ist gar nicht mehr dick und tut kaum noch weh“, zierte sie sich etwas, doch im Grunde genoss sie seine Fürsorge. *Was wird er nur denken, wenn ich ihm die Wahrheit sage? Ich kann es immer noch nicht fassen, dass wir verwandt sind.* Sie dachte an den Kuss, der sich so gut angefühlt hatte. Es hätte so viel mehr zwischen ihnen passieren können, wenn ihr die Wahrheit verborgen geblieben wäre. *Ob er ein guter Liebhaber ist? Bestimmt.* Isabelles Gedanken verloren sich in der Fantasiewelt. Erst als ihr bewusst wurde, mit welchen Gedanken sie Paul musterte, erschrak sie aufs Heftigste, wusste nicht, ob sie sich schämen oder wütend sein sollte. Hilflos griff sie nach dem Wein, nahm einen großen Schluck und wollte sich durch ein Gespräch über unverfänglichere Themen ablenken, ihr fiel jedoch nichts Brauchbares ein.

„Hey, was ist los? So traurig, dass du nicht bei der Arbeit helfen darfst?", fragte Paul.

„Nein, das ist es nicht. Sag mal, hast du ein Feuerzeug?" Isabelle hatte Angst, er würde weiter drängen, aber sie war nicht bereit, ihm die Heimlichkeiten zwischen Tisch und Stuhl zu offenbaren. Das war eine Bombe, die sie platzen lassen musste, und wenn sie auch nicht genau wusste, wie sie das bewerkstelligen wollte, wusste sie zumindest schon einmal, was sie nicht wollte.

„Nein, leider nicht. In meinem Auto vielleicht. Ich kann gleich mal nachsehen."

Isabelle stand auf und begann, die Schubladen des Fernsehschranks zu durchforsten. „Ich bin mir ziemlich sicher, dass ich irgendwo Streichhölzer gesehen habe", sprach sie mehr zu sich selbst. „Na bitte, da sind sie ja. Ich hab es doch gewusst", kommentierte sie ihren Fund und hielt stolz ein Päckchen Zündhölzer in die Luft.

„Der Abwasch ist fertig. Und jetzt komm schon. Ich habe mich lange genug in Geduld gefasst. Jetzt musst du mich nicht länger auf die Folter spannen. Was war los mit dir heute früh?" Paul stand schon wieder verdammt dicht vor Isabelle.

Sie spürte, wie es zwischen ihnen beiden knisterte. Ihre Blicke trafen sich, und Isabelle hatte mit einem Mal das Gefühl, sie habe Engelchen und Teufelchen auf den Schultern.

„Na los, zier dich nicht. Er gefällt dir. Nimm dir, was du möchtest. Du musst keine Zweifel haben. Hast doch Antoine gehört. Familie hin oder her, das ist in Ordnung. Er will dich auch, er hat dich schon geküsst. Da geht noch mehr! Mach schon!", hörte sie die verführerische Stimme des kleinen Gehörnten.

„Du kannst das überhaupt nicht in Betracht ziehen. Du musst ihm die Wahrheit sagen – jetzt! Er muss es ebenso wissen wie du. Wie soll er denn sonst verstehen, warum du ihn abgewiesen hast? Das bist du ihm schuldig. Auch für ihn ist es lebensverändernd."

Isabelle lauschte den Stimmen und verlor sich dabei in Pauls Augen. Sehnsüchtig blickte sie ihn an. Sie konnte seinen Atem auf ihren Wangen spüren. Würde er es ein zweites Mal wagen, sie zu küssen? Schnell senkte sie den Blick, nahm die Kerze und erklärte: „Komm, wir gehen nach draußen. Ich will dir was zeigen, und dann erzähle ich dir alles. Dann wirst du verstehen, warum ich so durch den Wind bin." Sie führte ihn hinaus. Am Rhododendronbusch zündete sie die Kerze an und stellte sie neben den Stein. Der Schriftzug war trotz der Dämmerung gut zu erkennen.

„Wer ist Tony?", fragte Paul.

Nun musste sie ihren ganzen Mut und all ihre Kraft zusammennehmen. So ruhig wie möglich erzählte sie Paul von den Briefen, die sie auf dem Dachboden gefunden hatte, von ihren Vermutungen, die Regines Anwalt letztlich bestätigt hatte. Zwischendurch brach ihr immer wieder die Stimme weg. Sie musste kleine Pausen einlegen, während ihr unentwegt die Tränen über die Wangen kullerten. Als sie ihre Schilderung beendet hatte, sah sie in Pauls Gesicht, das gleichermaßen Verwirrung und Verständnis zeigte. „Ich mag dich, Paul. Dein Kuss und der Gedanke daran, dass aus uns beiden vielleicht mehr werden könnte, das hat sich sehr schön angefühlt. Aber nun ist alles hinfällig, jetzt sind wir eine Familie. Das kriege ich irgendwie nicht auf die Reihe."

Da nahm er sie einfach nur in den Arm. Sie fühlte ihn, seine Wärme, hörte seinen Herzschlag, und in diesem Moment brach die Verzweiflung über diese schrecklichen Geschichten, diese Ungerechtigkeit und das Hindernis zwischen ihnen beiden ungebremst aus Isabelle heraus. Sie schluchzte heftig, und Paul hielt sie, bis sie sich einigermaßen beruhigt hatte.

„Sag mal, wer ist eigentlich dieser ominöse Anwalt deiner Großmutter? Du hast seinen Namen nie erwähnt. Vielleicht sollte ihm unser Anwalt erst einmal auf den Zahn fühlen. Mir wäre es lieb, wenn ich weiß, mit wem ich es zu tun habe und welche Absichten er verfolgt, bevor wir alle Pferde scheu machen. Ich kann ihn gleich morgen früh anrufen und ihn um eine erste Einschätzung bitten."

Isabelle fühlte sich durch Pauls Sicht auf die Dinge gleich viel besser, obwohl die Lage für sie recht eindeutig war und sie keinen Zweifel an Antoines Aufrichtigkeit hegte. „Er hat ein Büro in Metz, und bestimmt kannst du dich sogar an ihn erinnern. Er sagte, dass er in der Vergangenheit bereits mehrfach mit deiner Familie zu tun hatte." Sie stockte und setzte leise nach: „Mit unserer Familie." Erneut legte Paul den Arm um sie, und sie lehnte dankbar den Kopf an seine Brust. „Er heißt Lemaire. Antoine Lemaire", sagte sie leise und spürte, wie sich sein Körper augenblicklich anspannte.

Vorsichtig schob er sie von sich und blickte ihr eindringlich in die Augen. „Das ist nicht dein Ernst!“ Es klang eher wie eine Forderung als eine Frage.

„Doch“, erwiderte Isabelle und zog zum Beweis die Visitenkarte aus ihrer Hosentasche. „Hier. Du kennst ihn also wirklich?“

Paul nickte kaum merklich und antwortete leise: „Antoine ist unser Anwalt, der Anwalt der Familie Gelloncourt. Er war schon der Anwalt meines Urgroßvaters Gustav. Er ist schon lange im Ruhestand, also fast, bis eben auf uns. Ich war fest der Meinung, dass er keine weiteren Klienten betreut. Wenn es in unserer Familie Geheimnisse gibt, dann kennt sie Antoine.“

Unschlüssig und fassungslos standen sie sich einige Augenblicke gegenüber.

„Wollen wir hier draußen weiter rumstehen oder lieber reingehen?“, versuchte Isabelle, die Situation aufzulösen. „Ich zeige dir die Briefe, wenn du willst, und ein bisschen Wein haben wir auch noch.“

„Gute Idee“, willigte Paul ein. „Mir ist sowieso gerade nicht nach Heimfahren.“

Er las die Briefe aufmerksam, einen nach dem anderen, in der Reihenfolge, in der sie Isabelle ihm reichte. Sie sah, dass ihn der Inhalt ebenfalls berührte. Beobachtete seine Mimik aufmerksam, bestaunte seine langen, dichten Wimpern. Egal, ob er lachte oder traurig blickte, sie hatte das Gefühl, seine Wimpern verstärkten jeden Ausdruck um ein Vielfaches. Als sich ihre Hände zufällig berührten und sich ihre Blicke trafen, war es, als verspürte sie einen heftigen stechenden Schmerz in ihrer Brust. Sie konnte seinen Augen nicht standhalten und begann damit, die Briefe wieder ordentlich zusammenzufalten und in die Kiste zu legen. Ob Paul fühlte, wie es ihr ging? Was mochte in ihm vorgehen? Immerhin war er es gewesen, der sie geküsst und seine Zuneigung zuerst offenbart hatte. Er wirkte so vernünftig zurückhaltend.

„Ich kann kaum glauben, dass Antoine die ganze Zeit davon gewusst und geschwiegen hat", unterbrach er Isabelles Gedanken.

„Er hat mir immer wieder versichert, dass er mir nichts sagen dürfe, es aber in Ordnung sei, wenn ich alles selbst herausfinde. Nicht nur in Ordnung, er hat darauf gedrängt, dass ich alles herausfinde." Sie wollte Paul noch etwas anderes sagen, suchte aber nach den richtigen Worten. „Als ich ihm erzählt hatte, dass wir uns getroffen haben und wie fies du plötzlich zu mir gewesen bist, obwohl du nicht mehr von mir wusstest als meinen Namen, da hat Antoine irgendwie seltsam geschaut. Er hat dich von Anfang an in Schutz genommen und gesagt, dass du ganz okay seist und mir wahrscheinlich helfen könntest, das Rätsel zu lösen."

Paul warf ihr einen skeptischen Blick zu. „Dann bin ich für dich also nur Mittel zum Zweck?", wollte er wissen.

Isabelle konnte nicht einschätzen, wie er die Frage meinte. „Nein, natürlich nicht. Aber ohne sein Dazutun hätte ich mich wohl in meinen Ärger über dich verbissen", erklärte sie. Sie schob die leeren Gläser beiseite, als müsse sie Platz schaffen für das, was sie nun sagen wollte. Ihre Handflächen wurden feucht, doch der Gedanke, der ihr in diesem Moment durch den Kopf geschossen war, wollte augenblicklich ausgesprochen werden. Ihr Herz schlug heftig. „Antoine hat noch etwas anderes gesagt“, begann sie mit zitternder Stimme. „Als ich ihm von dem Kuss erzählt habe ...“

„Du hast ihm erzählt“, unterbrach Paul sie, „dass ich dich geküsst habe?“

„Ja“, antwortete Isabelle, „weil mich das alles so aufgewühlt hat und ich nicht wusste, was ich denken oder fühlen sollte.“

„Und da fragst du den alten Antoine um Rat?“ Paul war ruhig, wirkte jedoch irritiert.

„Er war eben gerade da. Jetzt lass mich bitte mal ausreden“, versuchte sie es erneut. Dass Paul ihr dazwischensprach, machte ihr die Situation nicht leichter oder angenehmer. Sie zog eines der leeren Gläser heran, drehte es und fuhr mit den Fingern nervös daran hoch und runter. „Also, er hat mir rein hypothetisch erklärt, in welchem verwandtschaftlichen Verhältnis wir beide zueinander stehen und dass es zumindest aus juristischer Sicht keinen Grund gegen eine“, nun druckste sie etwas herum, denn auf diese Weise auszusprechen, was sie fühlte, fiel ihr schwer, „also, eine intensivere Beziehung zwischen uns beiden gebe.“ Jetzt hatte sie es gesagt und traute sich gar nicht, ihn anzusehen.

„Du meinst Sex?“, fragte Paul, und als sie ihren Blick hob, fand sie ein amüsiertes Gesicht.

Sie schnaufte überrascht. „So hat er es nicht formuliert.“

Nun war es Paul, der das Glas zur Seite schob. Er nahm ihre Hand und fragte leise: „Warum erzählst du mir das jetzt? Hat das eine tiefere Bedeutung?“

Isabelle zögerte. Sie wusste natürlich, warum sie es erwähnt hatte, im selben Moment überfielen sie allerdings Angst und Zweifel. „Du musst es ja nicht gleich übertreiben. Ich hatte nur gedacht, ich meinte, also ..." Sie suchte nach Worten, sah sich um, und dann wieder in Pauls Gesicht, in die Augen mit den dichten, ausdrucksstarken Wimpern.

„... das Herz fühlt, was es fühlt?", brachte Paul leise ihren Satz zu Ende.

Genau das war es. Er hatte den Nagel auf den Kopf getroffen. Diesmal schaffte es Isabelle, seinem Blick standzuhalten. Nun war alles gesagt. Trotzdem zog sie ratlos die Schultern nach oben, ließ aber ihre Hand, wo sie war, und genoss seine sanfte Berührung. Mach dir nicht so viele Gedanken, Isabelle. Lass dich einfach treiben und denk nicht so viel drüber nach, sprach sie sich innerlich Mut zu, doch den Kopf auszuschalten, war leichter gesagt als getan. Ganz sanft erwiderte sie seinen Händedruck und neigte den Kopf unsicher zur Seite. Paul rückte vorsichtig mit seinem Hocker näher, sodass sich ihre Knie berührten. Er beugte sich etwas nach vorne.

„Willst du mich noch einmal küssen?", fragte sie unvermittelt.

Paul sagte nichts. Stattdessen beugte er sich weiter vor und berührte Isabelles Lippen. Nur ganz sanft, für einen kurzen Moment, und bevor sich Isabelle im Klaren darüber war, dass sie den Kuss erwidern wollte, war er auch schon vorbei.

„Und? Wie fühlst du dich jetzt? Richtig oder falsch?", wollte er wissen.

Sag's ihm schon! Mit der Zungenspitze und den Zähnen spielte Isabelle unsicher auf ihrer Unterlippe. „Weder noch, aber irgendwie nach mehr", antwortete sie wahrheitsgetreu und fühlte sich in diesem Augenblick ungeheuer angezogen von ihm.

„Geht mir nicht anders", erklärte Paul und legte die andere Hand leicht auf Isabelles Knie.

Wie ein Stromschlag durchfuhr sie die Berührung. Verlangen und Erregung breiteten sich immer weiter in ihrem Körper aus, die Stimmung zwischen ihnen knisterte, und Pauls Frage, ob sie einen weiteren Versuch starten wolle, bejahte sie. Er stand auf und zog Isabelle zu sich hoch. Sie wollte in seinen Augen versinken, als er die Hände auf ihre Schultern legte, sanft an ihren Armen herunterstrich und sie dichter an sich heranzog. Nichts anderes wollte sie in diesem Augenblick, als sie sich küssten. Sie ließ sich fallen, verlor jeden Gedanken, vergaß alles um sich herum und gab sich der Leidenschaft hin. Sie öffnete ihre Lippen für ihn und genoss, wie sich ihre Zungen berührten. Sie küssten sich immer intensiver, Isabelle schlang ihre Arme um Paul, schmiegte ihren Körper an seinen und spürte wohlwollend seine Hände in ihrem Rücken und auf ihrem Po. Ihre Hände erkundeten seinen Oberkörper, nahmen ihn mit einer ganz anderen Intensität wahr als noch vor ein paar Tagen, als er sie nach dem Sturz nach Hause gebracht hatte. *Er küsst fantastisch, und überhaupt fühlt er sich so unglaublich gut und sexy an, gar nicht so, als wären wir miteinander verwandt.*

Da war er wieder, dieser elendige denkende Kopf, und wollte ihr die Welt erklären. Nur einen Gedanken hatte es gebraucht und schon war Isabelles Stimmung, jedwede Erregung verflogen. Alles fühlte sich mit einem Mal falsch an.

„Was ist los?“, fragte Paul überrascht. „Habe ich was falsch gemacht?“

„Nein, hast du nicht.“ Isabelle kämpfte gegen den Kloß in ihrem Hals „Es ist nur ...“ Wieder suchte sie nach den richtigen Worten. Wie kam es nur, dass sie sich in Pauls Gegenwart so schwer damit tat, einen geraden Satz herauszubringen? „Mein Kopf will das irgendwie nicht auf die Reihe kriegen. Versteh mich nicht falsch, ich will, aber ... ich glaube, ich brauche einfach noch etwas Zeit, um mich an die Umstände zu gewöhnen.“ Sie tat einen Schritt zurück. „Bist du jetzt sauer auf mich?“, wollte Isabelle wissen, als er sie schweigend musterte.

„Nein“, beschwichtigte er sie. „Aber ein bisschen traurig und enttäuscht, weil mir dieser Versuch ausnehmend gut gefallen hat. Ich hätte dich gern weiter geküsst.“ Paul zog sie wieder in seine Arme, und Isabelle lehnte sich dankbar an.

Kapitel 14
Strategieplanung

Paul war die ganze Nacht bei ihr geblieben. Sie hatten es sich auf dem Bett gemütlich gemacht und ihre Gedanken zu den dramatischen Geschehnissen in der Vergangenheit ausgetauscht. Hatten über deren Auswirkungen in der Gegenwart und nicht zuletzt über ihre Gefühle füreinander geredet. So ein ehrliches und vor allem von ihrer Seite offenes Gespräch hatte Isabelle noch nie mit einem Mann geführt. Das Zusammensein mit Sascha war nicht einmal im Ansatz mit der Zeit vergleichbar, die sie mit Paul verbracht hatte. Die beiden waren so unterschiedlich, wie zwei Menschen nur sein konnten. Und obwohl sie sich auch die ganze Nacht über nicht im Klaren darüber hatte werden können, wie es mit ihr und Paul weitergehen könnte, so glaubte sie schließlich, dass sie viel Lebenszeit mit Sascha vergeudet hatte. Dass Paul Verständnis für ihre Unschlüssigkeit hatte, imponierte ihr.

Neben den familiären Verquickungen war natürlich das verschwundene Silber ein wichtiges Thema gewesen. Beide hatten angestrengt überlegt, wie es gefunden werden konnte und wie es möglich war, dass es all die Jahre im Verborgenen geblieben war. Hier hatte Paul jedoch mehr Ausdauer und größeres Interesse gezeigt als Isabelle, und sie war irgendwann zwischen der Idee, einen Metalldetektor zu besorgen, und der, den Garten umzugraben, in Pauls Arm eingeschlafen.

Nun wurde sie vom lautstarken Gezwitscher der ersten Vögel geweckt. Paul lag immer noch neben ihr, und sofort überkam sie ein behagliches Gefühl. Es fühlte sich so gut an, neben ihm aufzuwachen. Vorsichtig wollte sich Isabelle aus dem Bett stehlen, aber sofort öffnete er die Augen.

„Guten Morgen", begrüßte Paul sie. „Gut geschlafen?"

„Gut, ja, aber viel zu kurz", antwortete sie und brachte es nun doch nicht fertig, aufzustehen.

„Ich muss jetzt leider los, hab ein paar Arbeiten zu erledigen, bevor wir zu Antoine fahren", gestand Paul, und Isabelle glaubte zu sehen, dass ihm diese Entscheidung nicht leichtgefallen war. „Schlaf noch ein wenig, und ich hole dich um zehn ab. Wir könnten in Metz frühstücken, ich habe da schon eine wirklich gute Idee, wohin ich dich ausführen könnte. Von dort aus ist es nicht weit bis zur Kanzlei. Einverstanden?"

„Klingt gut", antwortete Isabelle und lächelte zufrieden. Gegen ein Frühstück mit Paul hatte sie keine Einwände. Aber an Schlaf war nicht mehr zu denken, als Paul fort war. Ihre Gedanken kreisten um die Ereignisse des Abends und die im Grunde harmlose und doch nachwirkende Nacht, die sie miteinander verbracht hatten. Sie vergrub die Nase in ihrem Bettzeug. Alles roch nach ihm, und es gefiel ihr, lange hielt sie es trotzdem nicht mehr aus in den Kissen.

Isabelle duschte, kleidete sich frisch an und kochte sich einen Kaffee. Dann öffnete sie Fenster und Türen, um das Haus zu lüften, und setzte sich mit ihrer Kaffeetasse in den Garten an Tonys Grab. Etwas beklommen fühlte sie sich nach wie vor beim Gedanken daran, dass dort ein Säugling vergraben war, und vor allem, dass ihre Mutter einen Zwillingsbruder hatte. Sie sah auf ihr Handy. In Köln war man erstaunlich geduldig mit ihr. Sowohl Sergio als auch ihre Mutter schienen mit den kurzen Informationen, die sie hin und wieder versandte, vollkommen zufrieden zu sein. Für einen Augenblick war Isabelle versucht, zu Hause anzurufen. Aber was hätte sie dann gesagt? Für die Wahrheit war ein Telefonat denkbar ungeeignet. Wenn sie log, merkte es ihre Mutter sofort. Sie entschied sich, beiden ein kurzes und unverfängliches Lebenszeichen zu senden, indem sie ein Foto vom Haus schoss und eine persönliche Nachricht hinzufügte. Den Rest würde das Handy selbst erledigen müssen, sobald sie sich in der Stadt befanden und ausreichend Empfang hatten.

Sie steckte das Telefon weg, nippte an ihrem Kaffee und betrachtete den Boden rings um den Stein. Sie wird doch nicht das Silber mit dem Baby begraben haben?, schoss es Isabelle durch den Kopf. Sie dachte ja nicht im Traum daran, auf der Suche nach ein bisschen Metall dieses Grab zu öffnen. Mochte ja sein, dass es schon über vierzig Jahre alt war, vielleicht war von dem kleinen Leichnam auch schon längst nichts mehr übrig. Ihr lief ein eiskalter Schauer über den Rücken. Wenn aber doch? Nein, die alten Knochen zutage zu fördern, nur um einen eventuellen Schatz zu finden, das war ausgeschlossen. *Ich bin keine Grabräuberin!* Was aber, wenn Paul darauf bestehen würde? Für ihn war das Familiensilber wesentlich wertvoller als für sie selbst. Isabelle verspürte zwar eine gesunde Neugier, aber emotional verband sie mit dem alten Schrott, wie sie es in der vergangenen Nacht scherzhaft gegenüber Paul genannt hatte, gar nichts. Ob er gegen ihren Willen hier buddeln würde, ob er es überhaupt durfte? Sie dachte an Begebenheiten, von denen hin und wieder in den Nachrichten berichtet wurde. Da fand irgendjemand in seinem Garten ein altes Stück Metall oder eine Scherbe und eins fix drei war der Garten gesperrt und die Archäologen legten einen alten Römertempel frei. Sie schmunzelte. *Na, so schlimm wird es wohl nicht werden. Warten wir ab, was Antoine noch für Informationen rausrückt, wenn Paul und ich gemeinsam dort auftauchen. Wie mir scheint, ist er nun ganz offiziell unser beider Familienanwalt.*

Paul fuhr pünktlich mit seinem kleinen Elektroauto vor und brachte Isabelle in der Tat in ein wunderbar romantisches Bistro etwas außerhalb auf einem Hang gelegen. Dort oben auf der Sonnenterrasse genossen sie einen grandiosen Ausblick auf die Stadt und die umliegende Landschaft.

„Mein lieber Schwan, du lässt dich aber nicht lumpen", verlieh Isabelle ihrer Bewunderung Ausdruck.

„Vielen Dank, allerdings sind weder die Aussicht noch das Frühstück mein Verdienst. Dennoch dachte ich mir, dass dir nach so viel Tagen im Wald etwas Abwechslung möglicherweise gefallen könnte."

„Ganz ehrlich, es ist traumhaft", schwärmte Isabelle und ließ ihren Blick zwischen den alten und neuen Häusern, den Brücken und dem glitzernden Verlauf der Mosel hin und her wandern. „Jetzt sieht man erst mal, was für ein Betrieb auf dem Fluss ist", stellte sie fest. Während Paul bestellte, lehnte sie sich entspannt in ihrem Korbsessel zurück, ließ sich die Sommersonne ins Gesicht scheinen und genoss den angenehm lauen Wind. „Jetzt fühle ich mich wie im Urlaub. Hier oben ist es wirklich unfassbar schön." Sie war ganz aus dem Häuschen. „Vielleicht sollte ich meine beruflichen Pläne in Köln tatsächlich noch einmal überdenken", sprach sie vor sich hin.

„Wie meinst du das?", wollte Paul genauer wissen.

„Weißt du, ich träume, seit ich klein bin, von meinem eigenen kleinen Ladenlokal. Vor ein paar Monaten hatte ich es fast geschafft. Es gab da ein süßes, bereits einige Zeit leer stehendes Lokal in Köln. Alles lief prima, die Vertragsverhandlungen mit dem Verkäufer, die Gespräche mit der Bank, in meinem Kopf hatte ich schon alles eingerichtet. Ich hatte ehrlich nicht damit gerechnet, dass es auf den letzten Metern noch schiefgehen könnte."

„Und was ist passiert?", hakte er nach.

„Wie Sie sehen, sehen Sie nichts. Die Bank hat urplötzlich einen Rückzieher gemacht, angeblich gab es eine neue Risikobewertung, und da ist die arme, mittellose Isabelle durchs Raster gefallen. Peng, Seifenblase geplatzt, aus der Traum."

„Und inwiefern willst du deine Pläne überdenken?", fragte Paul.

„Ach, das war nur so ein Gedanke. Cafés kann man schließlich überall auf der Welt eröffnen", antwortete sie.

„Auch in Lothringen?"

„Ja, auch in Lothringen", bestätigte Isabelle und ließ sich das mittlerweile servierte Frühstück schmecken.

„Ich habe übrigens mit Antoine vereinbart, dass wir uns um halb zwölf in seiner Kanzlei treffen. Worum es genau geht, habe ich ihm nicht gesagt, nur dass ich ein paar organisatorische Fragen zu unseren Ausstellungsstücken habe. Die Kleinigkeit, dass wir beide dort gemeinsam auftauchen werden, habe ich ihm verschwiegen. Bin gespannt, wie er reagiert, wenn er dich sieht, Isabelle."

„Wahrscheinlich wird er so gefestigt sein wie immer und mich mit zuvorkommender Höflichkeit begrüßen. Oder aber er macht es wie gestern." Paul warf ihr einen fragenden Blick zu. „Gestern hat er den Schnaps rausgeholt. Konnte ich gut verstehen, war ja ein harter Tag. Bei uns war es die Überraschung, die uns die Füße weggezogen hat, bei ihm wohl eher die Erleichterung. Bedenke nur einmal, wie lange er diese Geschichte mit sich herumträgt. Eines weiß ich jetzt schon, Anwältin ist kein Beruf für mich."

In der Tat zeigte sich Antoine Lemaire angenehm überrascht, dass Isabelle und Paul ihn gemeinsam in dieser Angelegenheit besuchten. Die Begrüßung fiel herzlich aus, und Antoine vergaß nicht, zu betonen, dass ihm ein offenes Gespräch, soweit es zu diesem Zeitpunkt möglich sei, wesentlich angenehmer war. Er ließ es sich ebenfalls nicht nehmen, zu erklären, dass seine Bemühungen nur im Interesse der Familie Gelloncourt de Lorraine unternommen wurden. Dass es sich um zwei bisher nicht miteinander bekannte Parteien handelte, hatte darauf keinen Einfluss. Seinen Aufgaben, die Familiengeschicke in Treu und in bestem Sinne juristisch zu unterstützen, sei er all die

Jahre und bis zum heutigen Tage uneingeschränkt nachgekommen.

Dabei sah er Paul eindringlich an. „Dennoch, so kann ich mir vorstellen, sind eurerseits viele Fragen offen. Paul, ich kenne dich lange genug. Was brennt dir auf der Seele?"

„Im Moment sind es gar nicht so viele Fragen. Uns war es erst einmal wichtig, gemeinsam bei dir zu erscheinen. Es begleitet uns natürlich die Hoffnung, du könntest uns mehr über den Verbleib des Silbers erzählen. Du weißt, dass ich bereits so viele Jahre vergeblich danach gesucht habe, und nun fühlt es sich zum Greifen nah an. Du weißt auch, dass nicht die Raffgier aus mir spricht. Das Geld ist mir egal, es ist von unschätzbarem historischen Wert für die Familie", erklärte Paul. Er sah zu Isabelle hinüber, und als müsste sie seine Worte bestätigen, nickte sie. „Das andere Thema ist natürlich der Kindesentzug. Ich gehe aber fest davon aus, dass meine Großeltern die ganze Zeit über von Mathilde gewusst haben. Dennoch haben sie es all die Jahre verschwiegen. Wir möchten die beiden in einem gemeinsamen Gespräch damit konfrontieren und eine Erklärung einfordern. Außerdem, darüber haben wir noch gar nicht gesprochen, Isabelle, steht Mathilde mit Sicherheit ein Teil des Familienvermögens zu, oder etwa nicht?" Er sah von ihr zu Antoine und wieder zurück.

„Das Gespräch zu suchen, ist schon einmal eine gute Idee. Es wird natürlich kein Fest der Freude für Albert und Sophie werden. Du weißt, Sophie mag keine Überraschungen, unangenehme schon gar nicht. Spricht etwas dagegen, wenn wir ein gemeinsames

Dîner in der Résidence veranstalten? Mit Sicherheit kann ich hier und dort positiv einwirken. Ich habe ihr sowieso schon länger versprochen, mich wieder mal bei ihr und Albert blicken zu lassen. Das ließe sich meiner Meinung nach gut kombinieren. Möglicherweise schon heute Abend, ich kenne doch deine Ungeduld, Paul."

„Formidable, von mir aus gern, das lässt sich arrangieren. Die übliche Zeit?"

„Die übliche Zeit." Plötzlich wandte sich Antoine an Isabelle. „Pardon, meine Liebe, wie unhöflich von mir, passt es Ihnen denn auch?"

„Ich denke schon", antwortete sie und warf Paul einen fragenden Blick zu.

„Selbstverständlich, hier geht es um uns alle", bekräftigte dieser.

„Exzellent", nahm Antoine das Gespräch wieder in die Hand. „Nachdem wir Punkt eins nun erfolgreich besprochen haben, kommen wir zu Punkt zwei. Es geht um die angesprochenen Ansprüche auf den Familienbesitz. Aufgrund der mir vorliegenden Dokumente hat Mathilde juristisch keinen Erbanspruch. Dieses Thema sollten wir heute Abend ebenfalls vertiefen. Sollte sich das Silber zukünftig auffinden, so ist nach augenblicklicher Lage Isabelle die rechtmäßige Eigentümerin. Bekanntermaßen handelte es sich bei der Übergabe der Teilstücke durch Bruno an Regine um eine Schenkung. Mathilde, als einziges lebendes Kind Regines und somit Alleinerbin, hat jedoch mittels Generalvollmacht alle sich ergebenen Ansprüche, Rechte und Pflichten ihrer Tochter Isabelle übertragen. Lange Rede, kurzer Sinn: Das fehlende Silber gehört Isabelle, und es obläge ihr, über den weiteren Verbleib zu entscheiden. Damit kommen wir auch schon zum letzten Punkt. Wie läuft die Suche?"

„Wir sind derzeit noch in der Theorie", antwortete Isabelle, „wir sammeln Ideen. Ehrlicherweise hatten uns die anderen Themen bisher zu sehr in Anspruch genommen." Antoine gab sich zufrieden, zu gern hätte sie Pauls Gesichtsausdruck gesehen, sie spürte seinen Blick von der Seite, traute sich aber nicht, zu ihm hinüberzusehen. *Das ist armselig von mir, ich weiß.*

Kapitel 15
Dîner im Kreis der Familie

„Na, das lief doch gar nicht so schlecht", fasste Paul zusammen. „Dass Antoine die Gelegenheit zu einem Besuch nutzt und uns beim Überbringen der Neuigkeiten unterstützen wird, ist wirklich gut."

„Was haben wir denn zu befürchten, vor allem, was deine Großmutter angeht?"

„Sophie ist eine strenge Regentin. Wenn nicht alles nach ihren Plänen verläuft, wird sie ungemütlich. Dann ist ihr fast jedes Mittel recht. Ich bewundere sie manchmal sogar dafür. Sie hat zum Beispiel mit ihren strategischen Entscheidungen unsere Pferdezucht weit nach vorne gebracht. Unsere Traber gehören zu den besten des Landes. Es gab einige gestandene Männer, die in den Verhandlungen mit ihr schnell klein beigegeben haben. Aber die Familie hat für sie immer Priorität, und da du nun offiziell dazugehörst, hast du mit Sicherheit nichts zu befürchten."

Isabelle erinnerte sich an ihr unangenehmes Zusammentreffen mit Sophie. Sofort überlief sie ein eisiger Schauer, die Lust auf ein gemeinsames Abendessen mit der alten Dame hielt sich in Grenzen.

„Dann lernst du mal meinen Großvater Albert kennen", fuhr Paul unbeirrt fort, während sie durch die Tiefgarage zu seinem Auto gingen. Ganz Gentleman öffnete er die Beifahrertür, damit sie einsteigen konnte.

Doch Isabelle zögerte. Sie brauchte Zeit und Luft zum Nachdenken, das bevorstehende Dîner flößte ihr gehörigen Respekt, ja, fast sogar Angst ein. „Sei mir nicht böse, Paul, aber ich gehe lieber zu Fuß. Ich will noch ein wenig durch die Stadt spazieren und auf andere Gedanken kommen“, erklärte sie zwar leise, aber bestimmt, dabei strich sie ihm liebevoll über den Arm.

„Ist alles okay?“ Der plötzliche Sinneswandel sorgte für Fragezeichen in seinen schönen dunklen Augen.

„Ja, geht schon. Ist wohl die Nervosität“, erklärte sie und rang sich ein Lächeln ab. Sie küsste Paul zaghaft zum Abschied auf die Wange und ging davon.

Als Isabelle aus der Tiefgarage in die Mittagssonne trat, fühlte sie sich, als sei sie gerade einem tiefschwarzen, bedrohlichen Schatten entkommen. Wenn auch nur für kurze Zeit. Der Gedanke an dieses zähnefletschende Ungeheuer namens Sophie, dem sie in nur wenigen Stunden zum Fraß vorgeworfen wurde, bedrückte sie. Wie hatte sie sich nur darauf einlassen können? Ziellos schlenderte Isabelle durch die Straßen der Stadt und ließ ihren Gedanken freien Lauf. So sehr sie sich vor Sophie fürchtete, so sehr freute sie sich auf das abendliche Zusammentreffen mit Paul. *Warum nur kann ich mich nicht einfach auf ihn einlassen? Ich spüre doch, dass da etwas Besonderes zwischen uns ist. Er ist sexy und küsst fantastisch, sein Körper fühlt sich wahnsinnig gut an, klug ist er und liebevoll. Mein Hin und Her erträgt er, ohne zu meckern. Ich bin froh, wenn wir zusammen sind.*

Unvermittelt fand sich Isabelle in einer Einkaufspassage wieder. Vor einem großen Schaufenster war sie stehen geblieben und hatte ihr Spiegelbild betrachtet. Siehst du, du lächelst nur, wenn du an ihn denkst, stellte sie wohlwollend fest, und mit einem Blick auf ihr aktuelles Outfit beschloss sie, sich nach einem geeigneten Kleidungsstück umzusehen. Sophie würde sie so oder so nicht beeindrucken können, aber vielleicht Paul?

Ihr Budget hatte die Kleiderauswahl begrenzt, dieser Umstand war Isabelle jedoch nicht neu. In Köln, während ihrer Kindheit und des Studiums, war ihr Auskommen mehr als knapp gewesen. Jetzt bei Sergio, wenn es gutes Trinkgeld gab, war es etwas besser, aber haushalten musste sie immer. Dennoch hatten ihr ausgefallenes Gespür und ihr gutes Händchen ihr immer eine hübsche und ansprechende Garderobe beschert. In dieser Hinsicht war Isabelle ein richtiges Glückskind, wie sie selbst befand. Auch heute war ihr das Schnäppchenglück hold.

Eine halbe Stunde, bevor sie abgeholt wurde – Antoine hatte darauf bestanden –, schlüpfte sie in ein schlichtes, doch ausgesprochen elegantes Leinenkleid in Mitternachtsblau, dazu die weißen Leinenschuhe, die nach einer Runde in der Waschmaschine tatsächlich wieder in alter Frische erstrahlten. Um den Hals trug sie einen weißen Anhänger, der an einem Lederbändchen befestigt war. Günstiger Modeschmuck, der durch die feine Maserung allerdings unheimlich gut zur Geltung kam. Ein letztes Mal musterte sie ihr Erscheinungsbild im Spiegel. Das blonde Haar hatte sie bewusst offen gelassen. Isabelle war zufrieden und fühlte sich für den großen Abend gewappnet. Die Uhr zeigte Viertel vor acht, und als sie durch das Küchenfenster blickte, sah sie bereits die schwarze Limousine vor dem Haus stehen. Pünktlich auf die Minute. Nun war Showtime.

Die Résidence lag friedlich unter dem rotgoldenen Himmel der Abendsonne. Das warme Licht ließ das Anwesen, die Stallungen und umliegenden Wiesen friedlich wirken. Aber so schön sich die Umgebung gerade zeigte, Isabelle konnte sich nicht daran erfreuen. Zu sehr war sie mit sich selbst beschäftigt. Als sie aus dem Auto stieg, hatte sie das Gefühl, ihre Knie würden so weich, dass sie sich keinen Augenblick länger halten könnte. Nun reiß dich zusammen, motivierte sie sich selbst, als sie den Kiesweg entlanglief und die Klingel betätigte. Eine junge Hausangestellte begrüßte Isabelle und führte sie in den großen Speisesaal. Allein dass sie die Räumlichkeiten kannte, nahm ihr etwas Aufregung. Die junge Frau bat darum, einen Augenblick zu warten, die Herrschaften seien gleich zugegen. Ob sie die Nachfolgerin von Regine war, überlegte Isabelle und sah ihr interessiert nach. Wie alt mochte sie sein, vielleicht zwanzig?

Als sie allein war, sah sie sich aufmerksam um. Der große schwere Tisch war bereits vorbereitet. Teller, Gläser, Stoffservietten in extravaganten Metallringen – alles für fünf Personen. An drei Seiten fand sich je ein Gedeck, an einer der Längsseiten sah sie zwei Gedecke. In der Mitte brannten drei dicke Kerzen. Genau das richtige Ambiente für ein festliches Abendessen. Hoffentlich musste sie nicht allein an der Längsseite sitzen, befürchtete Isabelle.

„Wow“, holte sie Pauls leiser Ausruf der Bewunderung aus den Gedanken. „Du siehst umwerfend aus“, stellte er fest und küsste sie zurückhaltend auf beide Wangen. Dann betrachtete er sie noch einmal, und Isabelle spürte, dass sein Kompliment ehrlich gemeint war.

„Danke, du aber auch“, erwiderte sie „so ganz ohne Bart hätte ich dich kaum erkannt“, kommentierte sie das Fehlen seiner Stoppeln.

„Du tust ja gerade so, als sei ich bisher wie Räuber Hotzenplotz durch die Welt gelaufen.“

„Könnte was dran sein“, erwiderte Isabelle und zwinkerte ihm zu. Pauls Gegenwart löste ihre Anspannung. Dass ihr Auftritt ihn beeindruckte, machte sie ausgesprochen glücklich. Dieser Augenblick der Gelassenheit war jedoch leider nicht von Dauer. Sophie und Antoine betraten das Speisezimmer.

„Guten Abend, Mademoiselle Mechant“, richtete Sophie das Wort an Isabelle, als sie unmittelbar vor ihr stand. Ihre Stimme klang tief und ruhig. „Sie sehen mich überrascht. Ein Wiedersehen in diesem Rahmen“, dabei machte sie eine elegante Handbewegung, die, so dezent sie war, den ganzen Raum umfasste, „hatte ich nicht erwartet. Ich gebe zu, ich bin voller Neugier. Sie scheinen, zumindest für die anwesenden Herren, ein recht interessantes Persönchen zu sein. Mein lieber Freund Antoine legte mir ans Herz, Ihnen heute Gehör zu schenken. Mein Enkel wirkte ebenfalls auf mich ein. Nun denn, ich will mich überzeugen lassen. Sehen Sie mir allerdings nach, dass auch ich mich erst daran gewöhnen muss, dass eine Mechant an meinem Tisch diniert, anstelle das Geschirr fortzuräumen.“ Sie warf Isabelle einen herausfordernden Blick zu, dann ließ sie sich von Antoine an den Tisch geleiten.

Isabelle ballte die rechte Hand zur Faust und sah aufgebracht zu Paul. So muss ich mit mir reden lassen, vor allen Leuten!, sagte ihr Blick, und er schien sie zu verstehen.

Besänftigend strich er ihr über den Arm und flüsterte ihr ins Ohr: „Sie weiß es noch nicht besser. Immer daran denken, du bist ihr um Längen voraus.“ Dann geleitete er sie an den Tisch, an die Längsseite mit den zwei Tellern, bot ihr den Stuhl an und nahm neben ihr Platz.

Wenigstens das ist geschafft, stellte Isabelle erleichtert fest.

Das Hausmädchen servierte Weißwein, und Sophie erhob das Glas. „Lieber Paul, lieber Antoine, Mademoiselle Mechant, ich freue mich auf ein gemeinsames Abendessen. Albert wird mit Sicherheit in Kürze zu uns stoßen, bis dahin genießen wir einen guten Tropfen. À votre santé!“, sprach sie.

„Wie immer kannst du nicht warten, Sophie“, ertönte eine raue Stimme hinter ihnen. Ein älterer weißhaariger Herr in Anzug und Krawatte stand in der Tür. Langsam und in gebückter Haltung kam er zu ihnen hinüber.

„Albert, du kennst mich. Im Gegensatz zu anderen Menschen bevorzuge ich Pünktlichkeit und halte meine Termine stets ein.“

Die Art, wie Sophie ihren Mann zurechtwies, ließ sie keinen Deut sympathischer erscheinen. Isabelle fühlte sich von Sekunde zu Sekunde unwohler und griff beschämt zum Weinglas.

„Guten Abend, die Herrschaften“, grüßte Albert in die Runde, ohne weiter auf die Worte seiner Frau einzugehen, und setzte sich auf den letzten freien Platz.

Mit Befremden beobachtete Isabelle das Geschehen. Wie gut, dass Paul an ihrer Seite war. Die Vorspeise wurde serviert. Eine kräftigte Suppe mit grünen Bohnen und Bauchspeck. Sie schmeckte vorzüglich, und Isabelle war froh darüber, sich damit beschäftigen zu können, denn das Gespräch wollte einfach nicht in Gang kommen. Antoine gab sich Mühe, seichte Themen anzuschneiden, Sophie tat resolut ihre Meinung kund, um im Anschluss von Albert in einen kurzatmigen Vortrag über seine absolut gegenteilige Auffassung informiert zu werden. Auch während des Hauptgangs, geschmorte Schweinebäckchen und Möhren, war kein Thema zu finden, das die beiden hätte einen können.

Hin und wieder sah Isabelle verstohlen zu Paul, doch der verzog keine Miene. Offenbar war ihm diese Art Konversation zwischen den beiden geläufig. Kein Wunder, dass er lieber allein in seiner Wohnung ist, stellte sie mitfühlend fest und dachte darüber nach, wie es wohl wäre, wenn sie einfach gar nichts erzählen würden. Sie könnte aufstehen, einfach hinausgehen, morgen in den nächsten Zug nach Köln steigen und alles hinter sich lassen. Aber was würde dann aus Paul werden? Isabelle sah ihn mit prüfendem Blick von der Seite an, und als er ihren Blick auffing, war ihr klar, dass dies keine Option für sie sein würde. In diesem Augenblick wusste Isabelle, dass sie sich längst für ihn entschieden hatte. Sie musste nur dieses fürchterliche Abendessen überstehen, und dann würde sie ihn hoffentlich in die Arme schließen können.

„Übrigens denke ich, es ist an der Zeit, dass wir die Neuigkeiten besprechen", hörte Isabelle Antoine.

Während das Dessert, lauwarme Mirabellentörtchen, serviert wurde, begann Paul zur Überraschung aller Anwesenden, ohne Umschweife zu erzählen, warum Isabelle hier war, dass sie die Briefe gefunden und welchen brisanten Inhalt diese zutage gefördert hatten. Sowohl Sophie als auch Albert starrten ihn mit entsetzt aufgerissenen Augen an. Bis auf Paul brachte niemand am Tisch nur eine einzige Silbe heraus, und als er seine Ausführungen beendet hatte, herrschte betretenes Schweigen. Isabelle war es, als müsse sie im Erdboden versinken, sie traute sich nicht, aufzublicken.

Albert war es, der zuerst die Sprache wiederfand. „Nun ist es also doch herausgebracht. All die Jahre Stillschweigen und Bemühen, und noch aus dem Grab spuckt dieses Weibsbild auf unsere Familie." Seine Stimme wurde immer polternder. Der zuvor so gebrechlich wirkende Greis stand plötzlich aufrecht am Tisch, warf mit inbrünstiger Wut die Serviette auf den Kuchen. Mit hasserfüllten, blitzenden Augen stierte er Isabelle an. „Diese Hure von Hausmädchen hat unsere Familie auf dem Gewissen", brüllte er. „Meinem verweichlichten Bruder hat sie den Kopf verdreht, ihn betört, sodass er alles aufgeben wollte, wofür die Gelloncourts stehen. Unseren Vater und mich hat er politisch ruiniert, hat uns zum Gespött der Gesellschaft gemacht!" Sein Gesicht zeigte sich tiefrot, seine

Augen quollen dick und blutunterlaufen hervor. „Ich bin der Letzte, der von uns allen übrig geblieben ist, ihr alle seid nur Schmarotzer, Parasiten! Ihr wisst überhaupt nicht, was adeliges Blut überhaupt ist und welche gesellschaftliche Verantwortung ich trage!", geriet er immer weiter in Rage, stieß immer heftigere Beschimpfungen aus, dass sich Isabelle verzweifelt die Hände auf die Ohren legte, um sich dieser furchtbaren Situation zu entziehen.

Gedämpft drangen Alberts Worte zu ihr, doch plötzlich brach er mitten im Satz ab, wenig später erschütterte ein heftiges Poltern den Raum. Als Isabelle aufblickte, sah sie ihn neben dem Tisch auf dem Boden liegen. Mit weit aufgerissenen Augen lag er da und rührte sich nicht. Isabelle konnte sich nicht bewegen, wie hypnotisiert starrte sie in die leeren Augen des Mannes, der sie, ihre Mutter und ihre Großmutter gerade so fürchterlich beschimpft und gedemütigt hatte. Wie in Trance nahm sie die Bewegungen um sich herum war, konnte aber keine einzige logisch zuordnen. Jemand berührte ihre Schulter und führte sie hinaus in ein anderes Zimmer. Ohne Fragen zu stellen, fügte sich Isabelle und folgte der vorgegebenen Richtung.

Auf einer kleinen Couch fand sie allmählich wieder zu sich und ihrem Körper. Jetzt erst spürte sie die Schmerzen in ihrer Brust, fühlte die Fülle an Tränen und wie ihr Körper von heftigem Weinen durchgeschüttelt wurde. Jemand reichte ihr etwas zu trinken, es schmeckte bitter, aber Isabelle tat, wie ihr geheißen, und allmählich überkam sie eine angenehme Müdigkeit, die Schmerzen im Kopf ließen nach, sie atmete ruhiger und dämmerte schließlich in einem schlafähnlichen Zustand dahin. Immer wieder wurde sie von Unruhe ergriffen, nahm ihre Umgebung etwas besser wahr. Plötzlich lag sie unter einer Decke, verlor sich wieder in tiefer, gedankenloser Entspannung, bis sie endlich für eine lange Zeit einschlief.

Ihre Augen waren furchtbar geschwollen und schmerzten, als Isabelle erwachte, sie konnte sich nicht dazu durchringen, die Lider zu öffnen. Ihr ganzer Körper fühlte sich matt und elend an. Sie lag in einem Bett, in frischen Laken, das stellte sie fest, bevor sie wieder einschlief. Einige Male wiederholte sich dieser Zustand. Sie wusste, dass sie nicht in ihrem Bett lag, aber wo sie sich befand, war ihr in dem Augenblick völlig egal. Sie verlor sich nur zu gern wieder im Schlaf. Isabelle wollte sich gar nicht an das erinnern, was geschehen war. Erst als sie spürte, dass jemand neben ihr auf der Bettdecke saß, zwang sie sich, die Augen zu öffnen. Inständig wünschte sie sich, Paul zu sehen. Das helle Tageslicht brannte so sehr, dass ihre Augen tränten. Endlich konnte sie erkennen, wer dort neben ihr saß, und augenblicklich wollte Isabelle das Weite suchen, doch ihr Körper versagte ihr jeglichen Dienst. Es war Sophie.

Kapitel 16
Die neue Sophie

Isabelle versuchte nervös, den Kopf zu drehen, ihre Umgebung zu erfassen und festzustellen, wo sie sich befand. Ein kräftiger, drückender Schmerz in der Stirn ließ sie innehalten, das helle Tageslicht reizte weiterhin ihre Augen, sodass sie tränten. Sie fühlte sich furchtbar verkatert, und dass Sophie so dicht neben ihr saß, war ihr nicht nur unheimlich, sondern machte ihr Angst. Die Alte hatte so einen eigentümlichen Gesichtsausdruck. *Was hat sie vor? Will sie mich etwa umbringen? Fühle ich mich deshalb so schlecht, weil sie mich vergiftet hat? Wo ist Paul?* Isabelle wollte ihn rufen, dabei spürte sie, wie trocken ihre Lippen und ihr Mund waren, aus ihrer Kehle kam nur ein heiseres Kratzen.

„Trink erst einmal etwas", sagte Sophie und nahm ein Glas vom Nachtschrank. Ihre Stimme klang viel weicher als vorher, besorgter. Sie wirkte wie ausgewechselt.

Langsam schob Isabelle das Bettzeug zurück und setzte sich auf. Sie trug immer noch das blaue Kleid, und plötzlich erinnerte sie sich an Albert, seinen Tobsuchtsanfall und wie er dann plötzlich auf dem Boden gelegen hatte, die leeren Augen starr gegen die Decke gerichtet. Ihr stockte der Atem, es waren schreckliche Erinnerungen. *Ist er tot?* Zögernd nahm Isabelle das

Glas an, sie roch misstrauisch daran, bevor sie einen Schluck nahm.

„Ist nur Wasser", erklärte Sophie müde.

„Wo ist Paul?", fragte Isabelle und sah sich unruhig um. Sie befand sich in einem fremden Schlafzimmer, hübsch und modern eingerichtet. Es passte so gar nicht zu Sophie, und allein der Gedanke, in Sophies Bett zu liegen, ließ sie zittern.

„Er muss etwas erledigen und hat mich gebeten, solange bei dir zu bleiben", erklärte Pauls Großmutter.

Isabelle fragte sich, ob sie tatsächlich der gleichen Person gegenübersaß, die ihr mit ausgeprägter Gehässigkeit begegnet war und sie vor wenigen Tagen sogar bedroht hatte. Lass dich nur nicht einlullen, mahnte sie sich selbst zur Vorsicht. „Wann wird er wieder da sein?", bohrte sie weiter.

Sophie seufzte erschöpft und sah sie mit traurigen Augen an. „Ich weiß es nicht genau, es sind allerhand Formalitäten zu erledigen. Albert ist für immer von uns gegangen."

O mein Gott, er ist wirklich tot! Isabelles Finger umschlossen das Wasserglas fester. *Deshalb benimmt sie sich so merkwürdig. Ist sie überhaupt zurechnungsfähig? Möglicherweise leidet sie unter einem Trauma, und ihre Stimmungslage ändert sich augenblicklich. Ich muss aufpassen, was ich sage, auf keinen Fall darf ich sie reizen. Soll ich ihr mein Beileid aussprechen?* „Madame Gelloncourt", begann Isabelle zögernd.

„Nein, nenn mich Sophie", unterbrach die alte Dame sie.

Damit verstärkte sich ihre Vermutung einer Sinnestrübung aufgrund des tragischen, aufreibenden Ereignisses. Isabelle befand, dass es klug sei, nicht darauf einzugehen, dem Wunsch aber zu entsprechen. „Sophie", hob sie erneut an und fühlte sich dabei so falsch, „der Verlust tut mir sehr leid."

Sophie blickte ihr lange in die Augen. Es schien, als überlegte sie haargenau, ob und was sie auf diese Beileidsbekundung erwidern sollte, und Isabelle wurde nervös. Hätte sie das etwa nicht sagen sollen?

„Es ist sehr anständig, dass du das sagst. Aber es muss dir nicht leidtun", meinte Sophie zu Isabelles Überraschung und macht eine Pause. „Ich habe meinen Ehemann bereits vor langer Zeit verloren. Diesen Menschen, den du kennengelernt hast, habe ich nicht gekannt. Mag sein, dass sich mein Herz wehrt, möglicherweise erreicht mich die Trauer über seinen Tod noch, doch augenblicklich beschäftigt mich etwas anderes." Wieder machte sie eine Pause, dabei zupfte sie abwechselnd an den Ärmeln ihrer weißen Bluse. „Du bist auf einem seltsamen Umweg zu uns gelangt. Die Mechants haben zum Teil großes Leid erfahren müssen, und daran war Albert Gelloncourt bei Weitem nicht unschuldig", fuhr sie fort.

Isabelle stellte das Glas ab und zog sich die Bettdecke bis unters Kinn. Es war überhaupt nicht kalt, durch das gekippte Fenster drang warme Sommerluft, aber innerlich fror sie. Diese Unterhaltung mit Sophie fühlte sich nicht so an, als könne sie angenehmer werden.

„Ich weiß, dass ich dich nicht besonders herzlich in meinem Haus empfangen habe", fuhr Sophie fort. „Ich habe einen Fehler gemacht, und es tut mir leid." Isabelle schluckte und traute ihren Ohren nicht. „Das mag dich jetzt verwirren, aber ich hoffe, du kannst mir mein Benehmen eines Tages verzeihen." Die alte Dame versuchte sich in einem milden Lächeln. „Weißt du, unsere Familiengeschicke liegen mir sehr am Herzen. Wir Gelloncourts haben viel durchmachen müssen. Immer wieder mussten wir uns und unseren Stand in der Gesellschaft erarbeiten und beweisen. Das Lothringische Silber war in dieser Hinsicht mehr Fluch als Segen. Die Familie hatte, als die Herren noch politisch aktiv waren, viele Feinde. Du verstehst mein Verhalten möglicherweise, wenn du erfährst, dass mir gänzlich andere Informationen, schreckliche Lügen zugetragen wurden. Auch ich bin getäuscht und benutzt worden. Doch all das ist mir jetzt erst in all seiner Tragweite bewusst geworden. Wenn du erlaubst, möchte ich mich dir erklären."

Isabelle nickte unsicher.

„Gut", stellte Sophie mit Erleichterung in der Stimme fest. „Wie wäre es mit einem Nachmittagskaffee auf der Terrasse?", fragte sie mütterlich, sie war tatsächlich wie ausgewechselt.

„Ich würde liebend gern erst einmal ins Bad gehen. Ich fühle mich schrecklich unwohl", äußerte Isabelle. „Danach aber gern", setzte sie nach, um die Frau, die ihr gerade recht wohlgesonnen schien, nicht zu verärgern. Die Angst vor Sophie war gewichen, und allmählich kehrte ihre Selbstsicherheit zurück. Sie fühlte sich wieder wie eine erwachsene Frau und nicht wie ein kleines, krankes Mädchen.

„Du kannst Pauls Badezimmer benutzen." Sophie zeigte auf die Tür zu ihrer Rechten. „Martine bringt dir gleich noch frische Handtücher. Lass dir Zeit. Der Kaffee läuft uns nicht davon. Heute sind die Tageszeiten sowieso hinfällig. Komm einfach hinaus, wenn du fertig bist", schloss sie und sorgte für weitere Überraschung, indem sie Isabelles Hand zum Abschied sanft drückte.

Das Erste, woran Isabelle dachte, nachdem die verwandelte Sophie das Zimmer verlassen hatte, war ihr Handy. Es lag nicht auf dem Nachtschrank. Konnte sie Sophie trauen? Sie lief durch die Tür und sah sich erleichtert um. Sie war in Pauls Wohnzimmer und wusste nun sicher, wo sie sich befand. Ihre Schuhe standen neben einem der Sessel, die Handtasche lag auf der Sitzfläche, und mit einem Griff hatte sie das Telefon herausgefischt. Ein paar Nachrichten, nichts Dramatisches, alles war soweit in Ordnung. Sollte sie Paul anrufen oder lieber nicht? Sophie hatte gesagt, dass er einiges erledigen müsse, aber nicht, was. Was genau war nach Alberts Zusammenbruch geschehen? Isabelle erinnerte sich, dass sie ihn neben seinem Großvater hatte knien sehen. War Paul mit ihm ins Krankenhaus gefahren? Sprach er gerade mit den Ärzten oder schon mit dem Bestatter, saß er vielleicht mit Antoine zusammen oder gar bei der Polizei? In ihrer Vorstellung sah sie Paul in all diesen Situationen. Nein, sie konnte ihn nicht anrufen. Isabelle wusste gar nicht, was sie ihm sagen konnte. Sein Großvater war gerade gestorben. Wie ging er damit um? Bestimmt anders als Sophie. Isabelle hätte ihn jetzt gern für sich allein gehabt, in den Arm genommen und geküsst. Ja, geküsst und gesagt, wie sie empfand. Dass sie sich ihrer Gefühle nun sicher sei. Aber das alles würde nun warten müssen. Sie entschied, eine unverfängliche Nachricht zu schicken.

Hi, wo bist du? Wie geht es dir?

Umgehend erhielt sie eine Antwort. *Bin noch in Metz. Geht so und dir, ausgeschlafen?* Dass er direkt antwortete, freute und beruhigte Isabelle. Während sie überlegte, wie sie am besten darauf antworten sollte, erhielt sie eine zweite Nachricht von Paul. *Schon mit Sophie gesprochen?*

Nur kurz. Ich treffe sie gleich. Sie will Kaffee mit mir trinken. Muss ich mir Sorgen machen?

Nein, musst du nicht. Wir reden nachher in Ruhe, okay?

Es klopfte.

„Ja?“, fragte Isabelle verdutzt.

Martine brachte ihr Handtücher und ein Körbchen mit verschiedenen Fläschchen. Shampoo, Duschgel, Cremes, Zahnbürste. Sie fühlte sich gerade wie in einem Hotel.

„Danke sehr“, sagte sie leise und wartete, bis Martine wieder hinausgegangen war. *Okay, bis später*, tippte Isabelle ihre Antwort an Paul ein und fügte nach einigem Zögern ein lächelndes Emoji hinzu. Dann ging sie ins Badezimmer, entkleidete sich und stellte die Dusche an. Der aufsteigende Dampf beschlug die Scheiben, und das warme Wasser sorgte für Behaglichkeit. Langsam entspannte sie sich und dachte an Paul. Die Erinnerung führte sie zu dem Morgen, als er sie das erste Mal vollkommen überraschend geküsst hatte. Dann zum zweiten, dem Kuss, den sie eingefordert hatte. Beide Male hatten sich so richtig angefühlt. Trotzdem hatte sie Paul zurückgewiesen. Und nun? Was hatte sich zwischen ihnen geändert? Isabelle konnte es nicht erklären. „Das Herz fühlt, was es fühlt“, wiederholte sie seine Worte immer wieder, während sie unter dem warmen Wasserstrahl stand. Die Vorstellung, wie es wäre, wenn er jetzt bei ihr wäre, erregte sie. *Beim nächsten Mal kneife ich bestimmt nicht.*

Nach einigen Umwegen fand Isabelle schließlich zur Terrasse.

Dort saß Sophie bereits unter einem Sonnensegel an einem gedeckten Tisch. „Da bist du ja, Isabelle. Komm, setz dich zu mir", wurde sie begrüßt, und dieser plötzliche Sinneswandel war ihr nach wie vor unheimlich.

Isabelle nahm Platz. Ihre Haare waren noch feucht und wirkten wie ein kühlender Umschlag auf den Schultern und im Nacken. Hier draußen war es trotz einer leichten Brise ungewohnt warm im Vergleich zu den anderen Tagen.

Als hätte Sophie die Gedanken ihres Gastes erraten, begann sie: „Möchtest du lieber etwas Wasser? Da drinnen", sie deutete auf ein kleines geschlossenes Edelstahlgefäß auf dem Tisch, „sind Eiswürfel und Zitronenscheiben."

„Ich nehme gern beides", erwiderte Isabelle, die ihre Gastgeberin nicht verärgern wollte. Aufmerksam sah sie sich um, weit und breit war keine Menschenseele zu sehen. Sie saß hier ganz allein mit Pauls unheimlicher Großmutter. Sophie wirkte müde und über Nacht gealtert. Trotz sorgfältig aufgetragenem Make-up waren ihre Augenringe deutlich zu erkennen. *Hat sie überhaupt schlafen können? Vielleicht ist sie so sehr traumatisiert und steht vollkommen neben sich.* „Der Verlust Ihres Mannes tut mir aufrichtig leid." Sie wusste nicht recht, was sie sagen sollte, wollte aber auch nicht unhöflich sein.

„Ach, Kind, nenn mich doch Sophie“, bat diese erneut, während sie Eiswürfel und Zitronenscheiben in ein Glas gab und mit Wasser aus der danebenstehenden Karaffe aufgoss. Sie schob das Glas über den Tisch. „Es ist nett, dass du das sagst. Es stimmt, nun bin ich Witwe. Albert Gelloncourt de Lorraine ist gestern Abend verstorben, und das ist tragisch, aber meinen Mann habe ich bereits vor langer, langer Zeit verloren.“ Sophie griff nach einem Kännchen, passend zum Eiskübel, und goss etwas daraus in ihren Kaffee. Isabelle staunte, denn es war nicht die erwartete Milch. Der Wind stand günstig und verriet, dass es sich um Cognac handelte. „Aus diesem Grund ist es mir so wichtig, mit dir zu sprechen. Ich habe mich ganz miserabel aufgeführt. Von vorne beginnen können wir nicht, aber ich kann dich darum bitten, mir zuzuhören, denn ich möchte dir eine Geschichte erzählen. Es geht um die Familie, und damit betrifft es dich genauso wie mich. In den letzten Stunden ist mir so vieles klar geworden. Die Sicht auf viele Dinge hat sich maßgeblich gewandelt. Die Zeit, viel zu ändern, habe ich nicht mehr, ich habe jedoch den dringenden Wunsch, nicht als verbittertes altes Weib zu sterben.“ Sie hob anbietend das Kännchen. „Für die Nerven? Ich schlage mich im Moment ganz gut damit.“

Isabelle nickte und sah zu, wie Sophie großzügig einschenkte.

„À ta santé, Isabelle, et pour la famille!“, erklärte die Alte und nahm einen Schluck aus ihrer Tasse.

Isabelle nippte ebenfalls. Der gepimpte Kaffee schmeckte stark, aber nicht schlecht, und da es Sophie offenbar gerade sehr ernst damit war, sich etwas von der Seele reden zu wollen, lehnte sie sich, entschlossen, sich diese Geschichte anzuhören, in ihrem Stuhl zurück.

„Ich bin keine geborene Gelloncourt. Als mich Albert damals um meine Hand bat, war ich überwältigt, geschmeichelt und verliebt bis über beide Ohren in diesen Charmeur. Er konnte wahrlich charmant sein. Und stolz war ich auch. Stolz darauf, dass ich Teil einer Adelsfamilie wurde. War ich naiv? Mit Sicherheit, genauso naiv, wie viele junge Frauen, wenn sie verliebt sind. Ich lernte schnell, dass im Hause Gelloncourt die Prioritäten anders lagen. Erst dachte ich, es sei die Familie, die im Vordergrund steht und für die jegliche Entscheidung getroffen wurde. Aber ich habe mich geirrt. Es ging immer nur um Macht. Als ich hier einzog, war ich, abgesehen vom Personal, die einzige Frau auf dem Anwesen. Mein Schwiegervater hatte nach dem Tod seiner Frau viele Jahre allein mit seinen Söhnen in der Résidence verbracht. Wobei Gustav, wie sich schnell herausstellte, wenig Zeit mit seinen heranwachsenden Kindern verbracht hatte, sondern sich vielmehr um seine Geschäftsbelange und vornehmlich um politischen Einfluss gekümmert hatte. Die Jungs wurden von Lehrern und Kindermädchen großgezogen. Die Vater-Sohn-Beziehung zu meinem Mann festigte sich mit den Jahren, vor allem, als dieser die gleichen beruflichen Interessen zeigte. Der arme Bruno ist dabei auf der Strecke geblieben. Ihn interessierten weder Macht noch das große Geld. Bruno hatte ein weiches Herz, eine empfindsame Künstlerseele, doch dies hat ihm nie zum Vorteil gereicht. Gustavs Frau, Josephine, starb bereits in jungen Jahren. Bruno war gerade erst drei Wochen alt, da erlag sie dem Kindbettfieber. Seinen Zorn, die Trauer und die Wut darüber hatte Gustav auf dem armen Bruno abgeladen. Nicht nur, dass er ohne seine Mutter aufwachsen musste, er trug auch zeit seines Lebens die Schuld an ihrem Tod auf seinen Schultern. Gustav und Albert standen immer zusammen gegen Bruno. In den ersten Jahren meiner Ehe mit Albert habe ich das alles nicht so gesehen. Ich habe ebenso wenig Zeit mit Bruno verbracht wie Gustav und Albert. Ich schwebte auf Wolke sieben, immerhin war ich die Dame des Hauses, und als ich dann schwanger wurde, war für mich das Glück perfekt. Die erste richtige Krise erlebte ich so ab neunzehnhundertsiebzig." Sophie machte eine Pause. Sie wirkte, als müsste sie ihre Gedanken sortieren, sicherstellen, dass sie nichts ausließ.

Isabelle wartete, dass sie weitersprach.

„Die Region Lothringen hat eine bewegte Geschichte. Wie die Familie Gelloncourt zu ihrem Namen gekommen ist, die historische Begegnung mit der Herzogin von Lothringen und welchen Einfluss sie auf die Geschichte der Familie durch die Schenkung des Silbers genommen hat, kennst du bereits?" Sophie sah Isabelle aufmerksam an und fuhr erst fort, als diese bestätigend nickte. „Nun, so beeindruckend diese Begebenheit ist, sie liegt bereits einige Jahrhunderte zurück, und sowohl mein Schwiegervater als auch mein Mann strebten danach, sich selbst einen Namen zu machen. Sie wollten politische Macht und wirtschaftlichen Einfluss auf Lothringen ausüben. Bereits Jahre zuvor, als Frankreich in Regionen unterteilt wurde und Lothringen entstand, hatte Gustav große Angst vor politischen und wirtschaftlichen Veränderungen. Nichts ließen sie unversucht. Viel Zeit haben sie in Nancy und Metz verbracht, um in die richtigen Kreise zu gelangen. Die beiden waren ganz besessen davon, sich bestmöglich neben dem künftigen Regionalpräfekten zu positionieren und die Verwaltung der neuen Region zu beeinflussen. Gustav hatte bereits große politische Erfahrung, und Albert punktete mit seinem harmonischen Familienleben. Sie beide kokettierten mit Adeline und mir, warben um uns beide, aber das habe ich damals nicht begriffen. Ich war so stolz und freute mich, meiner erfolgreichen Familie den Rücken zu stärken. Dass sich Bruno beruflich nicht anschließen wollte und alle Möglichkeiten, die ihm sein Vater im Familienunternehmen anbot, nicht wahrnahm, war eine Sache. Als er jedoch sein Verhältnis mit dem Hausmädchen herauskam, war auch ich sehr erbost. Sie war noch ein halbes Kind, und Bruno hatte es obendrein geschafft, sie zu schwängern. Damit gefährdete er nicht nur seine Zukunft, sondern vor allem den guten Ruf meines Mannes und dessen beruflichen Aufstieg. Alles zureden half nichts, und letztlich war ich ebenfalls davon überzeugt, dass Bruno all dies nur tat, um sich an Gustav und Albert zu rächen. Dass er sich dafür das Hausmädchen zunutze machte, empfand ich schon damals als pietätlos."

Isabelle nickte stumm.

„Antoine war bereits seit einigen Jahren unser Anwalt. Mein Mann und Gustav haben sich zu dieser Zeit stundenlang mit ihm zu Beratungsgesprächen zurückgezogen und versucht, einen Weg zu finden. Wir alle haben Regine dazu gedrängt, das Kind abzugeben. Sie war so jung und verängstigt, es dauerte nicht lange, bis sie einwilligte. Sie erhielt eine gesicherte Anstellung, das Haus, das du bereits kennst, für ihre Verhältnisse einen recht großen finanziellen Entschädigungsbetrag. Im Gegenzug musste sie sich zu Stillschweigen verpflichten. Natürlich ging es bei diesem Handel niemals um Regine. Alles Notwendige wurde getan, um diesen Skandal aus der Öffentlichkeit herauszuhalten." Sophie goss sich nach und bot Isabelle eine weitere Tasse ihres speziellen Kaffees an.

Isabelle spürte bereits die Wirkung des ersten und lehnte dankend ab. Viel lieber hätte sie etwas gegessen. Ihr Magen knurrte vernehmlich, aber sie wagte nicht, Sophies Redefluss zu unterbrechen. Sie wusste nicht, ob die emotional angeschlagene Dame jemals wieder in die Verlegenheit kommen würde, offen zu sprechen, und Isabelle wollte so viel erfahren wie möglich.

„Regine arbeitete am Morgen der Geburt noch hier. Sie hatte gar nicht gemerkt, dass ihre Schmerzen Wehen waren. Ich schickte sie wieder zurück, damit sie ihr Kind allein und in Abgeschiedenheit zur Welt bringen konnte. Mit alledem wollte ich nichts zu tun haben. Den ganzen Tag dachte ich nur daran, dass der Spuk endlich vorbei sein würde. Ich war grausam, das gebe ich zu. Bruno fuhr am Nachmittag rüber, in der Nacht machten sich Gustav und Albert persönlich auf den Weg. Ich weiß nicht, was tatsächlich in der Nacht geschehen ist. Sie sagten, dass das Kind gestorben sei, ein Junge, und sie hätten ihn in derselben Nacht hinter dem Haus begraben, und ich habe mich damit zufriedengegeben. Ich wollte gar nicht mehr wissen, ich verbrachte den Tag viel lieber mit meiner kleinen Adeline und verwöhnte sie, wo ich nur konnte. Regine kam nach etwa zwei Wochen wieder regelmäßig zur Arbeit, und das Thema wurde nie wieder angeschnitten. Aber am Ende hat es alles nichts genützt. Brunos Fehltritt fand irgendwie doch seinen Weg an die Öffentlichkeit und beschädigte den Ruf der Gelloncourts. Der gewünschte politische Erfolg blieb aus, ein Rückschlag, von dem sich mein Mann nie erholte und der sich nachhaltig auf unsere Beziehung ausgewirkt hat. Ich sah ihn plötzlich mit anderen, kritischen Augen. Er war mir fremd geworden, und ich habe Regine dafür gehasst. Ich schwöre, ich habe all die Zeit nicht gewusst, dass es zwei Kinder gewesen sind." Dann setzte sie leise hinzu: „Ich glaube aber kaum, dass ich mich anders verhalten hätte. Das ist mehr als schäbig. Ich schäme mich wirklich."

Isabelle traute ihren Ohren nicht, sie konnte kaum glauben, was ihr Sophie gerade erzählt hatte. Es waren schreckliche Taten, Schicksale, und es fügte sich alles so nahtlos ineinander, dass sie keinen Zweifel am Wahrheitsgehalt der Schilderungen hatte. *Was muss dieser Gustav nur für ein Unmensch gewesen sein, wie sehr hat er seinen Sohn gehasst?* Sie wollte irgendetwas erwidern, fand jedoch nicht die richtigen Worte. Sie blickte in die Landschaft, beobachtete die Pferde auf der Weide, versuchte, das Gehörte in irgendeiner Form zu verarbeiten.

Klirrendes Geschirr riss Isabelle aus den Gedanken. Martine brachte etwas zu essen. Gott sei Dank! Die beiden Frauen saßen schweigend auf der Terrasse, aßen gemeinsam von den Blätterteigküchlein. Isabelle musste sich zügeln, nicht zu schnell zu essen. Nach drei der kleinen süßen Teilchen ging es besser. Sie trank in einer Bewegung der Gewohnheit einen großen Schluck Kaffee und musste ein spontanes Husten unterdrücken. Sie hatte den Cognac vergessen. Wie viel mochte sich Sophie bereits gegönnt haben? Wie konnte sie noch so rüstig und gerade auf dem Stuhl sitzen?

„Ich sagte ja, dass ich Albert bereits vor langer Zeit verloren habe", nahm Sophie das Gespräch wieder auf, und Isabelle zuckte zusammen. Sie hatte tatsächlich schon wieder verdrängt, dass der Mann gerade verstorben war. „Es war der Tag, an dem unsere Tochter Adeline und ihr Mann verunglückten. Sie hatten einen fürchterlichen Streit mit Albert. Hugo war von ganz anderem Schlag als Albert, er gehörte zu den Neureichen, war zur richtigen Zeit am richtigen Ort gewesen und durch eine Investition über Nacht an viel Geld gekommen. Albert konnte damit nichts anfangen, vor allem, weil Hugo sein Geld gern mit vollen Händen wieder ausgab. Er verwöhnte Adeline auf seine unkonventionelle Art. An dem Tag, als ich die beiden das letzte Mal lebend gesehen habe, fuhr Hugo gerade mit einem nagelneuen Sportwagen vor und hatte beschlossen, mit Adeline einen spontanen Ausflug nach Monte Carlo zu machen. Dass Paul währenddessen wie immer in meiner Obhut blieb, stand außer Frage. Der Junge war damals erst acht Jahre alt gewesen. Ich musste ihm, so gut es eben möglich war, Mutter und Vater ersetzen. Albert hat es nie gesagt, aber ich spürte, dass er mir die Schuld an Adelines

Tod gegeben hat. Er hatte sich immer gegen Hugo gewehrt, wenn es nach ihm gegangen wäre, hätten die beiden niemals geheiratet, dann wäre unsere Tochter vielleicht heute noch am Leben." Sophie seufzte. „Doch dann gäbe es keinen Paul, und das möchte ich mir gar nicht vorstellen. Wo bleibt er überhaupt?" Sie sah auf ihre Armbanduhr. „Es ist bereits nach sechs, so lange kann das alles nicht dauern", stellte sie fest.

Isabelle nahm einen weiteren Schluck Kaffee, diesmal einen kleinen.

„Nun, vielleicht benötigt er auch etwas Zeit für sich", redete Sophie weiter. „Pauls Beziehung zu seinem Großvater war emotional nicht so distanziert wie meine. So kann es eben gehen, am Ende gibt dir das Schicksal, was du verdienst, und so wie ich mich Regine gegenüber verhalten habe, ist es wohl meine Strafe. Ihre Tochter lebt und meine ist tot." Sie sagte es ohne jeden Gefühlsausdruck, müde und sachlich, als resümierte sie nach einer anstrengenden Geschäftsbesprechung, bei der sie leider nicht alle geforderten Schwerpunkte hatte durchsetzen können. Sie trank ihren Kaffee aus, wartete, bis Martine das Geschirr vom Tisch genommen hatte, und griff unvermittelt das nächste Thema auf. „Wie ist es denn deiner Mutter bisher ergangen? Wie lebt ihr? Seid ihr eine glückliche Familie? Hast du weitere Geschwister?"

Isabelle, die gar nicht richtig wusste, wie ihr geschah, brauchte einen Moment, bis sie sich in der Lage fühlte, auf die Fragen zu antworten. Angesichts dessen, dass Sophie ihr gegenüber gerade so schonungslos ehrlich gewesen war, konnte sie sich allerdings dazu überwinden und begann, zu erzählen. Erst zurückhaltend, doch dann, als sich Sophie wirklich interessiert zeigte, gab sie mehr von ihrem Leben, ihrer Mutter und dem Vater preis, dessen Bekanntschaft mit ihrer Mutter nicht mehr als eine Affäre in jungen Jahren gewesen war. Trotzdem war Isabelle erleichtert, als Antoine die Terrasse betrat und sich zu ihnen gesellte. Er küsste beide Frauen zur Begrüßung jeweils auf die linke und rechte Wange und ließ sich erschöpft auf einem der freien Sessel nieder.

„Paul muss ich noch für ein Weilchen entschuldigen, er kommt erst am Abend. Er bat mich, vorher nach den Damen zu sehen. Kann ich etwas für Sie tun, bevor ich mich für heute verabschiede?"

Isabelle ergriff die Gelegenheit, sich dem mehr als skurrilen Kaffeekränzchen mit Sophie zu entziehen. Sie war von den Neuigkeiten erschlagen. Sie konnte gar nicht mehr erfassen, was sie eigentlich wollte. Sie musste unbedingt schlafen und einen klaren Kopf bekommen, nüchtern werden. Sophie hatte ihr mit dem Cognac stark zugesetzt. Mit ihrer Mutter wollte sie unbedingt telefonieren und in Ruhe mit Paul sprechen.

„Ich möchte gern nach Hause", erklärte sie ruhig.

„Nach Köln?", fragte Antoine überrascht.

„Das auch irgendwie", gab Isabelle zu, „aber erst einmal reicht mir Regines Zuhause."

„Das lässt sich einrichten. Möchten Sie auf mich warten, oder darf Didier Sie sofort hinüberfahren?"

„Ich fahre gern gleich."

Kapitel 17
Silberfieber

Die Fahrt in der Limousine wirkte einschläfernd auf Isabelle. Sie glaubte, dass ihr Kopf irgendwann einfach aufgehört hatte, zu denken. Wortlos stieg sie aus, verabschiedete sich matt bei Didier und ging ins Haus. Dass sie die Haustür am Vortag nicht abgeschlossen hatte, nahm sie gleichgültig zur Kenntnis. Was sollte hier schon passieren, mitten im Wald? In Gelloncourt spielten sich ganz andere Dramen ab. Das Bedürfnis, sich auszuruhen und zu schlafen, siegte über jeden anderen Gedanken. Isabelle quälte sich aus dem Kleid, ließ Schuhe und Klamotten auf dem Fußboden liegen und zog sich ihr Schlafzeug über. Sie zog die Vorhänge zu, vergrub sich tief in ihrer Bettwäsche und schlief umgehend ein. An die Verabredung mit Paul erinnerte sie sich genauso wenig wie an den Vorsatz, zu Hause in Köln anzurufen. Sie hörte das Klingeln des Festnetztelefons nicht, auch nicht das laute Klopfen an der Haustür und nicht, dass jemand das Haus betrat, denn sie hatte die Tür nicht von innen verriegelt.

Als Isabelle erwachte, war es stockdunkel um sie herum, und sie hatte nicht das Gefühl, viel geschlafen zu haben, sie wollte weiterschlafen, da fuhr ihr mit einem Mal ein Schreck in alle Glieder. Sie fühlte etwas auf ihrer Schulter, eine Hand berührte sie. Isabelle dachte, das Herz müsse ihr vor Angst aus der Brust springen, sie wollte schreien, doch die Stimme versagte ihr. Ein heiseres Wimmern brachte sie heraus, während sie sich panisch aus dem Bett kämpfte, gegen den Schrank stieß und verzweifelt nach einer Waffe zu ihrer Verteidigung tastete. Sie fand nichts, tastete weiter, rang nach Luft, suchte keuchend einen Weg hinaus, endlose Sekunden der Angst, bis sie endlich wahrnahm, dass jemand ihren Namen rief und im nächsten Augenblick das Licht auf dem Nachtschrank einschaltete. Paul stand dort und blickte sie entgeistert an.

„Bist du verrückt geworden!“, brüllte Isabelle und fing fürchterlich zu weinen an. „Wie kannst du mich nur so erschrecken, ich dachte, mir will einer was antun!“, machte sie ihrer Angst und Panik weiter Luft. „Wo bin ich da nur hineingeraten? Das ist alles nicht normal“, klagte sie, immer noch aufgeregt, aber weniger laut. Paul stand ihr sprachlos gegenüber. „Was hast du dir nur dabei gedacht? Du kannst nicht mitten in der Nacht hier reinplatzen und an mein Bett kommen!“

Paul stand nach wie vor fassungslos auf der anderen Seite des Bettes. „Entschuldige, ich habe mir Sorgen gemacht“, sagte er leise zu seiner Verteidigung.

„Aber dann kannst du anrufen oder klopfen“, fuhr Isabelle in einer Mischung aus Belehrung und Verwunderung fort.

„Das habe ich, bestimmt eine Stunde, und ich habe sogar mit Antoine telefoniert, der mir versichert hat, dass Didier dich hat ins Haus gehen sehen. Ich hatte Angst, dass dir etwas zugestoßen sein könnte.“

Langsam stieg Isabelle wieder ins Bett, setzte sich hin und flüsterte: „Ich kann nicht mehr. Das ist mir alles zu viel. Ich muss schlafen, einen klaren Kopf bekommen, ich fühle mich wie in einem Irrenhaus."

„Ich auch", gab Paul leise zurück.

Nun tat Isabelle ihr Ausbruch fürchterlich leid. Es stimmte ja, er hatte gerade seinen Großvater verloren und den ganzen Tag mit dem Thema in Metz verbracht. Nun bemerkte sie seine Augenringe, Paul sah völlig erledigt aus. „Lass uns schlafen, wir reden morgen", bot sie sanftmütig an, legte sich wieder hin und hielt schläfrig die Bettdecke hoch. Mit dem Gedanken, dass sich dieser Moment trotz aller Aufregung richtig und gut anfühlte, schlief sie ein.

Mit dem Kopf auf Pauls Brust, in seinem Arm wurde Isabelle wach. Sie öffnete die Augen. Es war bereits Tag, doch die Vorhänge ließen nur begrenzt Licht in das kleine Schlafzimmer. Paul trug ein T-Shirt, über das sie vorsichtig mit den Fingerspitzen fuhr und die Erhebungen seiner Brust spürte. Gemeinsam mit ihm unter einer Decke zu liegen, war himmlisch. Für einen Moment stockte ihre Hand, denn sie fühlte Pauls Beine unter der Decke an ihren eigenen.

„Alles okay?", vernahm sie seine leise Frage.

Das gemeinsame Aufwachen fühlte sich so gut an, und trotzdem befiel Isabelle sofort Nervosität. Langsam hob sie den Kopf und blickte ihn an. „Morgen", versuchte sie in möglichst normalem Ton. Paul sah sie an, offensichtlich wartete er auf eine Antwort. „Du hast keine Jeans an", bemerkte sie und konnte sich ein Grinsen nicht verkneifen.

„Ist das nicht in Ordnung?“, fragte er zurück und schien bereit, umgehend aus dem Bett zu springen und sich anzukleiden.

Aber das wollte Isabelle ja gar nicht. „Ja, ist in Ordnung. Nur etwas merkwürdig, findest du nicht?“

„Nein“, erwiderte er. „Ich schlafe gewöhnlich immer ohne Hose, und du hast auch kein Kleid an, in dem du übrigens, wenn ich das an dieser Stelle noch einmal erwähnen darf, nicht nur ganz bezaubernd, sondern ziemlich heiß ausgesehen hast.“

Die Schmeichelei gefiel Isabelle. „Darfst du erwähnen“, erwiderte sie und legte den Kopf wieder auf Pauls Brust. „Wie geht es dir jetzt?“, wollte sie wissen.

„Den Umständen entsprechend. Traurig bin ich und enttäuscht, und glücklich bin ich auch.“

„Wieso glücklich?“, fragte Isabelle, sie konnte sich nicht erinnern, dass unter den letzten Ereignissen irgendeines dabei gewesen sein sollte, das ihn hätte glücklich machen können.

„Dass ich in diesem Moment bei dir bin, macht mich glücklich, denn ich wäre nirgendwo lieber als bei dir“, erklärte Paul.

Isabelle spürte die Erregung weiter in sich aufsteigen. War jetzt der richtige Moment, ihm zu sagen, dass es ihr ganz genauso ging? Sie hob den Kopf, strich die langen Haarsträhnen aus ihrem Gesicht und stützte sich auf dem Kopfkissen ab. „Mir geht es genauso. Ich weiß nicht, was ich denken soll, ich bin hin- und hergerissen, betrübt und unglücklich über all das, was ich in den letzten Tagen erfahren habe. Aber auch froh und ... na ja, eben froh, dass wir uns getroffen haben.“ Sie konnte es nicht fassen, just in diesem Augenblick hatte sie den Mut verloren, ihm ihre Gefühle zu gestehen. „Lass uns aufstehen und zu *Jacques* spazieren. Wir können uns an der frischen Luft etwas unterhalten und frühstücken dort zusammen."

„Wie spät ist es? Ich glaube kaum, dass wir dort noch Frühstück bekommen", mutmaßte Paul.

Isabelle stand auf und suchte ihr Handy. „Du hast recht, schon halb zwei. Meine Güte, was sind wir Schlafmützen. Aber einen Kaffee bekommen wir trotzdem, oder?"

Die Textnachrichten von Sergio wollte sie später beantworten. *Melde dich mal, wenn du Zeit hast* und *Lass uns mal telefonieren, wenn es dir passt.* Klang jetzt nicht so dramatisch, und sie dachte daran, lieber später mit ihrer Mutter und mit Sergio zu sprechen, nicht jetzt, wenn Paul da war. Sie wollte ungestört Zeit mit ihm verbringen und war sowieso schon verärgert über sich selbst. Warum hatte sie ihm nichts gesagt? Nun war der Moment vorbei. Wie wollte sie das jetzt noch nachholen? Ach übrigens, ich glaub, ich will dich jetzt doch? Nein, das brachte sie nicht fertig. Wann würde der nächste Moment kommen, würde es überhaupt einen nächsten geben?

Paul setzte sich auf. „Ich hatte gestern Abendessen für uns beide mitgebracht. Nichts Wildes, nur Pizza. Wenn du Kaffee dahast und nichts gegen kalte Pizza hast, brauchen wir nirgendwohin, sondern essen bei dir. Mir ist ehrlicherweise sowieso nicht danach, unter Leute zu gehen", gestand er.

Natürlich hatte Isabelle Verständnis und wollte ihn nicht drängen. „Von mir aus bleiben wir hier", gab sie sich einverstanden und verschwand im Bad.

Wenig später saßen sie draußen, hatten sich Stuhl und Hocker vor die Tür gestellt und aßen kalte Pizza.

„Wie lange kannst du bleiben?", fragte Isabelle unvermittelt.

„Ich weiß nicht. Wie lange willst du mich denn dahaben?"

Sie schwieg, fügte aber in Gedanken hinzu: *Von mir aus bleib!* „Hast du Lust, etwas Sinnvolles zu tun?", versuchte sie erneut, ein Gespräch zu beginnen.

„Das klingt sehr vernünftig. Was schlägst du vor, abwaschen, umgraben, den Zaun streichen?", fragte Paul, und auch wenn die Vermutung nahelag, konnte sie kein Zeichen von Sarkasmus in seinem Gesicht erkennen.

„Was?", erwiderte sie irritiert. „Nein, ich dachte eigentlich daran, das Silber zu suchen."

Paul sah sie fragend an. „Hast du es etwa eilig, nach Hause zu kommen?"

„Nein, mir geht nur so viel im Kopf herum, und ich glaube, etwas Ablenkung könnte uns beiden guttun."

„Von mir aus gern, obwohl ich mir kaum vorstellen kann, dass es hier ist und sich ohne Weiteres von uns finden lässt. Wir hätten einen Metalldetektor kaufen sollen."

„Haben wir aber nicht", erklärte Isabelle, stand auf und ging mit ihrem Stuhl hinein. Sie stellte sich darauf und zog die Treppe zum Dachboden runter. „Komm hoch, ich zeige dir, wo ich die Briefe gefunden habe, und dann gehen wir das ganze Haus von oben nach unten systematisch durch." Sie kletterte hinauf, schaltete die Taschenlampe an ihrem Handy ein und sah sich um, bis Paul bei ihr war. „Dort in der Mitte hat die Kiste mit den Briefen gestanden. Sie sollte gefunden werden. Was ist, wenn es mit dem Silber genauso ist?"

„Das mag ja sein, aber es wird nicht in eine kleine Kiste passen. Du hast die Leuchter auf den Bildern gesehen. Die sind nicht so klein."

„Lass uns den Dachboden genau durchsuchen. Viel gibt es ja nicht hier oben." Paul folgte ihr bis zum Dachfenster am Giebel. „Stopp", forderte Isabelle plötzlich und bewegte ihre Hand reflexartig nach hinten. „Das ist doch nicht möglich, wie kann das sein?", entfuhr es ihr.

„Was meinst du?"

Sie antwortete nicht, sondern leuchtete mit dem Handy auf ein weiteres Kästchen, das genau vor dem kleinen Fenster stand. „Wie habe ich das übersehen können? Hier oben steht weit und breit nichts, und das fällt mir nicht auf. Mir ist unheimlich. Es ist fast so, als hätte es jemand nachträglich dort platziert."

Langsam traten sie näher.

„Nein, das steht schon eine Weile da", stellte Paul fest. „Schau dir den Staub darauf an, und da", er hob das Kästchen hoch, „da drunter ist kaum etwas." Sie sahen auf eine glatte viereckige Stelle auf dem Dachboden, die bisher vom Staub verschont geblieben war.

„Es ist nicht verschlossen", erkannte Isabelle und hob den Deckel hoch. Das Kistchen war leer. „Schön angeschmiert, ich kann mir gar nicht vorstellen, dass Regine so ein Spaßvogel war." Sie nahm es mit, und dann setzten sie die Suche auf dem Dachboden fort. So sehr sie sich umblickten, nach Hohlräumen klopften und leuchteten, sie fanden nichts weiter. Der Speicher gab nichts Brauchbares her. „Na, dann ab ins Erdgeschoss oder in den Garten?“, ließ sie Paul die Wahl.

„Lass uns drinnen beginnen“, entschied er.

„Ich habe ja mal gehört, dass die beste Methode, etwas zu verstecken, die ist, das Objekt ganz offen, vor aller Welts Augen zu platzieren“, erzählte Isabelle, während sie damit anfing, die Küchenschränke auszuräumen.

Die wenigen Tassen, Teller und Gläser, die Regine hatte, stellte sie nacheinander auf den Fußboden, prüfte die Schränke auf doppelte Böden, konnte aber auch dort nichts finden. Paul war derweil damit beschäftigt, den Fußboden im ganzen Haus abzuklopfen. Sie suchten fast drei Stunden lang intensiv an allen möglichen und unmöglichen Stellen, bis ihnen die Ideen ausgingen.

„Dann bleibt wohl wirklich nur der Garten“, stellte Isabelle frustriert fest. Sie hatte keine Lust, draußen zu graben, und der Gedanke, die Ruhe des toten Babys zu stören, bereitete ihr Unbehagen. Sie stand auf, holte zwei Gläser mit Wasser und setzte sich zu Paul auf den Boden, der auf der leeren Kiste vom Dachboden herumtrommelte.

„Ich frage mich nach wie vor, warum das Ding dort oben stand.“

„Zeig noch mal her“, forderte Isabelle. Sie nahm ihm das Holzkästchen ab, wog es auf der Hand, drehte es in alle Richtungen, schüttelte es sogar, konnte jedoch nichts finden. Dann stutzte sie. „Hast du gesehen, dass auf dieser Seite ein Punkt ist, Paul?“

„Da ist die Maserung vom Holz“, erklärte er, doch damit gab sich Isabelle nicht zufrieden.

„Nein, schau, es ist keine Maserung“, beharrte sie und ging hinaus ans Tageslicht. Tatsächlich zeigte sich, dass es sich nicht nur um einen Punkt, sondern um einen kleinen Pfeil handelte, der auf einer der Schmalseiten ganz unten angebracht worden war und nach oben zeigte. „Das ist bestimmt eine Kiste mit doppeltem Boden, wir müssen nur den Mechanismus finden, und dann kommen wir an eine Karte“, dachte Isabelle laut. Aber so sehr sie sich mühten, drückten und schoben, sie brachten das Kistchen nicht auf. Wieder schüttelte sie den kleinen Holzkörper. „Es hört sich überhaupt nicht danach an, als könnte da irgendetwas drin sein“, stellte sie entmutigt fest und gab es Paul, der es wiederum drehte und wendete und zum gleichen Schluss kam.

„Wir haben ja nur zwei Möglichkeiten, Isabelle. Entweder sind wir total auf dem Holzweg, dann sollten wir zu graben anfangen, oder aber wir liegen mit der kleinen Truhe gar nicht so falsch und denken nur nicht in die richtige Richtung.“

Plötzlich stand sie auf. „Ich werd verrückt, wenn das stimmt!“, flüsterte sie und fügte erklärend hinzu: „Du hast recht, das *ist* eine kleine Truhe. Komm!“, forderte sie Paul auf, ihr ins Schlafzimmer zu folgen.

„Die Truhe haben wir schon mindestens fünfmal durchgesehen“, meinte er.

Isabelle sah, dass er ihre Begeisterung noch nicht teilte. „Vielleicht hat die Truhe einen doppelten Boden oder Deckel.“

„Ich will nicht als Klugscheißer vom Dienst dastehen, aber auch das habe ich vorhin ausgiebig untersucht", erwiderte Paul.

„Dann hast du nicht richtig geschaut. Du hast die Truhe ja nicht einmal von der Wand weggezogen. Los, pack mal mit an!" Isabelle zerrte aus Leibeskräften an dem schweren Möbelstück. Erst als Paul sie tatkräftig unterstützte, begann es, sich zu rühren.

„Du kannst mir nicht erzählen, dass Regine die Truhe Zeit ihres Lebens irgendwann einmal bewegt hat", schnaufte er.

Mehr als zwei Handbreit schafften sie das schwere Möbelstück nicht, von der Wand zu entfernen. Paul ließ sich für einen Moment aufs Bett fallen, während Isabelle die Truhe von außen untersuchte.

„O", entfuhr ihr dabei ein Laut der Überraschung. „Das musste sie wahrscheinlich gar nicht. Sie hat das Ding wohl all die Jahre da stehen lassen. Sieh mal genau hin, hier unten auf der Seite, da ist der gleiche Pfeil wie auf der kleinen Kiste. Der ist winzig, aber glaub mir, es ist ein Pfeil. Wir müssen die Truhe öffnen. Ich wette, die hat einen doppelten Boden." Nervös tastete Isabelle das ganze Seitenteil ab, suchte einen Hebel, den sie betätigen konnte, fand jedoch nichts.

„Isabelle, jetzt mal im Ernst", Paul saß voller Skepsis auf dem Bett und versuchte, ihre Euphorie zu bremsen, „glaubst du nicht, dass das alles viel zu einfach wäre? Ich habe jahrelang Zeit und Geld in historische Forschung gesteckt. Das ist Regine mit Sicherheit nicht entgangen. Sie hätte es mir für einen Haufen Geld zurückverkaufen können."

Isabelle hörte ihm nur zur Hälfte zu. Sie zog sich einen Haargummi aus der Hosentasche, hielt ihn kurz mit den Zähnen fest, während sie ihre zerzauste Mähne zu einem wilden Pferdeschwanz zusammenfasste. Nachdem die Haare gebändigt waren, wischte sie sich mit dem Handrücken den Staub von der Nase und widmete sich wieder ihrer Aufgabe. Das Schatzsucherfieber hatte sie gepackt, und wie besessen tastete sie hinter der Truhe auf dem Boden kniend den alten Holzboden ab. Und plötzlich fand sie etwas. Es war so einfach. Einer der Metallbeschläge an der Rückwand der alten Truhe ließ sich bewegen. Er war nicht lose oder klapprig, sondern ließ sich drehen wie der Zeiger einer Uhr, allerdings nur begrenzt. Zwischen den Zeigerstellungen sechs und neun konnte Isabelle das längliche Metallstück hin und her bewegen. Sie spürte das Adrenalin bis in die Haarspitzen. Sie ließ den Beschlag oben, denn sie war sich sicher, einen Riegel gefunden zu haben. Aber wofür? Irgendetwas musste dieser Fakebeschlag geöffnet haben. Wieder tastete und suchte sie, nahm ihr Handy zu Hilfe und leuchtete sämtliche Stellen aus – und fand einen hauchdünnen Spalt.

„Paul, ich glaube, du liegst falsch“, keuchte sie vor Aufregung. Sie krabbelte aus der Ecke hervor, stieg zwischen Bett und Truhe hindurch an ihm vorbei und fing an, den Holzboden auf der anderen kurzen Seite der Truhe zu befühlen. Erst langsam und vorsichtig, dann mit etwas mehr Druck, und siehe da, das Holz gab nach. Ganz berauscht drückte sie darauf. Es ließ sich immer weiter wie eine Schublade hinein in den Holzboden schieben. „Ich hab was, ich hab was, ich hab was!", rief Isabelle in heller Aufregung, sie fühlte sich wie ein Kind, das im Begriff war, die Schnitzeljagd zu gewinnen, und den Sieg greifbar vor Augen hat.

Wieder umrundete sie den großen Holzkasten, an Paul vorbei, der sie fassungslos, fast wie gelähmt anstarrte, und kletterte zurück in die dunkle Ecke des Schlafzimmers zwischen Nachtschrank und geheimnisvoller Truhe. Sie konnte es schon sehen, eine beachtliche große Lade ragte seitlich zwei bis drei Finger breit aus dem dicken Holzboden heraus. Vorsichtig griff sie mit beiden Händen danach und zog sie gleichmäßig heraus. In der Schublade lagen ordentlich in Leinentücher eingewickelte Gegenstände.

„Sieh dir das an", raunte sie ehrfürchtig.

„Sei vorsichtig", nahm sie Pauls Stimme plötzlich ganz nah über sich wahr. „Wenn das drin ist, was wir denken, ist es mit Sicherheit schwer."

„Ich bin so vorsichtig, wie ich kann, und wenn es dich beruhigt, sie ist schwer. Die Schublade lässt sich leider nicht vollständig herausziehen. Gib mir doch mal etwas zum Drunterlegen", bat sie, „ich habe Angst, das was kaputtgeht."

„Du bist lustig, was soll ich dir geben?", fragte er und sah sich suchend um.

Jetzt ärgerte sich Isabelle, dass sie bereits alle Kleider in die Säcke gestopft hatte. „Schau mal in die blauen Säcke dort vorne. Da sind irgendwo alte Tisch- und Betttücher drin. Zwei oder drei davon sollten reichen."

Paul lief los und reichte ihr wenige Minuten später einen Stapel Baumwolllaken, die sie vorsichtig unter die Schublade stopfte, damit sich das Gewicht darauf verteilen konnte. „Und jetzt?“, fragte er nervös.

„Soll ich dir einfach mal so ein Bündel rübergeben?“, fragte sie zurück.

Paul nickte. Der Schweiß stand ihm auf der Stirn. Er sah kreidebleich aus. Ganz vorsichtig, als lägen rohe Eier darin, nahm Isabelle ein Stoffbündel nach dem anderen, es waren insgesamt drei, und reichte sie ihm. Er legte sie behutsam auf Isabelles Bett ab und wartete, bis sie aus ihrer Ecke herausgekrabbelt gekommen war. Da lagen sie, zwei große und ein kleines.

„Und? Was denkst du?“, fragte sie voller Anspannung.

Paul versuchte, Haltung zu bewahren. „In der Tat ist es möglich, dass wir das fehlende Besteck und die Kandelaber gefunden haben.“

„Die Kandewas?“, fragte Isabelle, sich den Schweiß von der Stirn wischend. Ihre Ungeduld konnte sie kaum im Zaum halten, doch sie ließ sich dazu hinreißen, ihn ein wenig aufzuziehen.

Paul merkte es nicht und ging sofort auf ihre Frage ein. „Kandelaber, die Kerzenleuchter“, erklärte er ehrfürchtig. „Du hast sie gefunden, dann mach auch auf!“

Wie viel Überwindung ihn diese Entscheidung gekostet hatte, konnte Isabelle nur erahnen. Mit zitternden Händen begann sie, das erste Päckchen auszuwickeln, aber wie enttäuscht war sie, als sich ihr nicht der erwartete silbrige Anblick bot. „Ein Satz mit X, das war wohl nix. Besteck ja, aber nur alter Schrott“, stellte sie fest. Denn die Gabeln, Löffel und Messer, es lagen von jedem zwei in dem Tuch, waren aus hässlich braunem Metall, hatten sogar richtig dunkle, fast schwarze Flecken. Schön und vor allem nach einem Schatz sah dieser Fund bei Weitem nicht aus. Das Besteck hatte wenig Ähnlichkeit mit dem, was sie in der Ahnengalerie der Residenz gesehen hatte. Resignation machte sich breit. Hatte dieser Bruno seiner Geliebten allen Ernstes nur Schrott angedreht? Niedergeschlagen wandte sie sich an Paul und wollte ihn trösten, doch der stand sprachlos und gerührt neben ihr und stierte die Fundsachen an.

„Du hast das Silber von Lorraine tatsächlich gefunden", flüsterte er und kniete sich vors Bett. „Machst du die anderen beiden ebenfalls auf?"

„Klar", erwiderte Isabelle ungläubig und legte die Tücher auseinander. „Bist du dir sicher? Es sieht ziemlich schäbig aus", fasste sie ihre Zweifel in Worte und kniete sich neben ihn.

Nun saßen sie beide, jeweils das Kinn in die Hände gestützt, vor dem Schatz und starrten ihn an. Paul mit wesentlich mehr Ehrfurcht und Begeisterung als Isabelle.

„Es ist nur angelaufen. Das kriegst du mit einer professionellen Reinigung schon wieder hin. Ist nicht schlimm", meinte er fürsorglich.

Isabelle wandte den Kopf und sah in traurige Augen. „Was ist los? Habe ich etwas gesagt, das dich gekränkt hat?", wollte sie wissen.

„Nein, mir ist nur gerade klar geworden, dass du all das, was Regine für dich vorgesehen hat, nun erledigt hast. Du hast in nicht einmal zwei Wochen sämtliche Familiengeheimnisse und Skandale aufgedeckt, du hast das verschollene Silber von Lothringen gefunden und bist nicht zuletzt selbst eine Gelloncourt de Lorraine.“ Paul machte eine Pause. „Der Gedanke daran, dass du nun bald wieder abreisen wirst, macht mich traurig. Es war zwar anstrengend, aber niemals langweilig mit dir“, schloss er.

Er hatte recht. Isabelle hatte alle Aufgaben gelöst. Früher oder später würde sie zurück nach Köln fahren müssen, auch wollen. Das schlechte Gewissen ihrer Mutter und Sergio gegenüber hatte sie in den Momenten mit Paul erfolgreich ausgeblendet. Aber selbstverständlich war ihrem Aufenthalt hier von Anfang an eine Frist gesetzt gewesen. Wieder spürte sie diese Sehnsucht in sich, ihr Herz schlug schneller und schneller. Konnte es jetzt einen dieser Momente zwischen ihnen beiden geben?

„Du wolltest doch, dass ich schnell wieder verschwinde“, wiederholte sie seinen Wunsch vom ersten Tag ihrer Begegnung.

„Ja“, erwiderte Paul, „aber das war ja“, er legte seine Hand auf ihren Unterarm und sah Isabelle in die Augen, „bevor ich wusste, wie wunderbar du bist, und ich mich ...“ Er brach ab.

Dieser Blick, seine Augen ... Isabelle spürte, wie sie sich ihren Weg tief bis auf den Grund ihrer Seele bahnten. Sie fühlte sich vollkommen schutzlos und angstfrei zugleich. Sie wollte ihn küssen, ihn berühren, sich in seinen Armen wiederfinden.

„Ich mich auch“, flüsterte sie und neigte sich hinüber, um ihn zu küssen. Isabelle wollte keine Sekunde länger warten, und die Intensität, mit der Paul ihren Kuss erwiderte, steigerte ihr Verlangen schier ins Unermessliche. Sie küsste seine Lippen, spürte seine Zunge, griff währenddessen erst nach seinen Schultern, dann gierig unter sein T-Shirt. Sie wollte mehr, warum hatte sie nur so lange gewartet? „Niemand weiß, was wir gefunden haben", keuchte sie, während ihre Lippen von Pauls Mund abließen und zu seinem Hals wanderten. „Wir können so lange hier drinnen bleiben, wie wir wollen", stellte sie fest und gab ein Stöhnen der Erregung von sich, als sie seine Hände an ihrer Taille spürte und er sie sanft, aber bestimmt auf seinen Schoß zog.

Isabelle bemerkte seine Erregung, genoss jeden Moment der Nähe und wollte mehr. Sie genoss seine Lippen auf ihrem Hals, spürte, wie sie ihren Weg hinunter zu ihrem Dekolleté fanden, biss sich auf die Unterlippe und atmete tief ein, als er die Knöpfe ihrer Bluse öffnete und mit seinen Lippen und seiner Zunge ihre Brüste liebkoste. Ungeduldig zog sie ihm das T-Shirt über den Kopf. Ihre Münder fanden sich wieder und verwöhnten sich neugierig und lustvoll.

„Bist du dir sicher, was du tust?", fragte Paul zwischen all den Küssen und sorgte damit für einen Moment der Reglosigkeit.

„Ich war mir noch nie so sicher", erklärte Isabelle und sah ihm dabei so aufrichtig, sie konnte, ins Gesicht. Dann küsste sie ihn wieder, leidenschaftlicher, intensiver und fuhr mit den Händen an seiner Brust entlang, hinunter zu seinem Hosenbund.

Kapitel 18
Zukunftsängste

Isabelle lag genauso in Pauls Armen, den Kopf auf seine Brust gelegt, wie einige Stunden zuvor. Nur dass sie jetzt beide nackt waren und sie in der Zwischenzeit mit diesem wunderbaren Mann den berauschendsten Sex ihres Lebens gehabt hatte.

„Es ist so unfassbar schön, mit dir zusammen zu sein", flüsterte sie, ließ ihre Fingerspitzen um seine Brustwarzen kreisen und seufzte. „Wir beide sind ein ziemlich gutes Team, nicht wahr? Was soll ich nur ohne dich in Köln anfangen?"

„Du musst nicht zurück. Bleib so lange du willst, und wir sehen, was die Zukunft bringt", schlug Paul vor. Er strich einige ihrer Haarsträhnen von Isabelles Stirn und legte sie ihr hinters Ohr.

„Das kann ich nicht. Ich habe sowieso schon ein furchtbar schlechtes Gewissen. Meine Mutter braucht mich. Seit Tagen habe ich mich nicht richtig gekümmert und alles Sergio aufgehalst. Nicht dass der schon genug um die Ohren hätte, weil ihm ja auch noch eine Servicekraft ausgefallen ist. Ach, ich mag überhaupt nicht darüber nachdenken, was mich zu Hause erwartet. Wahrscheinlich sind allesamt furchtbar wütend auf mich." Sie zupfte nervös an der Bettdecke. Isabelle war hin- und hergerissen. Am liebsten wäre sie nie wieder aus diesem Bett gestiegen. Dass sich nach all der Aufregung plötzlich ihr Verantwortungsgefühl meldete, war ihr so angenehm wie eine Blinddarmentzündung. Und doch wusste sie, dass ihre Abreise näher rückte.

„Bei dem, was du ihnen zu erzählen hast, werden sie wohl nicht lange böse auf dich sein, sofern sie das überhaupt jemals sein könnten", erwiderte Paul.

„Das glaubt mir sowieso keiner", sagte sie leise.

„Es ist ja nicht so, dass du es nicht beweisen kannst", flüsterte er.

„Du meinst die Briefe und das Silber? Glaubst du ernsthaft, ich stecke das alles in meine Reisetasche und fahre dann mit der Bahn nach Hause?", fragte sie ein wenig belustigt.

„Ehrlich gesagt, habe ich bisher nicht darüber nachgedacht, wie das ist, wenn du weg bist. Mein Kopf ist noch nicht so weit, dich gehen zu lassen." Paul zog den Arm unter Isabelle hervor, beugte sich über ihr Gesicht und begann, sie zärtlich zu küssen. „Im Moment denke ich nur daran, dass du nackt neben mir liegst, und ich möchte dich überall streicheln und küssen. Am liebsten wäre mir, wenn sich das niemals ändert."

Isabelle küsste ihn ebenfalls. „Das sind große Worte."

„Das stimmt, aber es ist die Wahrheit. Ich weiß es, seit ich dich das erste Mal geküsst habe. Deine Zurückweisung hat mich sehr getroffen."

„Und jetzt liegen wir beide hier", erwiderte Isabelle und lächelte zufrieden.

„Da hat Großvater Albert ja in seinen letzten Minuten unbewusst eine gute Tat vollbracht."

Sie runzelte die Stirn. „Das verstehe ich nicht. Was meinst du?“

„Na, ich spreche von der Adoption.“ Paul sah sie verständnislos an.

Isabelle musste sich aufsetzen. Offensichtlich hatte sie irgendetwas nicht mitbekommen. „Ich habe kaum eine Erinnerung daran, was alles passiert ist. Er war so laut und zornig und hat viele gemeine Dinge gesagt. Ich bin erst wieder richtig zu mir gekommen, als deine Großmutter bei mir war und erklärt hat, dass Albert tot ist. Wer ist adoptiert worden?“, drängte sie nun.

Paul sah sie prüfend an. „Du weißt es wirklich nicht?“

„Jetzt spann mich bitte nicht so auf die Folter“, forderte Isabelle. Ihr war ganz unwohl dabei, dass die Kette der Enthüllungen immer noch nicht abreißen wollte.

„Ich. Ich bin kein Gelloncourt. Meine Eltern haben mich adoptiert, weil sie keine Kinder bekommen konnten, die Familie aber unbedingt einen Erben brauchte.“

Isabelle stand vor Bestürzung der Mund offen, sie war nicht in der Lage, irgendetwas zu sagen. Hörten denn die Dramen in dieser Familie niemals auf?

„Ich dachte, dass das deinen Sinneswandel ausgelöst hat“, schloss Paul.

Isabelle schüttelte den Kopf. „Das habe ich nicht gewusst.“ Der Ärmste tat ihr so leid. Sie legte sich zurück und strich ihm über die Wange. Zu gern wollte sie ihm Trost spenden, ihn aufmuntern, aber ihr fehlten einfach die Worte. „Was machen wir beide denn jetzt?“, fragte sie stattdessen.

„Einfach liegen bleiben und die Zeit genießen“, antwortete Paul.

Aber damit gab sich Isabelle nicht zufrieden. „Ich meine, überhaupt. Wie wollen wir das anstellen, wenn du hier bist und ich in Köln? Ich werde dich furchtbar vermissen.“

„Wir können uns gegenseitig besuchen“, schlug Paul vor.

„Ja, das machen wir genau dreimal, und dann haben wir die Nase voll von der langen Reise. Außerdem will ich ja immer noch mein eigenes Café aufmachen. Da werde ich, sofern mir irgendeine Bank Geld gibt, total beschäftigt sein und nicht die Zeit haben, ständig herzukommen.“

„Du kannst überall ein Café aufmachen, auch in Gelloncourt. Die Gegend lebt vom Tourismus.“

„Du hast Ideen, Paul. Das ist alles nicht so einfach. Ich benötige trotzdem einen Kredit, und wenn ich ins Ausland gehe, wird die Sache noch komplizierter. Wo soll ich wohnen, und was ist mit meiner Mutter? Die hat ihr Leben lang keinen Fuß aus Köln rausgesetzt.“

Nun war es Paul, der sich aufsetzte und sie eindringlich ansah. „Möchtest du dein eigenes Lokal, und kannst du dir vorstellen, es in Gelloncourt zu betreiben, damit wir beide zusammen sein können?“

Wow, diese Frage, so klar formuliert, hatte Isabelle nicht erwartet. Ihr Magen fühlte sich an, als hätte sie einen Hamster samt Hamsterrad verschluckt, der nun einen Rekordversuch in ihrem Bauch unternahm. Doch trotz aller Aufregung kannte sie die Antwort. „So verrückt, wie es ist, ja, ich kann es mir vorstellen“, erwiderte sie, wenn auch leise, mit Überzeugung.

„Dann werden wir für alles eine Lösung finden", versprach Paul und küsste sie zärtlich.

„Du meinst das wirklich ernst?" Isabelles Gedanken und Gefühle fuhren Achterbahn, als sie seine Küsse erwiderte.

„Ich habe noch nie etwas ernster gemeint. Das Herz fühlt, was es fühlt. Das weißt du am besten", raunte Paul, während seine Lippen ihren Körper erkundeten und seine Zunge Isabelle erneut in heftige Erregung versetzte.

Lass das Denken einfach, beschloss sie, genieße lieber den Augenblick und lass dich verführen!

Den nächsten Tag hatten Isabelle und Paul noch in der Nacht fest durchgeplant. Bereits kurz nach Sonnenaufgang waren sie aufgestanden, hatten das Silber vorsichtig verstaut und sich nach einem gemeinsamen Kaffee verabschiedet. Paul war zurück zur Residenz gefahren. Dort wartete eine Menge Arbeit, die mit Sicherheit während seiner ungeplanten Abwesenheit liegen geblieben war. Nicht zuletzt musste er nach Sophie schauen und sich vergewissern, dass es ihr den Umständen entsprechend gut ging. Obwohl es vordergründig so schien, dass sie den Tod ihres Mannes recht gefasst aufnahm, war sich Paul eben nicht sicher, ob es sich nur um eine vorübergehende Stabilität handelte und wie die anderen Erkenntnisse rund um die Familie Gelloncourt auf sie wirkten.

Isabelle nutzte die Gelegenheit, ihre Mutter anzurufen. Sie konnte das altmodische, verkabelte Festnetztelefon so weit mitnehmen, dass sie sich auf die Eingangsstufe setzen konnte, wo sie eben noch mit Paul gesessen hatte. Mathilde war wie immer die Ruhe selbst, und ihr Wesen färbte umgehend auf Isabelle ab. Sie konnten in Ruhe sprechen, und obwohl sich Isabelle vorgenommen hatte, ob der sensiblen Informationen, um die es sich handelte, nicht gleich alles am Telefon auszuposaunen, wusste Mathilde etwa anderthalb Stunden später sehr gut über die Ereignisse der letzten Woche Bescheid. Im Gegensatz zu Isabelle zeigte sie sich jedoch wenig beeindruckt, oder wirkte sie am Telefon nur so?

„Wie geht es dir damit, Mama?“, fragte Isabelle.

„Wie soll es mir gehen? Es ist tragisch, was du da erzählst, aber es fühlt sich nicht an, als beträfe es mich. Es hört sich vielmehr an, als sei es die Geschichte eines Films, den du dir gerade im Kino angesehen hast. Vielleicht muss ich es erst richtig verstehen. Werden all die Neuigkeiten Auswirkungen auf unser jetziges Leben haben?“, wollte sie wissen.

Isabelle antwortete, was ihr Herz ihr riet: „Ich denke schon.“

„Isabelle, du hast immer das Richtige getan. Du weißt, dass meine Mittel begrenzt sind, und doch habe ich versucht, dich zu unterstützen. Das werde ich weiterhin tun. Mach dir um mich keine Sorgen, entscheide frei.“

Mathildes Worte beschäftigten Isabelle noch lange, nachdem das Gespräch beendet war. Deswegen hing sie so an ihr, und am liebsten hätte sie ihre Mutter jetzt gern fest umarmt, denn sie spürte, wie sehr sie ihr fehlte.

Das Telefonat mit Sergio gestaltete sich nicht ganz so harmonisch. Nachdem sich sein Ärger darüber, dass sie ihn am Sonntagmorgen um kurz nach neun aus dem Bett geholt hatte, gelegt hatte, fiel ihm ein, dass sie ihn in den letzten Tagen nicht zurückgerufen hatte.

„Ich habe mir, verflixt noch mal, Sorgen um dich gemacht. Ist es denn zu viel verlangt, einem armen alten Mann kurz Bescheid zu geben, ob du noch lebst? Textnachrichten kann ja jeder Irre schreiben!", schimpfte er wie ein Rohrspatz.

„Es tut mir leid, Sergio. Es war nicht meine Absicht, dich zu verärgern. Ich weiß sehr zu schätzen, dass du mir hilfst, und dass du dir Sorgen um mich machst, finde ich, ehrlich gesagt, niedlich."

„Ach, bild dir bloß nichts ein. Ich brauche nur eine gewissenhafte Bedienung, das ist alles", grunzte er hinterher, klang aber längst wieder versöhnt. „Konntest du alles klären, kommst du bald wieder nach Hause?", wollte er wissen.

„Es sieht ganz gut aus. Die Einzelheiten muss ich dir in Ruhe erzählen, da brauchen wir wahrscheinlich mehr als ein Eis und einen Schnaps", erklärte sie. „Ich bin bald daheim, und mach dir bitte keine Sorgen mehr", bat sie.

Gegen elf holte Paul Isabelle ab, um mit ihr nach Metz zu fahren. Dort wollten sie Antoine treffen.

„Ich bin gespannt, wie es ihm geht. Er hat meinen Großvater länger gekannt als Sophie. Mit Sicherheit waren sich die beiden nicht immer einig, aber eine derart lange und vor allem enge Verbindung, so viele Geheimnisse schweißen zusammen. Da bin ich mir sicher", sprach Paul seine Gedanken aus, während sie die mittlerweile auch Isabelle gut bekannte Wegstrecke von Gelloncourt nach Metz zurücklegten.

„Machst du dir Sorgen, dass sich für dich jetzt etwas ändern wird?", erkundigte sie sich und sah ihn einfühlsam von der Seite an.

„Wie meinst du das?", wollte er wissen und bemühte sich, den Blick auf der Straße zu halten.

„Werden der Tod deines Großvaters und die Adoption irgendetwas für dich ändern?", fragte sie geradeheraus.

„Ich denke nicht", antwortete Paul. „Die Résidence, Gelloncourt sind mein Zuhause. Sophie ist meine Familie. Und sie hat mich all die Jahre darin bestärkt und mich unterstützt, Adoption hin oder her. Ich weiß, dass ich ihr trotz allem vertrauen kann. Seit ich denken kann, steht fest, dass ich all das einmal übernehmen soll, dass ich der Alleinerbe bin. Nachdem meine Eltern gestorben waren und sich Albert zurückgezogen hatte, war Sophie die Einzige, die für mich da gewesen ist. Sie war zwar immer streng und leistungsorientiert, doch zumindest mir gegenüber nicht ungerecht. Also, um deine Frage zu beantworten: Ich denke, für mich wird sich in der Hinsicht erst einmal nichts ändern. Ich bin zwar traurig, aber in diesem Punkt mache ich mir keine Sorgen."

„Und warum betonst du ‚in diesem Punkt' so? Gibt es etwas, das dir Sorgen bereitet?"

Der Wagen hielt an einer Kreuzung, und Paul sah zu ihr hinüber. „Wie es mit uns weitergeht? Ob du dich entscheiden kannst, hierherzukommen?"

Er fuhr weiter, und Isabelle dachte nach, wie sie ihre Überlegungen dazu in Worte fassen konnte. Sie wollte so gern bei ihm bleiben, in dieser Welt, die so gar nichts mit ihrem bisherigen Leben zu tun hatte. Aber dass sie sich dieser Illusion nicht hingeben konnte, war ihr, so fürchtete sie, mehr klar als Paul. Sie musste auch wieder nach Hause in die Wohnung und zu ihrer Mutter. So sehr sie sich nach Paul sehnte, der Gedanke daran, ihn zu vermissen, so sehr er jetzt schon schmerzte, konnte sie nicht alles über Bord werfen. In Köln wartete der Alltag, ein anderes Leben auf sie, und nicht zuletzt musste sie ja wieder arbeiten gehen. Antoine würde sie nun ganz gewiss nicht weiter finanziell versorgen.

„Nehmen wir einmal an, ich würde herkommen, wo sollte ich wohnen und arbeiten? Wir haben ja vorher schon von der Hand in den Mund gelebt, es gibt so vieles zu bedenken ..." Isabelle sprach nicht weiter. Sie spürte, wie sich ihre Augen mit Tränen füllten, unterdrückte ein Blinzeln und starrte aus dem Fenster auf der Beifahrerseite. Dass die Realität sie so schnell einholen und ihr aufzeigen würde, in was für eine Schnapsidee sie sich da verrannt hatte, traf sie sehr. Der schöne, naive Traum vom Prinzen und der Prinzessin, Paul und Isabelle für immer verliebt in Gelloncourt, löste sich gerade in Luft auf. Es war eben doch zu schön, um wahr zu sein.

Paul fuhr langsamer und hielt am Straßenrand. „So arm bist du nicht. Du hast das Silber", sagte er und sah sie mitfühlend an.

„Ja, das habe ich", erwiderte Isabelle mit einer gewaltigen Portion Ironie. „Das Familiensilber von historischer Bedeutung. Das hilft mir aber nicht, ich kann es nicht verkaufen."

„Und warum nicht?“, wollte Paul wissen.

„Na, weil es das Silber von Lorraine ist, zumindest ein Teil davon, und weil es für die Familie von historischer Bedeutung ist und so weiter.“ Sie verstand seine Frage nicht. Er hatte so lange Zeit damit verbracht, das verlorene Silber zu suchen, ihm lag es weit mehr am Herzen als ihr.

„Verkauf es mir! Ich zahle dir jeden Preis, egal, wie viel du brauchst.“

Isabelle stutzte. Das konnte jetzt nicht wahr sein! Bedeutete ihm dieses Silber tatsächlich so viel, dass er bereit war, Unsummen dafür auszugeben? Wollte er sie etwa nur halten, um an das Silber zu gelangen? „So wichtig ist dir der Krempel?“, fragte sie enttäuscht, und ihre Stimme klang dabei ganz brüchig.

„Nein, so wichtig bist *du* mir“, gab Paul zurück, beugte sich zu ihr hinüber und strich die Tränen aus ihrem Gesicht. „Geldsorgen sollen dich nicht abhalten“, flüsterte er.

Und da war er wieder, der Traum von Prinz und Prinzessin. Sie küssten sich.

„Das ist eine große Entscheidung. Sind wir uns über die Konsequenzen im Klaren?“, fragte Isabelle und spürte die Schmetterlinge in ihrem Bauch.

„Wahrscheinlich nicht“, gab Paul zurück, „aber es fühlt sich richtig an. Ich möchte für immer mit dir zusammen sein.“

Antoine war in sehr ernster Stimmung und wirkte erschöpft, als er seine Gäste empfing. Die Nachricht über den Fund des Silbers nahm er dennoch mit Freude auf. Er zeigte sie dezent in einem zufriedenen Lächeln.

„Ich freue mich, dass sich Regines letzter Wunsch erfüllt hat und die dunklen Geheimnisse der Vergangenheit angehören – obgleich sich die Ereignisse in den letzten Tagen fast überschlagen haben."

„Und wie geht es jetzt weiter? Wir hatten gehofft, Sie würden uns erneut einen Hinweis geben", sagte Isabelle vorsichtig.

„Es gibt keine weiteren Hinweise. Die familiären Bande sind erfolgreich aufgeklärt, weitreichender, als ich erwartet hatte." Dabei sah er Paul an. „Und wie ich sehe, wächst aus diesen Ereignissen etwas Neues, Schönes. Ich freue mich sehr für euch." Antoine stand auf, um einige Unterlagen aus seinem Schreibtisch zu holen. „Das Silber ist gefunden, was ihr beide jetzt daraus macht, überlasse ich euch. Meiner Einschätzung nach wisst ihr zwei wohl am besten, was ihr wollt." Er legte eine Akte auf den Tisch und schlug sie auf. „Laut testamentarischer Verfügung besteht für Sie, Isabelle, nicht länger die Notwendigkeit, hierzubleiben, das heißt aber nicht, dass es verboten ist. Allerdings erhalten Sie kein Geld, und einen Anspruch, im Haus wohnen zu können, gibt es nun auch nicht mehr. Da Regine damals auf alle Erbansprüche an das Haus Gelloncourt verzichtet hat, obliegt es ab sofort der Familie, namentlich Paul Dietermann und seiner Großmutter Sophie Gelloncourt de Lorraine, darüber zu entscheiden, Sie weiterhin als Gast beherbergen zu wollen. Solange sich alle Parteien diesbezüglich einig sind, gibt es meinerseits keinen Handlungsbedarf."

Das war nicht ganz die Antwort, die Isabelle erwartet hatte, sie sah aber ein, dass der Anwalt irgendwie recht hatte. Es klang plausibel.

„Bitte lesen Sie das und unterschreiben Sie dort unten." Antoine übergab Isabelle ein Papier. „Dieses Schriftstück regelt im Grunde das, was ich soeben erläutert habe. Alle Gegenstände im Haus gehen hiermit in Ihren Besitz über. Es fühlt sich nicht immer gut an, aber alles muss geregelt sein und rechtlich seine Ordnung haben, n'est-ce pas?" Isabelle unterschrieb, und zufrieden steckte er das Dokument wieder in seine Unterlagen. Mit den Worten „Merci beaucoup für Ihr Vetrauen, Mademoiselle Isabelle" schloss er die Akte. „Alors, nun wollen wir einen ordentlichen Abschluss finden", entschied der Anwalt. Er wirkte umgehend lebendiger und fröhlicher, stand auf und holte die Flasche mit dem Marillenschnaps hervor, den Isabelle noch gut in Erinnerung hatte, goss drei kleine Gläser voll und reichte sie weiter. „Trinken wir auf die Mechants, die Dietermanns und die Gelloncourts de Lorraine, auf die teils beschwerliche Vergangenheit und eine verheißungsvolle und friedliche Zukunft – auf die Familie! Ein slawisches Sprichwort, das mir an dieser Stelle recht passend erscheint, möchte ich hinzufügen: Es sind die Lebenden, die den Toten die Augen schließen. Es sind die Toten, die den Lebenden die Augen öffnen."

Kapitel 19
Abschied auf Zeit

Isabelles Entschluss, bereits am nächsten Tag die Heimreise anzutreten, stand schnell fest. „Je eher ich abreise, desto früher kann ich wieder hier sein, Paul", hatte sie ihre Entscheidung begründet, als die beiden auf einer Bank am Stadtufer der Mosel gesessen hatten. Leichtgefallen war sie ihr dennoch nicht.

„Dann lass uns die restliche Zeit gemeinsam nutzen. Es bleiben uns ein halber Tag und die ganze Nacht", bat Paul, der ebenfalls sichtlich betrübt über ihre bevorstehende Abreise war. „Schlaf bei mir, und ich bringe dich morgen früh zum Zug."

Die Idee gefiel Isabelle, doch so ganz planlos konnte sie den Rest des Tages nicht verstreichen lassen. „Lass uns erst zu Regine fahren, ich muss meine Sachen packen, und dann muss ich mich um den Fahrplan kümmern. Ich weiß gar nicht, wo ich überhaupt meine Fahrkarte gelassen habe."

„Wir können direkt online nachsehen", sagte Paul und zückte sein Handy. „Wenn es dir lieber ist, fahren wir gleich zum Bahnhof und informieren uns dort, anschließend fahren wir zu dir und packen in Ruhe deine Sachen."

Isabelle war einverstanden und nickte. Als Paul wie gewünscht den Weg zum Haus einschlug, stahl sich seine Rechte auf ihren Oberschenkel. „Wenn du mich damit beruhigen willst, funktioniert das nicht", erklärte sie, legte aber augenblicklich ihre Hand auf seine, um sie festzuhalten.

Paul erwiderte nichts, und die Erinnerung an die zärtlichen Berührungen, mit denen er sie am Morgen noch verwöhnt hatte, sorgten für ein prickelndes Gefühl in ihrem Körper. Isabelle machte keine Anstalten, auszusteigen, als der Wagen vor dem Haus hielt, sondern zog ihn zu sich hinüber, küsste ihn fordernd und führte seine Hand dabei sehnsüchtig zwischen ihre Schenkel.

Etwas später sah sich Isabelle ratlos im Haus um. An all die Dinge von Regine hatte sie gar nicht gedacht. „Was soll ich denn damit anfangen, wohin sollen all die Sachen? Schau, die Säcke da, nicht einmal die habe ich fortgeschafft. Wie soll ich das alles noch organisieren?"

„Nur die Ruhe, es läuft dir nichts weg", flüsterte Paul und nahm sie in die Arme. „Pack deine Reisetasche mit allem, was du mit nach Hause nehmen willst. Der Rest findet sich schon."

Alles fühlte sich so gut an mit ihm. Sie begann, ihre Klamotten einzuräumen. Angesichts der Neuanschaffungen platzte ihre Tasche aus allen Nähten, obwohl sie sich Mühe gab, jedes Kleidungsstück so klein wie möglich zu falten und zu rollen.

„Das Bettzeug muss ich dalassen", rief sie aus dem Schlafzimmer und kam wenig später mit den Silberbündeln zurück. „Und das hier, das nehme ich nicht mit", erklärte sie und legte alles vorsichtig auf den Tisch.

„Ich würde es gern aufbewahren, wir können es aber auch zu Antoine bringen, bis der Kauf geregelt ist", schlug Paul vor, der am Tisch saß und ihr zusah. Er zog Isabelle dichter zu sich heran.

Sie ließ es geschehen und küsste ihn. „Wenn wir so weitermachen, bin ich heute Abend noch nicht fertig", beschwerte sich Isabelle gespielt.

„Soll ich aufhören?", fragte er und zog sie auf seinen Schoß.

„Ja und nein", raunte sie und wand sich sichtlich gegen ihren Willen aus seiner Umarmung. Als sie schließlich alles zusammengepackt, so weit wie möglich aufgeräumt und abgewaschen hatte, machte sie einen letzten Rundgang durch das Häuschen. Es war ihr innerhalb der wenigen Tage wirklich ans Herz gewachsen. Sie flocht ihren Zopf noch einmal frisch und trat hinaus zu Paul in den Garten, um ihm die Schlüssel für das Haus zu übergeben. „Wie machen wir es mit dem hier?", fragte sie und zog das Schlüsselbund aus der Hosentasche.

„Behalte ihn erst mal, du kommst ja bald wieder", beschloss er und trug, ohne eine Antwort abzuwarten, ihre Sachen in sein Auto.

Den Rest des Tages verbrachten sie in der Résidence, redeten bei einem ausgedehnten Spaziergang über alles, was ihnen auf dem Herzen lag, besuchten die Stallungen und machten Pause auf der Terrasse, wo sie Sophie beim Nachmittagskaffee Gesellschaft leisteten. Dieses Mal trank sie wirklich nur Kaffee. Sie trug ein schwarzes Kleid und war nun offensichtlich doch in ihrer Trauer angekommen. Die Nachricht vom Silberfund beeindruckte sie nicht besonders und schaffte es nicht, sie aus ihrer eigentümlichen Ruhe zu bringen. Sie fragte dies und jenes zu Alberts geplanter Beisetzung, gab sich jedoch schnell zufrieden, viel Neues konnte Paul nicht berichten. Den nächsten Termin mit dem Bestattungsinstitut hatte er erst in zwei Tagen.

Isabelle überkamen just in diesem Augenblick Schuldgefühle. Sie hatte die ganze Zeit das Gefühl, dass sich alles nur um sie gedreht hatte, und legte intuitiv ihre Hand auf Pauls Arm.

Die plötzliche Vertrautheit zwischen den beiden weckte Sophies Aufmerksamkeit. „Ihr zwei seid euch nähergekommen?“, fragte sie ohne Umschweife.

Isabelle zog verschämt die Hand zurück. Im selben Augenblick ärgerte sie sich über ihr Teenagerverhalten. Sie war schließlich eine erwachsene Frau und konnte selbst bestimmen, ob und mit wem sie zusammen war.

Paul war es, der ihre Hand wieder zurückzog und antwortete: „In der Tat, Isabelle und ich sind ein Paar.“ Seine Stimme war nicht laut, aber voller Überzeugung, und das machte Isabelle glücklich. Sophie bewahrte weiterhin Haltung, doch die frühere Härte in ihrem Gesicht konnte Isabelle nicht entdecken. „Sie wird morgen früh abreisen und uns aber schon bald wieder besuchen“, fuhr er fort.

„Könnt ihr euch denn noch Zeit für ein gemeinsames Abendessen mit mir nehmen?“, bat Sophie.

Isabelle wurde nervös. *Schon wieder ein Dîner?* Die Folgen des letzten Abendessens waren nicht einmal im Ansatz verdaut.

„Mal schauen“, Paul sah auf seine Uhr, „wenn wir bis dahin alles für Isabelles Abreise erledigt haben, dann gern. Wir lassen es dich spätestens um sieben wissen“, versprach er und fragte vorsichtig nach: „Ich gehe davon aus, dass es ein einfaches Essen wird, oder?“

„Naturellement“, bestätigte sie und entließ die beiden mit einem gütigen Kopfnicken.

Dass Paul im Wir von ihnen sprach, gefiel Isabelle ausgesprochen gut.

„Ist es denn okay für dich, wenn wir heute Abend mit ihr essen? Immerhin ist es unser letzter Abend, und ich weiß gar nicht, wann ich dich wiedersehen werde“, wollte Paul wissen, als sie außer Hörweite waren.

„Ich weiß nicht, haben wir denn weitere Katastrophen zu erwarten?“, fragte Isabelle und blickte zurück zur Terrasse. Tiefes Mitgefühl mit Sophie überkam sie plötzlich, und die Vorstellung, sie müsse heute Abend allein im Speisesaal sitzen, ließ sie für einen Moment erschauern und machte sie furchtbar traurig.

„Ich glaube, wir haben alles durch“, stellte Paul fest und zog sie an sich. Er folgte Isabelles Blick. „Sie ist in der Tat wie ausgewechselt. Niemals hätte ich vermutet, dass sie die Ereignisse so verändern würden. Sie war immer so stark und unerschütterlich.“

„Das zeigt letzten Endes nur, dass auch deine Großmutter ein Herz hat. Lass uns mit ihr essen, wir haben dann ja noch die ganze Nacht für uns“, willigte Isabelle ein.

Bereits weit nach Mitternacht lag Isabelle immer noch wach. Sie verspürte keine Müdigkeit. Ineinander verschlungen ruhten ihre Körper zwischen den Decken in Pauls Bett. Sie lag wieder mit dem Kopf auf seiner Brust und hörte seinen gleichmäßigen, kräftigen Herzschlag. Die Nacht war hell, durch das offene Fenster fiel das Licht hinein, und sie konnte alle Gegenstände im Zimmer gut erkennen. Erst dreimal war sie hier gewesen. Das Herz fühlt, was es fühlt, darin waren sie sich einig. Aber in die Zukunft sehen konnten sie beide nicht. Vom Weiß der Bettlaken wurde das Mondlicht besonders stark zurückgeworfen. Sie dachte an den berauschenden Sex mit Paul, an die Gefühle, die sie innerhalb kürzester Zeit für ihn hegte, und das Zukunftsluftschloss, das sie gerade beide miteinander bauten.

Isabelle beobachtete, wie der Nachtwind mit dem losen Ende der Jalousie spielte und fragte sich, ob ihre Gefühle für Paul echt und stark genug waren, ob sie den Mut aufbringen konnte, wieder hierher zurückzukehren und ein ganz neues Leben anzufangen. Sie zuckte zusammen, als einige Vogelschreie von draußen hereindrangen.

„Ist nur ein Waldkäuzchen", flüsterte Paul plötzlich.

„Du bist noch wach?", fragte Isabelle überrascht.

„Kein Wunder, ich zähle die Stunden, und ich denke darüber nach, was passiert, wenn du nicht wieder zurückkommen willst. Schließlich kannst du dein Lokal jetzt überall auf der Welt aufmachen, auch in Köln." Isabelle hielt die Luft an, daran hatte sie gar nicht gedacht. „Ich genieße die Zeit mit dir, die mir bleibt. Schlafen kann ich später genug", erklärte er weiter.

Langsam und flach setzte ihre Atmung wieder ein. „Was passiert denn, wenn ich nicht wieder zurückkomme?", fragte sie.

„Das bräche mir das Herz, Isabelle Mechant Gelloncourt de Lorraine. So wie für dich habe ich noch niemals empfunden."

Isabelle erwiderte nichts. Sie schlang ihren Arm um ihn und schmiegte sich fest an seinen Körper.

„Wusstest du eigentlich, dass die damalige Herzogin von Lothringen ebenfalls Isabelle hieß?" Isabelle schüttelte den Kopf. „Sie war, soweit ich weiß, eine stolze und durchsetzungsstarke Persönlichkeit, hat Verhandlungen geführt und das politische Geschehen in Europa geprägt, während ihr Mann, mit dem sie übrigens zehn Kinder bekam, irgendwo in Gefangenschaft festsaß."

„Dann hoffen wir mal, dass uns ein solches Schicksal erspart bleibt", flüsterte Isabelle. „Als berufstätige alleinerziehende Herzogin mit zehn Kindern will ich nämlich nicht enden." Sie küsste ihn und schlief endlich ein.

Der Abschied gestaltete sich weniger romantisch, als Isabelle erwartet hatte. Der Straßenverkehr war besonders dicht gewesen, und sie hatten dadurch wertvolle Zeit verloren. Als sie den langen Bahnhof endlich erreichten, stand der Zug bereits auf dem Gleis. Es blieben ihnen nur wenige Minuten. Isabelle fühlte sich unwirklich. Sollte nun so plötzlich alles vorbei sein? Die Sommerhitze war deutlich auf ihrer Haut zu spüren, doch viel mehr Aufmerksamkeit verlangte der brennende Schmerz in ihrer Brust. Abschiedsschmerz.

Paul trug ihr Gepäck. Er sprach kaum ein Wort. Fühlte er genauso? Zurückhaltend begleitete er sie ins Abteil und half zügig dabei, die Taschen zu verstauen. Isabelle war nervös. Wenn der Zug pünktlich abfuhr, hatten sie nur noch wenige Augenblicke, um sich Auf Wiedersehen zu sagen, und sie war schon ohne Zeitdruck keine Granate in solchen Dingen.

„Danke“, seufzte sie bedrückt und fügte mit belegter Stimme hinzu: „Ich bringe dich zur Tür.“ Sie kämpfte mit den Tränen, als er sie ein letztes Mal in den Arm nahm und an sich drückte. Pauls Nähe war Himmel und Hölle zugleich.

Eng umschlungen standen die beiden im Einstiegsbereich, und Isabelle wollte ihn nicht mehr loslassen. Sie atmete seinen Duft ein, ihre Lippen fanden sich, und während des Kusses überschlugen sich in Isabelle Hoffnung, Angst, Glück und Sehnsucht. War dies bereits das Ende ihrer gemeinsamen Geschichte oder erst der Anfang von einem großen Märchen? Konnten sie nicht einfach im Augenblick verharren?

Ein schriller Pfiff tönte über den Bahnsteig. Das Piepen der Tür drängte auf unbarmherzige Weise, diesen schweren Moment zu beenden. Es tat weh. Isabelle musste einen Schritt zurücktreten, Pauls Hand loslassen, und augenblicklich schloss sich die automatische Tür. Durch die Scheibe trafen sich ihre Blicke erneut, Paul bewegte die Lippen, aber Isabelle verstand ihn nicht. Was hatte er nur gesagt? Adieu? Sie hob die Hand, winkte matt, als sich der Zug langsam in Bewegung setzte und Paul aus ihrem Sichtfeld verschwand.

Traurig und erschöpft ging sie ins Abteil, nahm Platz und starrte aus dem Fenster. Metz verschwand hinter einem salzigen Schleier. Sie vermisste Paul jetzt schon. Und nicht nur ihn, ganz Gelloncourt mit all den unglaublichen Erlebnissen, die sie selbst kaum fassen konnte. Diese kurze, intensive Zeit hatte Isabelle verändert. Würde sie Paul und all das, was sie nun zurückließ, jemals wiedersehen und das Luftschloss wahr werden lassen?

Kapitel 20
Ein Jahr später

Hastig zog Isabelle das Sommerkleid über und flocht ihr Haar zusammen. Sie hatte an diesem Morgen irgendwie die Zeit aus den Augen verloren, und nun war höchste Eile geboten, wenn sie Sergio pünktlich am Bahnhof empfangen wollte. Sie freute sich riesig, denn sie hatte ihren ehemaligen Chef und guten Freund lange nicht mehr gesehen. So viel hatte sich verändert, und Sergio hatte dabei eine unsagbar wichtige Rolle gespielt. Er hatte Isabelle nicht nur ein offenes Ohr geschenkt, sondern sie auch in all ihren Entscheidungen unterstützt. In väterlicher Fürsorge war Sergio immer zur Stelle gewesen, hatte angepackt und organisiert, wo er konnte. Ohne ihn wäre der Start in ihr neues Leben an der ein oder anderen Stelle wahrscheinlich viel holpriger verlaufen.

Dass er sie nun in ihrem neuen Zuhause besuchte, machte Isabelle sehr glücklich. Dass dies dazu zu einem hochoffiziellen Anlass geschah, war ihrer Ansicht nach in Vollkommenheit kaum zu übertreffen. Und gerade deshalb musste sie sich endlich auf den Weg machen. Isabelle betrachtete sich ein letztes Mal wohlwollend im großen Spiegel, zog sich die Sandalen über und verließ die Wohnung. Vor der Tür stieß sie fast mit Paul zusammen.

„Huch, du hast mich erschreckt“, entfuhr es ihr. Er sah ziemlich erledigt aus und roch nach Stall. Sie hatte ihn die ganze Nacht nicht gesehen und hätte sich gern länger mit ihm unterhalten. „Und?“, fragte Isabelle deshalb nur kurz, denn sie konnte und wollte ihre Neugier trotz Zeitdruck nicht verbergen.

„Ein gesundes Hengstfohlen“, erklärte er mit müder Erleichterung.

„Gratulation!“, freute sie sich. „Ich bin leider spät dran. Du musst mir nachher alles erzählen“, forderte Isabelle und küsste ihn zum Abschied zärtlich auf die Wange.

Dann verließ sie eiligen Schrittes die mittlerweile gemeinsame Wohnung in der Résidence. Sie nahm den Umweg durch die Küche, um sich ein Frühstück für unterwegs mitzunehmen, und traf neben einer fleißigen Martine, die gerade Gemüse putzte, Sophie und ihre Mutter an. Die beiden Damen saßen dort zusammen und waren mit den allerletzten Planungen für die anstehende Feier beschäftigt. Es war ihr eine unfassbare Freude, die beiden Frauen so angeregt und gut gelaunt miteinander zu sehen. Noch vor einem Jahr wäre dies eine undenkbare Situation gewesen. Isabelle und Mathilde hatten in der kleinen Kölner Wohnung gelebt, niemand hatte von den verwandtschaftlichen Verquickungen gewusst, und Sophie war damals so schrecklich kalt und abweisend gewesen. Isabelle genoss diesen harmonischen Anblick. Es war einer dieser Das-Leben-ist-schön-Momente, von denen sie in letzter Zeit unbeschreiblich viele hatte genießen dürfen und dankbar dafür war. Sie warf beiden einen

Gutenmorgenhandkuss zu und entschwand durch den Seiteneingang zu ihrem Auto.

Damals, als Isabelle Paul eröffnet hatte, dass sie gar keinen Führerschein besaß, war der wirklich verblüfft gewesen. Er hatte es nicht glauben können, wie sie ihren Alltag ohne Führerschein und ohne eigenen fahrbaren Untersatz hatte organisieren können.

„Alles eine Sache der Gewöhnung", war ihre Antwort gewesen, aber schnell hatte es sich Isabelle anders überlegt, denn so komfortabel und schnell wie in Köln kam sie in Gelloncourt nicht von A nach B. Die Anmeldungen zum Französischunterricht und zur Fahrschule waren deshalb ihre erste Schritte gewesen, nachdem sie vor acht Monaten zu Paul in ihre neue Heimat gezogen war. Acht Monate. Jeden Abend, wenn sie neben ihm einschlief, und jeden Morgen, wenn sie neben ihm erwachte, konnte sie ihr Glück kaum fassen. Paul und Isabelle waren das verliebteste und glücklichste Paar auf der ganzen weiten Welt. Da war sie sich sicher, und morgen schon würden sie den nächsten Schritt gehen. Dann nämlich wollten Paul und Isabelle heiraten. Zu diesem Anlass würde sie ein Diadem tragen.

Von glückseligen Gedanken beflügelt, stieg sie in ihr erstes eigenes Auto. Beim Kauf hatte sie sich von Paul beraten lassen und sich für ein umweltfreundliches Elektromodell entschieden, das aber trotz alledem nicht zu klein ausgefallen war. Mit einem Lächeln sah sie für einen Augenblick auf die geräumige Rückbank, dann setzte sich der Wagen leise in Bewegung Richtung Bahnhof.

Der Zug sollte planmäßig in zweiundzwanzig Minuten einfahren, und daher mahnte sich Isabelle selbst zu Ordnung, langsam zu fahren. So frisch sie die Fahrerlaubnis hatte, Angst vor der Geschwindigkeit kannte sie nicht. Die herrliche Freude am schnellen Fahren bereitete dem Rest der Familie eher Sorgen. Nicht ohne Grund, wie sie wusste, und sie gab sich deshalb stets Mühe, die Gemüter nicht unnötig zu erhitzen.

Am Bahnhof angekommen, fand sie sich in dichtem Verkehrsgedränge und musste geduldig nach einem Parkplatz suchen. Die freie Lücke, die sie bereits erwählt hatte, machte ihr ein blauer Kombi streitig. Isabelle nahm es gelassen. *Bei so viel Glück darf der Parkplatz mal an jemand anderes gehen.* Gut gelaunt fuhr sie weiter, nahm die nächste Lücke und lief summend zum Bahnhof hinüber. Nicht nur sie, sondern auch der Zug war pünktlich auf die Minute, und so sah Isabelle zu, wie er langsam in den langen Bahnhof einfuhr. Ein Menschenpulk drängte sich aus den Türen und stob zu beiden Seiten an ihr vorbei, nach kurzer Zeit hatte sich der Bahnsteig jedoch geleert, und sie entdeckte Sergio. Etwa vierzig Meter entfernt stand er mit einem großen Koffer da und blickte sich suchend um.

„Sergio!", rief sie und eilte freudig auf ihn zu. Sie lagen sich in den Armen, und ganz wie es in Frankreich Sitte ist, küsste sie ihn links und rechts.

„Isa, lass dich anschauen, du bist immer noch dieselbe und siehst doch ganz verändert aus. Du strahlst wie die Sonne", schmeichelte er ihr.

„Ich bin ganz verändert, das kannst du mir glauben", rief sie mit glockenheller Stimme. Isabelle hakte sich bei ihm ein. „Komm, wir haben schon alles vorbereitet, du wirst staunen", fuhr sie fort, als sie zusammen den Bahnsteig entlanggingen. „Ich freue mich so sehr, dass du gekommen bist", wiederholte sie immer und immer wieder, während sie Sergio zu ihrem Auto führte, und sie wurde nicht müde, ihm dabei haargenau die Geschichte ihrer ersten Ankunft in Metz, nun mit Originalschauplatz, zum wiederholten Male zu erzählen.

Sergio hörte geduldig zu, bis sich Isabelles erster aufgeregter Redeschwall gelegt hatte, dann kam auch er zu Wort, und es entwickelte sich endlich ein ausgewogenes Gespräch zwischen ihnen. Die beiden hatten sich unglaublich viel zu erzählen, doch die Fahrt nach Gelloncourt war dafür viel zu kurz.

„Es läuft gut im Café. Ich hatte so meine Bedenken und Befürchtungen, als du weggegangen bist", berichtete Sergio. „Dass es irgendwann einmal so kommen würde, war mir ja klar gewesen. Wärst du nicht nach Frankreich gezogen, hättest du dich über kurz oder lang woanders selbstständig gemacht. Ich habe allem immer skeptisch entgegengesehen, aber du weißt ja, dass jede Medaille zwei Seiten hat, und Veränderungen bewirken oftmals überraschend Gutes."

„Wem sagst du das?", meinte Isabelle lachend. „Paul und ich sind das beste Beispiel. Bei uns hat sich so viel verändert, und ich kann bisher nur Gutes daran entdecken. Ich kann es drehen und wenden, wie ich will, kein Haken an der Sache, kein Pferdefuß, und ich gehe davon aus, dass das so bleibt."

„Natalie hat sich nach deinem Weggang zu einer verantwortungsbewussten und tüchtigen Mitarbeiterin entwickelt“, berichtete Sergio weiter. „Ich habe ihr für die Tage meines Besuchs bei dir das Café vollständig anvertraut und bin überzeugt, dass sie mich nicht hängen lassen wird.“

„Du hast die Fäden nicht selbst in der Hand und bist kein bisschen nervös, Sergio? So kenne ich dich ja gar nicht.“ Isabelle warf einen überraschten Blick auf ihren Beifahrer. „Welche Geheimnisse hast du noch?“

„Na ja, ein wenig unruhig bin ich natürlich. Aber es sind ja nur drei Tage. Sie wird mir die Bude schon stehen lassen. Ganz bestimmt!“

„Schau mal, wir sind da“, wechselte Isabelle das Thema und fuhr langsam an das kleine Sandsteinhaus heran. „Das ist das Häuschen, in dem meine Großmutter Regine gelebt hat. Wir haben ein Gästehaus daraus gemacht. Du wirst Augen machen und kannst dich ganz wie zu Hause fühlen.“

„Wow“, staunte Sergio und stieß einen anerkennenden Pfiff aus, als er vor dem kleinen Zaun mit dem niedlichen Gartentürchen stand. Er sah sich um. „Das nenne ich mal ein Häuschen in der Natur. Sehr schön.“ Isabelle zur Eingangstür folgend, fragte er: „Und wo steht die berühmte Geheimtruhe?“

Sie drehte sich lächelnd zu ihm um. „Na, die findest du hier nicht mehr. Wir haben die alten Möbel in die Résidence schaffen lassen und das Haus komplett neu eingerichtet. Ich werde sie dir aber nicht vorenthalten und zeige dir später alles, was du sehen möchtest. Komm erst einmal an, und bring deine Sachen rein.

Dann fahren wir rüber zur Residenz, die kennst du ja bisher nur von meinen Fotos."

„Und von all den anderen Fotos im Internet und nicht zuletzt von *Google Maps*", erwiderte er lachend.

„Mon dieu, hast du Recherche betrieben?", erkundigte sich Isabelle amüsiert.

„Aber selbstverständlich. Ich musste doch wissen, wo du abgeblieben bist", erklärte Sergio mit einem entschuldigenden Schulterzucken.

Isabelle lachte. Sie wartete, bis er seinen Koffer abgestellt hatte und wieder hinaustrat, schloss ab und überreichte ihm den Schlüssel. „Auf geht's, du wirst schon ganz gespannt erwartet."

„Ah, da ist *Jacques*", rief Sergio, als sie die Landstraße auf dem Weg zu Isabelles neuem Zuhause entlangfuhren und er den kleinen Supermarkt entdeckte. Sie passierten wenige Augenblicke später das große Zufahrtstor und ein kürzlich aufgestelltes Schild mit dem Hinweis, dass sowohl das Schloss als auch das Café Restaurant aufgrund einer Familienfeier geschlossen blieben. Wieder konnte Sergio ein anerkennendes Pfeifen nicht unterdrücken, als sich die Residenz in ganzer Pracht und Größe inmitten der grünen Hügel vor ihnen erhob. „Und Mathilde wohnt ebenfalls dort?"

„Ja, wir haben ihr die alte Wohnung von Albert barrierefrei umbauen lassen. Ich hatte ja meine Zweifel, weil er noch gar nicht so lange tot ist und die Umstände damals so schrecklich waren, aber Sophie war diejenige, die den Vorschlag gemacht und sich um den Großteil der Organisation gekümmert hat. Seit Alberts Tod hat sie sich unglaublich verändert. Sie ist natürlich immer elegant distanziert, aber zwischendurch hat sie ganz herzliche und weiche Momente. Ich habe sie richtig lieb gewonnen. Kaum zu glauben, wie sich ihr Wesen verändert hat. Alberts Jahrgedächtnis hat sie ziemlich gut überstanden. Möglicherweise war es ihr eine Hilfe, dass wir alle in den letzten Monaten so viel um die Ohren hatten. Du kannst dir gar nicht vorstellen, was hier jeden Tag los war. Anfangs waren es das ständige Pendeln zwischen Köln und Gelloncourt und die Umzugsplanung, später das Restaurant und die Hochzeitsplanung." Isabelle fuhr nun Schritttempo und deutete mit dem Finger auf die Residenz. „Siehst du da drüben, gleich neben dem Haupteingang? Da ist es. Dort können wir die Schlossgäste empfangen, und nach der Besichtigungstour kommen die meisten zu mir ins Restaurant. Ich habe erst seit sechs Wochen offiziell geöffnet, und es läuft prima an. Wir haben zwar heute und morgen geschlossen, aber du möchtest dich bestimmt später darin umsehen. Ich nehme mir die Zeit und mache dir die besten Waffeln aller Zeiten oder was immer du willst."

Sergio nickte zustimmend. „Darauf komme ich gern zurück."

Isabelle stellte den Wagen ab und führte ihren Gast über den Außenbereich auf die Terrasse, wo bereits Paul, Sophie und ihre Mutter warteten. Die Begrüßung fiel warm und innig aus. Mit Freude stellte sie fest, dass Sergio umgehend von Sophie und ihrer Mutter aufgenommen wurde, und wandte sich endlich ihrem Zukünftigen zu. „Komm, wir gehen kurz hoch", flüsterte sie und entführte ihn ohne schlechtes Gewissen in die Wohnung, damit sie einen Moment ungestört sein konnten. Er roch verführerisch, als sie sich an ihn schmiegte und küsste.

„Geht's dir gut?", wollte Paul wissen. Sie nickte. „Aber?", hakte er nach.

„Ich bin vielleicht ein klein wenig nervös. Morgen ist der große Tag, und obwohl ich mir nichts sehnlicher wünsche, als deine Frau zu werden, fühlt sich alles so unwirklich an. Wenn ich bedenke, was wir beide in nur einem Jahr erlebt haben ..."

Paul küsste sie und unterbrach auf diese sanfte Art ihren Redefluss. „Ich bin auch nervös", gab er zu. „Und wenn es nicht so wäre, dann wäre spätestens das ein Grund, nervös zu werden." Er lächelte und küsste sie erneut. „Ich liebe dich, Isabelle, und du machst mich zum glücklichsten Mann auf dieser Welt. Ich zähle die Stunden, bis es so weit ist und wir beide ein Ehepaar sind."

„Ja, Madame et Monsieur Dietermann. Das klingt so furchtbar vernünftig", sagte Isabelle und kicherte.

„Ach, siehst du! Jetzt hätte ich es beinahe vergessen." Paul löste sich etwas aus der Umarmung und sah Isabelle mit geheimnisvollem Blick an. „Antoine hat angerufen. Die Anträge sind genehmigt. Es wird also noch besser: Ab morgen sind wir Madame et Monsieur Dietermann Gelloncourt de Lorraine. Das klingt dann ganz auserlesen vernünftig."

„Das ist schön", flüsterte Isabelle und küsste ihn. „Ich freue mich jetzt schon darauf, meinen Führerschein umschreiben zu lassen. Ob der ganze Name überhaupt ins Antragsformular passt?"

Paul lachte. „Ist es nicht schön, wie klein unsere Sorgen sind?"

Sie nickte. „Komm, bevor Sophie und meine Mutter den armen Sergio schon jetzt ganz fertigmachen. Ich habe ihm deine berühmte Schlossführung versprochen, und so wie ich die beiden einschätze, haben sie ihm schon drei bis vier Begrüßungsgetränke eingeflößt. Zeig du ihm alles, und ich bleibe so lange bei Sophie und Mama. Es gibt bestimmt noch einiges zum morgigen Ablauf zu besprechen. Ich kann dir sagen, die zwei sind wirklich nervös."

In der Tat fühlte sich Isabelle wenig später bestätigt, denn Sergio erwies sich dankbar, als Paul ihm die Besichtigung des Schlosses anbot. Sophie und Mathilde hatten bereits eine Flasche Weißwein bringen lassen und mit ihm angestoßen. Nun schenkten sie nach, doch das Glas, das sie Isabelle anboten, lehnte diese dankend ab.

„Ich empfehle mich und lasse euch zwei jetzt mal allein", erklärte Sophie, nachdem sie ihr Glas zügig geleert hatte. „Mich nimmt der ganze Trubel mehr mit als erwartet, vielleicht hatte ich auch einen Aperitif zu viel. Nach einem Stündchen Ruhe stehe ich euch in gewohnter Weise zur Verfügung." Sie erhob sich und ging langsam ins Haus.

Isabelle konnte sich ein Grinsen nicht verkneifen. „Sag bloß, ihr habt die arme Sophie kirre gekriegt. So habe ich sie ja noch nie erlebt." Sie sah ihr nach und schüttelte dabei ungläubig amüsiert den Kopf.

„Sie ist tatsächlich nervös, und ich kann es ihr kaum verdenken", meinte Mathilde. „Schau nur, was sich für sie alles verändert hat und vor allem, wie sie sich selbst verändert hat. Ich glaube schon, dass sie glücklich mit den Entwicklungen ist, aber es geht so rasend schnell."

Isabelle blickte ihre Mutter ernst an. „Findest du etwa, dass es zu schnell geht? Hast du Zweifel?"

„Ach, Kind! Wo denkst du hin?", beruhigte Mathilde sie sofort. „Ich sage ja nicht, dass es zu schnell geht, sondern nur, dass es schnell geht. Hätte jeder einzelne von uns im letzten Jahr erzählt bekommen, was und wie sich unser aller Leben verändern würde, hätten wir es geglaubt? Ich jedenfalls nicht." Sie nahm die Hand ihrer Tochter und streichelte ihr sanft den Handrücken. „Ich sehe, dass du glücklich bist, und das macht auch mich froh. Ich bin wahnsinnig stolz auf dich und alles, was du geleistet hast. Dass du es noch dazu geschafft hast, mich aus meinen vier Wänden hierher zu dir nach Gelloncourt zu holen, dass du mich unmittelbar an deinem neuen Leben teilhaben lässt, ist wirklich ein großartiges Geschenk."

Isabelle musste ein paar Tränen der Rührung hinunterschlucken. „Ach, Mama, sei nicht so bescheiden. Du hast doch den Brief von Antoine bekommen, du warst diejenige, die herkommen sollte, und wenn du nicht dein Einverständnis gegeben und mich ermutigt hättest, wäre all dies niemals geschehen." Sie stand auf, um ihre Mutter zu umarmen. „Ich liebe dich, Mama", flüsterte sie ihr ins Ohr, „und ich bin glücklich, dass du hier bei mir in unserem neuen Zuhause bist."

Der nächste Tag bestach mit traumhaftem Wetter, wie gemacht für eine Trauung im Freien, genauso, wie es sich Isabelle und Paul erträumt hatten. Aber weder er noch sie hatten Zeit gefunden, dies überhaupt zur

Kenntnis zu nehmen, geschweige denn, sich darüber zu freuen. Der Wecker hatte bereits um halb sieben geklingelt, und das Aufstehen war beiden schwergefallen. Abgesehen davon, dass der vergangene Abend in Sergios Gesellschaft sehr lang geworden war, hatte zumindest Isabelle vor Aufregung kaum ein Auge zugemacht.

„O mein Gott", klagte sie, als sie sich im Spiegel ansah. „Ich werde die verquollenste Braut sein, die es je gegeben hat."

„Das macht nichts", scherzte Paul müde. „Wahrscheinlich werde ich dich gar nicht sehen, weil ich die Augen überhaupt nicht aufbekomme." Er lag im Bett und zog sich die Decke über den Kopf.

„Ich hoffe inständig, dass du das nicht ernst meinst", erwiderte Isabelle und riss ihm das Bettzeug weg. „Ich werde mich gleich stundenlang herausputzen, und das wird dann hoffentlich nicht umsonst gewesen sein, weil mein Bräutigam verschlafen hat." Sie warf die Decke wieder zurück und wollte ins Badezimmer gehen.

„Warte, komm noch für einen Augenblick zu mir", bat Paul, und sie gab nach. „Du wirst mit Sicherheit die schönste Braut auf der ganzen Welt sein, und ich verspreche dir, dass ich nicht schlafen werde", erklärte er, als Isabelle auf der Bettkante neben ihm saß.

Sanft schob sie seine Hände zurück, küsste ihn und erklärte: „Ich sehe dich bei meiner Trauung, Herr Dietermann." Dann küsste sie ihn zärtlich und ließ ihn allein im Bett zurück.

Seitdem hatte sie Paul nicht mehr gesehen, denn die verbleibenden Stunden bis zur Hochzeit hatte sie bei ihrer Mutter verbracht. Das Kleid hatte sie die ganze Zeit über bei Mathilde aufbewahrt und darauf geachtet, dass es Paul wirklich nicht zu Gesicht bekam. Die Friseurin forderte eine Menge Geduld ein und arbeitete den ganzen Morgen über an einer beeindruckenden Hochsteckfrisur mit weißen Blüten und dem edlen Diadem. Sophie hatte sie währenddessen mit kleinen Speisen aus der Küche versorgt und immer wieder betont, wie wichtig es sei, das Essen nicht zu vergessen. Nichts sei schlimmer, als auf seiner eigenen Hochzeit einen Schwächeanfall zu erleiden. Nun war es fast zwölf, und in wenigen Minuten würde sie Paul heiraten.

Unruhig stand Isabelle in der Sonne, zupfte an ihrem weißen bodenlangen und üppigen Brautkleid, Duchesse-Linie und Off-Shoulder-Modell hatte es die Verkäuferin schwärmerisch beschrieben, dazu spitzenbesetzte Handschuhe ohne Finger. Lange hatte sie nach einem geeigneten Kleid gesucht und schließlich dieses entdeckt, in das sie sich sofort verliebt hatte.

„Du siehst atemberaubend aus. Wie eine Prinzessin, und wenn ich nur zwanzig Jahre jünger wäre ...“, flüsterte Sergio, der neben ihr stand und sie anstelle des Brautvaters führen würde.

„Ich habe dich auch lieb“, presste Isabelle hervor und bemühte sich, die aufsteigenden Tränen zurückzuhalten. „Du musst jetzt damit aufhören, sonst ruiniere ich mir mein Make-up“, forderte sie lächelnd.

„Keine Sorge, du schaffst das“, ermutigte er sie und reichte ihr seinen Arm, um sie den etwa zwanzig Meter langen, mit weißen Rosen geschmückten Weg bis zum Pavillon zu geleiten. „Darf ich bitten?“, fragte er höflich, und Isabelle hielt sich an ihm fest, als unmittelbar die Musik, Pachelbels Kanon, einsetzte.

Mit weichen Knien und flatterndem Herzen schritt sie an seiner Seite auf den Pavillon zu, in dem Paul bereits stand und sie erwartete. In einer Mischung aus freudiger Erregung und nervöser Anspannung war sie froh, dass ihr Sergio den Takt vorgab.

„Hi", begrüßte sie Paul, der umwerfend in seinem schwarzen Anzug aussah, und als sie seine Hände berührte, fühlte Isabelle, dass auch er vor Aufregung zitterte. In diesem Moment fühlte sie sich ihm verbundener als jemals zuvor. Die Welt war perfekt, und dieses Glück wollte nahezu überschäumen. Freudentränen bahnten sich ihren Weg, und sie rang um Fassung. Für einen Augenblick nahm sie sich die Zeit, in die Gesichter der Anwesenden zu sehen. Nicht nur Mathilde und Sophie saßen dort mit gezückten Taschentüchern.

Sergio, der neben Mathilde hinter Isabelle Platz genommen hatte, wischte sich dezent den Augenwinkel, und Antoine, der auf der anderen Seite des Pavillons neben Sophie saß, musste sich schnäuzen. Gleich daneben erblickte sie Didier, der in Begleitung seiner wunderschönen Gattin gekommen war und mit glücklichem Gesicht deren Hand streichelte. Isabelle sah die beiden mit Freude. Auch er hatte einen großen Teil zu dieser Liebesgeschichte beigetragen. Paul war's, der sein Eheversprechen zuerst vortrug. Es war so wundervoll, und Isabelle musste viel Kraft aufbringen, um danach noch einigermaßen gefasst ihre eigenen Worte an ihn hervorzubringen. Wie im Traum steckte sie ihm den Ring an den Finger, ihre eigene Hand zitterte wie Espenlaub, als sie ihm ihren Finger reichte. Der Standesbeamte erklärte die Ehe feierlich für geschlossen, die Musik wurde etwas lauter, und es folgte der lang erwartete Kuss der Frischvermählten. Isabelle fühlte sich wie im siebten Himmel, dies würde für immer der schönste Tag in ihrem Leben sein.

„So schnell kann's gehen", flüsterte Isabelle und küsste Paul erneut.

„Ich liebe dich", erwiderte er und führte sie langsam aus dem Pavillon zurück durch den Rosenweg bis zur Hochzeitskutsche, die nun auf sie wartete.

„Und, wie fühlst du dich, Madame Dietermann?", wollte Paul wissen, als sie außer Sichtweite der kleinen Hochzeitsgesellschaft waren.

„Erleichtert, müde, glücklich. Verheiratet", antwortete Isabelle und lehnte den Kopf an seine Schulter. Die Hufe der beiden weißen Pferde sorgten für ein gleichmäßiges Klappern, als die Kutsche durch Gelloncourt fuhr. „So fühlt es sich also an, wenn man verheiratet ist. Wenn du mich fragst, spüre ich keinen großen Unterschied zu gestern. Oder was sagst du?"

Paul wartete eine Weile, bis er antwortete. „Der Tag erinnert mich an das Gefühl, das ich vor wichtigen Prüfungen immer hatte. Nervosität, Anspannung, man hat sich bis zuletzt vorbereitet und gelernt, und dann, als es so weit war, musste alles von allein gehen, eine Wahl hatte man nicht. Einfach umkehren und kneifen, war keine Option gewesen. Versteh mich nicht falsch. Ich habe keinen Augenblick darüber nachgedacht, dass wir nicht heiraten sollten. Ich will auf diese mentale Erschöpfung hinaus. Weißt du, was ich meine? Erschöpfung und zugleich Erleichterung. Das kommt meinem jetzigen Gefühl ziemlich nahe."

„Wenn wir beide so erledigt von unserer eigenen Hochzeit sind, sollten wir das auf jeden Fall nicht wiederholen", stellte Isabelle fest und legte ihre Hand auf seine Brust. Minutenlang saßen sie so da, während die Pferdehufe in gemächlichem Rhythmus den Asphalt berührten und die Landschaft friedlich an ihnen vorbeizog.

„Ich habe uns etwas ganz Besonderes eingepackt", sagte Paul plötzlich und zog eine Flasche Champagner hervor. „Nur für uns, bevor nachher die Party steigt."

Jetzt ist der Moment! Isabelle erkannte den Augenblick, auf den sie bereits seit zwei Wochen gewartet hatte. Das Geheimnis, das sie unter größtem Aufwand gehütet hatte, wollte sie nun lüften. Vorsichtig nahm sie die Flasche an sich und küsste Paul auf die warmen, samtweichen Lippen. „Vielleicht sollten wir die zulassen. Du müsstest sie sonst ganz allein leeren, denn im Moment ist es besser, wenn ich keinen Alkohol trinke."

„Wie bitte?", fragte Paul verblüfft.

„Ich bin schwanger", verkündete Isabelle stolz und setzte ihrem ohnehin schon unvergesslichen Tag die Krone des Glücks auf.